임진운 판타지 장편 소설

대공학자

대공학자 9

임진운 판타지 장편 소설

초판 1쇄 찍은 날 § 2003년 4월 24일
초판 1쇄 펴낸 날 § 2003년 5월 3일

지은이 § 임진운
펴낸이 § 서경석

편집장 § 문혜영
편집 § 장상수 · 박영주 · 김희정 · 권민정 · 유경화
마케팅 § 정필 · 강양원 · 이선구 · 김규진 · 홍현경

펴낸곳 § 도서출판 청어람
등록번호 § 제1081-1-89호
등록일자 § 1999. 5. 31
어람번호 § 제1-0379호

주소 § 경기도 부천시 원미구 심곡1동 350-1 남성B/D 3F (우) 420-011
전화 § 032-656-4452 팩스 § 032-656-4453
http://www.chungeoram.com
E-mail § eoram99@chollian.net

© 임진운, 2002

값 7,500원

ISBN 89-5505-332-0 (SET)
ISBN 89-5505-660-5 04810

임진운 판타지 장편 소설

대공학자

대륙에 부는 공학의 바람

9

도서출판
청어람

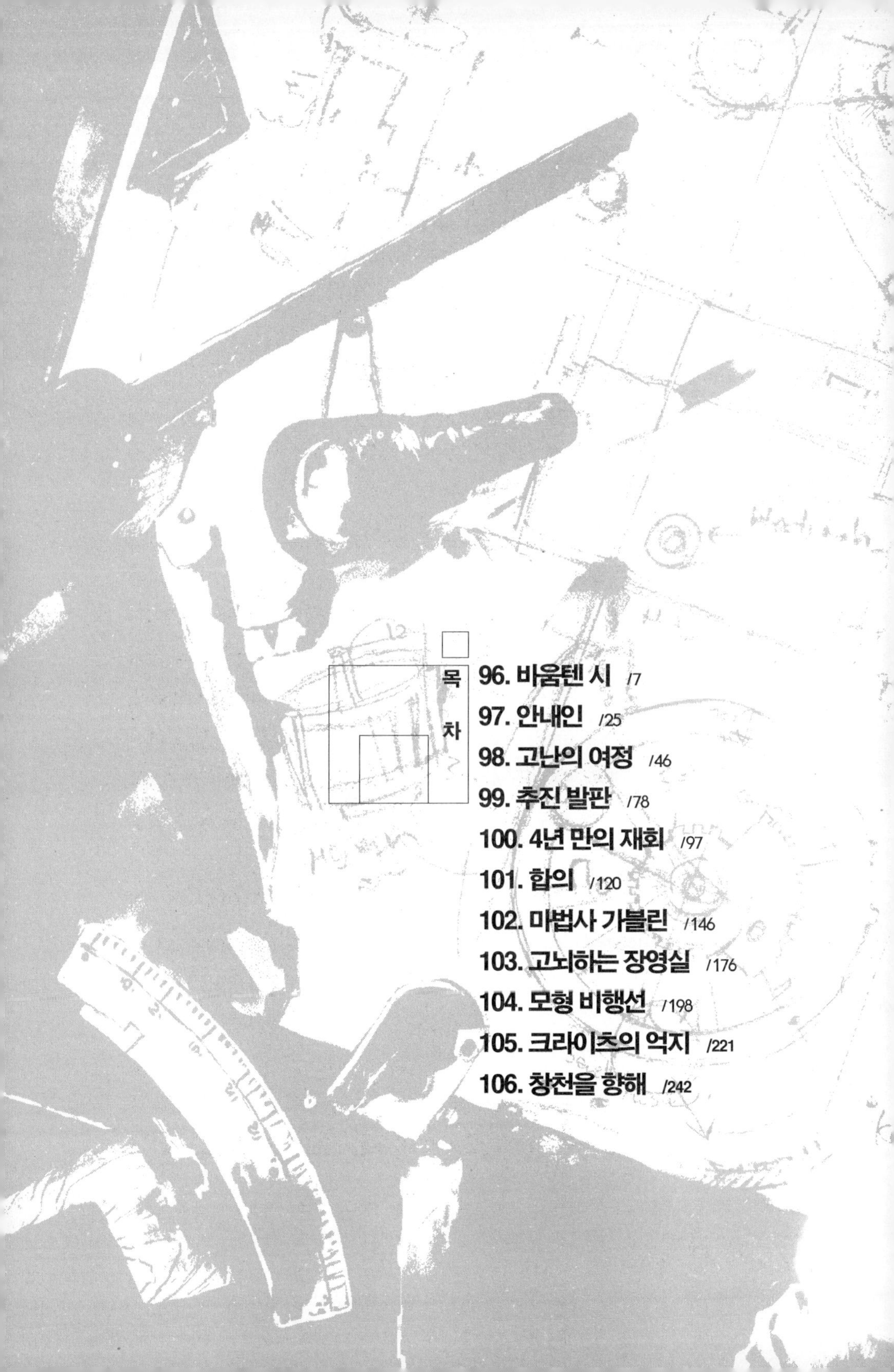

목차

96장 바움텐 시

　서 있는 것만으로도 호흡을 힘들게 하는 탁하고도 습한 공기, 사악한 악마의 이빨처럼 날카로운 모습으로 땅을 향해 있는 종유석, 생명의 유일한 뒷받침이 될 양분을 찾아 기생하는 이끼, 그리고 자신도 모르는 사이 척박한 환경에 적응해 버린 이름 모를 벌레만이 이곳의 모든 것이었다.

　너무나 고요한 곳이었기에 간간이 떨어지는 물방울 소리는 청천벽력이라도 되는 양 웅장하게 울려 퍼졌고, 목숨을 부지하기 위해 먹을 것을 찾아 거처 밖으로 나온 벌레의 작은 움직임 역시 말발굽 소리처럼 크게 들려오고 있었다.

　스스슥.. 스스슥…….

　태초 그대로의 모습인 듯 인공의 흔적을 찾아볼 수 없는 이곳에 어울리지 않는 기척이 들려오기 시작했다. 그것은 마치 옷자락을 땅에 끄는 듯한 소리였는데, 기척을 내고 있는 주인공의 형체를 식별할 수 있을 만한 빛이 없었기에 그 정체를 알기는 불가능했다. 그저 빠르지도, 느리지도 않은 속도로 움직인다는 사실을 알 수 있을 뿐이었다.

스스스슥…….

그렇게 이어지던 기척은 어느 순간 끊어지게 되었다. 그리곤 옷자락 소리가 잠시 들리더니 나지막하게 깔린 칼칼한 목소리가 흘러나오기 시작했다.

"그라메드… 야크로냐… 쿠메토르… 기라무드……."

뜻은 알 수 없었지만 그 기이한 중얼거림이 멈추자 그곳으로부터 푸른 광채가 일렁이기 시작했다. 광채는 점차 강렬해졌고, 사방으로 퍼져 나가며 주변을 둘러싸고 있던 어둠을 밀어내기 시작했다. 태양의 빛과 비교한다면 이질적인 느낌이었지만 주변의 상황을 충분히 식별할 수 있을 만큼의 밝기였다.

광채가 시작되는 곳에는 진갈색의 망토를 머리에서 발끝까지 두른 인영이 모습을 드러내고 있었다. 그의 망토는 이미 망토라고 불리기조차 손색이 있을 정도로 해 져 있었고, 그 끝자락에는 곰팡이가 피어 있어 퀴퀴한 냄새까지 풍겼었다. 하지만 인영은 그런 것에 전혀 신경 쓰지 않는 듯했다.

그는 힘없는 몸짓으로 이곳저곳을 휘적이며 움직이는 중이었다. 얼마 지나지 않아 무엇인가를 발견하기라도 한 듯 구부정하게 몸을 굽힌 그는 땅으로 손을 뻗었다. 이와 동시에 자연스럽게 망토에 숨겨져 있던 그의 손이 밖으로 드러나게 되었는데, 보기가 안쓰러울 정도로 뼈만 앙상하게 남은 손이었다. 게다가 피부는 거무죽죽하게 죽어 있어 썩어 가는 고목 껍질을 연상시킬 정도였다. 그의 고목손은 너른 바위 위를 쓸며 한 움큼의 이끼를 거칠게 뜯어내었고, 허기진 모습으로 그것을 입 안으로 집어넣기 시작했다.

우걱… 우걱…….

한동안 이끼를 뜯어 먹던 그는 무성하던 이끼가 모두 사라지게 되자 헐벗은 바위를 뒤로한 채 몸을 돌렸고, 흘러내린 천으로 다시 입 주변 을 가리며 폐부가 서늘할 만큼 사이한 웃음을 터뜨렸다.

"크크큭… 세상이여, 조금만 더 기다려라. 나의 숙원이 이루어지는 날을……. 크크크크큭!"

그렇게 시작된 웃음은 한동안 계속되었고, 서서히 사라져 가는 광채 와 함께 어둠 속으로 묻혀가고 있었다.

*   *   *

바움텐 시는 듀들란 제국의 가장 서쪽에 위치해 있는 도시였고, 오 천 내외의 인구를 가진 듀들란 제국에서 가장 작은 도시 중 하나였다. 도시를 둘러싸고 있는 크고 작은 산맥들로 인해 교통 여건이 좋지 않 았기에 외부와의 왕래가 많지 않은 편이었는데, 그런 이유로 외부로부 터의 유입 인구가 거의 없었던 것이다.

떠오르는 태양 빛에 놀란 닭이 울음소리를 내며 하루의 시작을 알리 고 있었다. 여느 사람 사는 곳과 별반 다를 것이 없는 한적한 아침, 바 움텐 시에 낯선 사람들이 찾아들었다.

외부인이라고는 고작해야 일 년에 한두 번 찾아오는 이곳에서 그들 의 출현은 아주 흥미로운 것이었기에 커튼을 걷고 창문을 열던 아낙과 집 앞의 낙엽을 쓸던 중년인은 하던 일을 멈춘 채 그들을 바라보고 있었다.

부르르르룽.

짙은 회색 빛을 띠어 견고해 보이는 금속과 밝은 자주색으로 도장한 목재가 어우러진 신기한 마차를 바라보던 중년인은 가슴까지 닿아 있는 빗자루의 손잡이를 끌어안으며 혼잣말을 중얼거렸다.

"보아하니 구바닌 산맥으로 향하는 여행자들인 듯한데… 말이나 소가 끌지 않고도 움직이는 마차가 세상에 있다니!"

맞은편 집의 2층 창가에서 밖을 내다보던 아낙은 그의 말을 들은 듯 고개를 끄덕이며 맞장구를 쳐주었다.

"그러게 말이에요. 혹시 마법으로 움직이는 마차가 아닐까요? 마법사들이란 워낙 신기한 능력을 가진 사람들이라고 하니까요."

이웃 아낙의 말이 그럭저럭 수긍할 만하다고 생각한 중년인은 턱을 쓸며 고개를 끄덕이고 있었다.

"호~ 그럴 법한 이야기군. 마법이라……."

중년인의 입에서 신기함이 섞인 중얼거림이 흘러나오고 있을 때, 돌연 마법(?) 마차가 멈추며 두 명의 사내들이 재빠른 몸놀림으로 뛰쳐나오고 있었다.

쾅!

사내들이 거칠게 밀어붙인 마차의 문은 요란한 소리를 내며 부서질 듯 흔들리는 중이었는데, 그것에 전혀 개의치 않은 사내들은 시퍼렇게 질린 얼굴을 하며 주변을 급히 둘러보고 있었다. 그것도 잠시, 눈에서 이채를 발한 사내들은 약속이라도 한 듯 그들로부터 가장 가까운 가로수로 달려가 한 손을 짚었고, 내장이 뒤틀리는 소리와 함께 위 속의 음식물들을 게워내기 시작하는 것이었다.

“우웨웨에엑!!”

“우웩! 에에엑!”

돌연히 일어난 상황에 얼떨떨해하던 중년인은 무슨 생각이 들었는지 두려운 표정을 얼굴 위로 그려내고 있었다. 그리곤 뒷걸음질을 치며 더듬거리는 목소리를 흘리기 시작했다.

“으음… 서, 설마… 돌림병에 걸린 자들인가?!”

누가 보더라도 중년인의 추측은 아주 타당했는데, 가로수를 잡고 구토를 하는 사내들의 얼굴은 오랫동안 병에 시달리기라도 한 듯 생기없이 수척해 보였던 것이다. 물론 술에 만취한 상태라고 생각할 수도 있었겠지만, 사내들과 중년인의 거리라면 술 냄새 정도는 맡을 수 있을 만큼 가까운 거리임에도 아무런 냄새를 맡을 수 없었다. 게다가 먼 거리를 이동해야 하는 여행자들에게 몸의 상태는 아주 중요한 것이었기에 감당하지 못할 만큼 술을 마시는 여행자들은 없다는 것을 중년인은 알고 있었던 것이다.

“이런! 사람들에게 알려야겠군!”

중년인이 소매로 급히 입과 코를 막으며 사내들로부터 최대한 떨어지려 할 때였다. 마차로부터 한 노인이 느긋한 모습으로 내려오고 있었다. 노인은 넉넉하게 늘어뜨린 흰 수염을 쓰다듬으며 구토를 하고 있는 사내들에게 다가갔고, 주름이 가득 진 눈살을 찌푸리며 그들의 등을 토닥거려 주었다.

“쯧쯧, 자네들도 참으로 굉장하군. 벌써 며칠이나 지났는데 아직도 멀미에 적응을 못한 건가. 대체 말은 어떻게 타고 다녔는지 원…….”

가벼운 질타가 섞인 노인의 말에 구토를 하던 사내 중 한 명이 크게 한숨을 들이쉬며 대답했다.

"하아… 말을 제아무리 잘 타는 사람들도 배에 올라타면 멀미를 하게 되는 것이죠. 전뇌거도 다를 바가 없지 않습니까. 하아… 제 눈에는 루스티커님과 장영실 경이 더 이상해 보이는 중입니다."

그의 변명에 어깨를 으쓱인 노인은 바움텐 시내의 모습을 한번 둘러보며 말했다.

"그 말도 일리가 있는 것 같군. 그나저나 이곳에서 필요한 물건만 구해서 떠나려 했는데, 자네들의 몰골을 보아하니 이 상태로는 구바닌 산맥으로 갈 수도 없을 것 같구먼. 이곳에서 하루쯤 쉬어가도록 하세."

입가로 진득한 위액이 흐르고 붉어진 눈에 눈물이 고여 있는 사내는 고개를 끄덕이며 노인의 말에 동의하는 중이었다.

이들은 바로 며칠 전 쟈트란에서 구바닌 산맥으로 떠난 장영실과 루스티커, 그리고 특무대 일행들이었다. 그들은 지난 며칠간 쉬지 않고 전뇌거를 달려 이곳 바움텐 시까지 이르게 되었는데, 구바닌 산맥에 가장 가까이 위치한 도시였기에 구바닌 산맥으로 향하는 사람들은 대부분 이곳에 들러 필요한 물건들을 구하곤 했기 때문이다.

잠시 카밀턴과 쇼메트에게서 시선을 뗀 루스티커는 당황한 기색이 역력한 중년인을 발견했다. 그의 표정만으로 앞뒤 상황을 짐작할 수 있었던 루스티커는 중년인을 향해 가볍게 미소 지어 보이며 입을 열었다.

"허헛! 그런 표정으로 바라보지 않아도 된다네. 이들은 병에 걸린 것이 아니라 너무 오랫동안 마차를 타서 멀미를 하는 것뿐일세."

중년인은 루스티커의 설명을 듣고서야 당황한 표정을 풀 수 있었다. 그리고 그제야 마음의 여유가 생긴 중년인은 루스티커의 아래위를 유심히 훑어보더니 호기심 어린 표정으로 물어왔다.

"그렇다면 다행이로군요. 한데 어르신의 차림새를 보아하니 마법사인 듯합니다만… 일행 분들과 함께 구바닌 산맥으로 가시려나 보죠?"

중년인의 말에 루스티커는 자신의 옷차림을 아래위로 살피며 새삼스럽다는 듯이 대답했다.

"허헛, 그러고 보니 내 모습도 어느새 전형적인 마법사가 되어 있었군. 치렁한 로브에 하얗고 긴 수염이라니… 쯔쯧."

혼잣말을 하며 혀를 몇 번 차던 루스티커는 고개를 끄덕이며 말을 이어 나갔다.

"자네 말대로 우리는 구바닌 산맥으로 갈 생각이긴 한데, 일행들이 저 모양이니 이곳에서 하루 정도 묵어가야겠구먼. 혹시라도 괜찮은 여관을 알고 있다면 한 곳 추천해 줄 수 있겠는가?"

"하하핫! 과연 마법사님이 맞으시군요. 바움텐 시가 워낙 외딴 곳에 있다 보니… 철없던 시절 이곳을 찾아왔던 이상한 마법사 이후로는 처음 봅니다."

"음… 이상한 마법사?"

루스티커의 되물음에 신이 난 중년인은 자랑이라도 하듯 그에 대한 이야기를 꺼냈다.

"네, 아주 이상한 마법사였죠. 평생 물 한 방울 마시지 못한 듯 피골이 상접한 마법사였는데, 정말 보기도 안쓰러울 정도였답니다. 마법을 쓰는 것을 한 번도 본 적은 없지만, 스스로 대륙 최고의 마법사라며 떠들고 다닌 데다 옷차림 또한 그럴싸했기 때문에 모두들 그를 마법사라고 불렀었죠. 아직도 그가 진짜 마법사인지 아닌지는 아무도 모른답니다. 혹시라도 마법사님께서 아는 분이십니까? 요즘은 마법사가 얼마 없어 그를 아실지도 모르겠군요."

중년인이 물어오자 곰곰이 기억을 더듬어보고 있던 루스티커는 고개를 가로저으며 대답했다.

"글쎄… 마법사들은 대부분 허약하고 마른 체구를 가졌다네. 게다가 모두들 자신이 최고라 말하고 다니기도 하니 자네의 이야기만으론 알 수가 없군. 허헛! 그나저나 여관은 언제쯤 가르쳐 줄 생각인가? 자네도 알다시피 일행들 상태가 말이 아니라서 말일세."

"아! 제가 정신머리가 없어서 잠시 깜빡하고 있었습니다. 어디 보자… 이 길을 따라 시내로 조금 더 들어가시면 둥근 광장이 보이는데 바로 그 왼쪽에 있는 '스와브 여관'을 한번 찾아가 보십시오. 다른 곳보다야 가격은 조금 비싼 축이지만, 항상 깨끗한 침대 시트가 깔려 있고, 푹신한 거위털을 넣은 베개가 준비되어 있죠. 게다가 여관 주인의 아내가 요리 실력이 좋은 데다 주인은 부지런해서 원하는 물건이 있으면 쉽게 구해 드릴 겝니다. 또……."

여관에 대한 중년인의 설명이 계속 이어질 듯하자 루스티커는 손을 내저으며 그의 말을 가로막았다.

"흠흠… 자네 말대로 우리는 그 여관에 묵기로 할 테니 더 이상의 소개는 없어도 될 것 같구먼. 내가 그곳에 가서 주인을 만나면 빠뜨리지 않고 자네 이야기를 해주도록 하지. 틀림없이 여관 주인이 자네를 홍보관으로 앉힐 것일세. 아무튼 고맙네."

농담조의 말을 던진 루스티커가 등을 돌리곤 나직한 한숨을 내쉬며 일행들 쪽으로 발걸음을 옮겼다.

루스티커와 일행들이 다시 전뇌거를 몰아 그곳을 떠나자 자리에 남은 중년인은 빗자루에 몸을 살짝 기대었다. 그리곤 창에서 목을 내밀며 루스티커와 일행들을 바라보고 있는 아낙을 향해 입을 열었다.

"과연 당신 말대로 마법으로 움직이는 마차였구먼. 마법사는 정말 오랜만이지 않나?"

"그러게요… 아주 오래전에 사라졌던 마법사 이후로는 처음이군요."

그렇게 몇 마디를 주고받으며 루스티커 일행들이 사라진 곳을 바라보던 중년인과 아낙은 잠시 잊고 있던 할 일들을 떠올리며 다시금 분주히 손을 놀리기 시작했다.

루스티커 일행들은 손쉽게 중년인이 소개해 준 스와브 여관을 찾을 수 있었다. 흰색 도료를 칠해놓은 벽을 타고 초록의 넝쿨 식물이 건물을 둘러싸고 있었으며, 기둥의 목재는 보기 좋을 정도로 불에 태워 고풍스러운 분위기를 이끌어내고 있었다. 그리고 현관문의 왼쪽에는 듀들란 제국어 특유의 유려한 서체로 '스와브 여관'이라 새겨진 간판이 있었는데, 주인은 그것을 매일 닦는 듯 반질반질한 윤기가 흐르는 모습이었다.

전뇌거가 여관 앞에 멈춰 서자 곧바로 뒷문이 열리면서 카밀턴과 쇼메트가 짐을 손에 든 채 뛰어내렸고, 루스티커는 이와 대조적으로 자신의 짐을 천천히 어깨에 얹어 메며 느긋한 모습으로 몸을 움직였다. 전뇌거의 창밖으로 고개를 내민 장영실은 여관에 붙어 있는 마차 보관소를 가리키며 카밀턴을 향해 말했다.

"나는 전뇌거를 세워놓고 갈 테니 카밀턴, 자네가 먼저 들어가서 방을 알아보도록 하게나."

장영실의 말에 카밀턴은 대답할 기력도 없는 듯 고개만 끄덕일 뿐이었다. 물론 처음 이들이 공학원을 출발할 때만 하더라도 이러한 행동은 카밀턴의 입장으로선 상상조차 할 수 없는 것이었다. 하지만 이곳까지 오는 동안 장영실과 루스티커는 그에게 상하 관계가 아닌 동료의 관계가 되기를 강요했고, 결국 그는 몸에 배이다시피 한 군인의 습성을 조금이나마 털어낼 수 있게 된 것이다.

그의 태도야 어찌 되었든 간에 상관의 명령이었기에 따라야 했던 카밀턴은 팔을 축 늘어뜨리며 터벅터벅 여관으로 향했고, 직위상 가장 아랫사람인 쇼메트 역시 당연스럽게 그의 뒤를 따라야만 했다.

카밀턴이 힘없는 손으로 묵직해 보이는 갈색의 여관 문을 당기려 할 때였다. 안으로부터 요란한 소리가 들리며 문이 빠르게 열렸다.

콰당!

평소의 카밀턴이었다면 뛰어난 반사 신경과 재빠른 몸놀림으로 충분히 피할 수 있었겠지만 지금 그는 육체적, 정신적으로 피로가 극에 달한 상태였기에 자신을 향해 달려드는 여관 문을 멍청히 바라보고 있을 수밖에 없었다.

퍼퍽!

그 덕에 육중한 여관 문은 그대로 카밀턴과 그의 뒤를 따르던 쇼메트의 안면을 강타해 버렸고, 강한 충격을 받은 그들의 몸은 봄바람 맞은 버드나무 가지마냥 휘청거려야 했다. 카밀턴과 쇼메트가 정신을 차리기도 전에 천둥 같은 사내의 목소리가 터져 나왔다.

"이런 거지 같은 녀석! 지금까지 처먹은 게 얼만데 또 외상이라는 거야! 외상을 모두 갚기 전에 내 가게에 한 발자국이라도 들여놓는다면 네 녀석의 목을 비틀어 버릴 테다!"

사내의 말이 끝나기가 무섭게 작은 인영 하나가 문밖으로 튕겨져 나왔다. 물론 자신의 의지에 의해 나왔다고 하기에는 무리가 있어 보이는 광경이었다.

쿠당탕탕!

그 작은 인영은 땅을 몇 번이나 뒹군 후에야 몸을 겨우 멈추었는데, 그 모습을 가만히 지켜보던 루스티커는 거친 포장석이 깔린 바닥에 나뒹군 그의 몸이 멀쩡할 리가 없다고 생각했기에 미간을 찌푸리고 있었다.

그 뒤를 따라 여관에서 카밀턴만큼이나 우람한 덩치의 소유자가 걸어나오고 있었다. 그는 팔짱을 끼는 것조차 불편해 보일 정도의 두터운 근육을 가지고 있는 30대 사내였는데, 성이 날 대로 나 있던 그는 아직도 화가 덜 풀린 듯 바닥에 나뒹굴어져 있는 인영을 향해 손을 털며 외쳤다.

"제기랄! 그 정도쯤엔 네 녀석이 아무렇지도 않다는 것을 모르는 사람이 없으니 당장 일어나! 괜히 나를 나쁜 놈으로 보이게 하지 말고!"

덩치 큰 사내의 외침에 죽은 듯이 차가운 돌 바닥에 엎드려 있던 작은 인영이 태연한 모습으로 자리를 털며 일어나고 있었다. 놀랍게도 그는 바닥에 내팽개쳐진 충격에 괴로워하기는커녕 능청스러운 미소를 얼굴에 머금고 있었다. 150셀리를 간신히 넘길 정도의 왜소한 체구를 가진 사내는 자신을 향해 윽박지르고 있는 덩치 큰 사내로부터 아무런 위협감도 느끼지 못하는 듯했고, 되려 그를 향해 삿대질해 가며 소리를 지르기까지 했다.

"제기랄! 오랜 친구 사이에 그깟 식사 몇 끼 공짜로 먹었다고 이렇게 내치는 게 나쁜 놈이지, 착한 놈이란 말이냐!"

"흥! 아직도 그 따위 말이 입에서 나오는 걸 보니 정말 혼쭐이 나봐야 정신을 차릴 모양이군! 오늘 아주 네 이빨을 모두 뽑아 여관에 진열해 놓을 테다!"

왜소한 사내의 도발적인 말에 거칠게 고함을 지른 덩치 큰 사내가 눈에 불을 켜며 그를 향해 뛰어들었다. 하지만 덩치 큰 사내의 위협에도 불구하고 왜소한 사내는 침착하게 주변을 살폈고, 여관 문 뒤에서 비틀거리고 있는 카밀턴과 쇼메트를 발견하곤 무슨 생각에서인지 그들을 손가락으로 가리키며 외치는 것이었다.

"발튼! 저쪽에 손님일세! 오랜만에 오신 손님을 다른 여관으로 양보하고 싶나?"

"에? 손님?! 어디?"

그의 말이 효과가 있었는지 성난 황소처럼 뛰어들던 덩치 큰 사내의 몸은 기적과도 같이 그 자리에 멈추어 섰다. 그렇게 멈춰 선 사내는 급히 옷매무새를 고치며 환한 표정으로 카밀턴과 쇼메트를 돌아보았는데, 표정의 극과 극을 보여주는 일련의 예술이라 표현할 수 있을 정도였다.

"어서 오십시오, 손님들! 스와브 여관에 오신 것을 환영합니다! 하하하핫!"

발튼이라고 불린 여관 주인은 반가운 웃음을 터뜨리며 카밀턴과 쇼메트를 향해 다가섰다. 그리곤 아직도 문에 부딪친 충격이 가시지 않은 듯 머리를 짚고 있는 그들의 안색을 살피며 고개를 갸웃거렸다.

"이런! 안색이 안 좋아 보이는데, 어디가 편찮으십니까? 여행에는 몸이 건강해야 하는 것이죠! 하하하핫!"

정작 발튼은 자신이 한 일을 전혀 의식하지 못한 듯했고, 그럴수록 카밀턴과 쇼메트의 심기는 더욱 상해갔다. 하지만 그들은 상관을 수행하는 중이었기에 개인적인 감정을 드러내지 못하고 루스티커의 눈치를 살피는 중이었다.

조금 떨어져 상황을 주시하고 있던 루스티커는 오랜 버릇대로 긴 수염을 쓰다듬으며 그들을 향해 다가갔다. 그리곤 카밀턴과 쇼메트를 향해 참으라는 눈치를 주며 발튼을 향해 입을 열었다.

"허헛! 자네 말대로 이들이 몸이 좀 안 좋아서 그렇다네. 그런데 우리 일행들이 여기를 아주 마음에 들어하는 것 같구먼. 얼마나 좋았으면 처음 보는 여관 문과 머리까지 맞대고 인사를 나누었겠나? 그것도 저렇게 정신도 못 차릴 만큼 격렬하게 말일세."

뼈가 있는 말이었지만 발튼은 들리는 그대로를 받아들이는 듯 머리를 긁적이며 쑥스러워하고 있었다.

"그렇게 생각해 주시니 정말 감사합니다. 사실 말이야 바른말이지만 이 근방에 저희 여관만한 곳이 없죠. 껄껄껄!"

더 이상 말을 해봐야 별다른 진전이 없다는 것을 깨달은 루스티커는 손을 내저으며 말을 돌렸다.

"그나저나 먼저 나왔던 그 사내도 이곳에서 일하는 사람인가? 몸놀림이 보통이 아니더군."

루스티커의 말에 잠시 잊고 있던 방금 전의 일을 다시 떠올린 발튼은 급히 왜소한 사내가 서 있던 곳으로 고개를 돌렸다. 하지만 그곳에는 나뭇잎 한 조각만이 바람에 쓸려가고 있을 뿐 그의 모습은 어디에도 보이지 않고 있었다. 이에 분한 듯 무릎을 친 발튼은 씩씩거리며 침을 내뱉었다.

"퉤! 빌어먹을 케미렌 녀석! 오늘도 나를 속이고 어디론가 도망을 쳤군!"

"흠… 그의 이름이 케미렌인가? 뭐, 자세한 사정이야 모르겠지만 어쨌든 그가 자네를 속인 것은 아닐세. 그는 분명히 손님이 있다고 말했을 뿐이지 않나? 그리고 우리가 이곳을 찾아온 손님이 확실하니 그가 속인 것은 아무것도 없다네."

"그, 그야 그렇지만······."

루스티커의 말에 머리를 긁적이던 발튼은 머뭇거리며 수긍할 수밖에 없었지만, 쉽게 화를 삭일 수는 없는 듯했다.

"이보게, 우리를 계속 이곳에 세워둘 참인가? 오늘은 손님을 받지 않는 날이라도 되는 겐가?"

"아, 아닙니다! 어서 저를 따라 안으로 들어오시죠! 아침 식사 준비도 해드리도록 하겠습니다!"

루스티커의 다그침에 당황한 발튼은 손님을 놓칠세라 손수 문을 열어주며 그들을 안내했고, 카밀턴과 쇼메트는 발튼을 한번씩 흘기며 여관 안으로 걸음을 옮겼다. 뒤에서 그들을 보며 나직한 웃음을 터뜨린 루스티커 역시 주변을 한차례 둘러보며 뒤를 따랐다.

마차 보관소와 같은 장소는 청소가 자주 이루어지지 않는 곳이기 때문에 대체적으로 지저분한 것이 보통이었다. 하지만 여관 주인의 꼼꼼한 성격을 반영하기라도 하듯 이곳의 마차 보관소는 흔한 거미줄 하나 걸려 있지 않았고, 오늘도 아침부터 누군가 이곳을 청소했는지 바닥에는 빗자루 자국이 그대로 남아 있었다.

적당한 장소에 전뇌거를 세워놓은 장영실은 마차 보관소를 한번 둘러보며 전뇌거에서 내렸다. 그의 손에는 두터운 가죽으로 만들어진 포대가 들려 있었고, 그것을 가볍게 어깨에 걸친 장영실은 들어왔던 길을 따라 몇 발자국을 움직였다.

"으음?"

자리를 옮기다 말고 문득 기이한 느낌을 받은 장영실은 금세 걸음을 멈추었다. 그리고 천천히 전뇌거 쪽으로 고개를 돌렸는데, 그의 시선이 멈춘 곳에서 방금 전까지만 해도 보이지 않았던 왜소한 사내를 발견할 수 있었다. 그는 어지간히 신기한 듯 감탄사를 연발하며 전뇌거를 이리저리 살피는 중이었다.

"이런! 이런! 정말 신기한 마차로군! 내 눈이 제대로 됐다면 분명 말도 없이 이곳까지 굴러 들어왔는데 말이야!"

수상쩍은 인물의 등장에 경계심을 품은 장영실은 가죽 포대를 한쪽으로 내려놓았고, 뇌공력을 서서히 끌어올리며 입을 열었다.

"자네는 누군가? 언제부터 이곳에 있었던 것이지?"

장영실의 물음에 전뇌거에서 눈을 뗀 왜소한 사내는 능청스러운 웃음을 지으며 대답했다.

"큭큭큭, 소개가 늦었군. 나는 그저 이곳에서 놀고 먹고 있는 케미렌이라고 한다네. 크큭⋯ 사실 도적이었지만, 이제는 그 일도 때려치우고 친구 녀석의 여관에서 신세를 지고 있는 중이지. 그러니 그런 의심스러운 눈빛을 나에게 베풀어주지 않아도 괜찮아! 은퇴한 만큼 자네의 주머니를 털 생각은 전혀 없으니 말이야. 크크큭."

거친 그의 웃음소리가 귀에 거슬리긴 했지만 털털한 성격을 보아 수상쩍은 인물은 아니라고 결론을 내린 장영실은 뇌공력을 풀며 다시금 가죽 포대를 집어 들었다. 전뇌거에서 몸을 돌린 케미렌은 장영실의 가까이로 다가오며 말을 이었다.

"그건 그렇고, 대체 저 신기한 마차는 뭔가? 도적질을 때려치우고 이런 시골 도시에만 처박혀 있으니 세상이 어떻게 변하는지도 모르겠군.”

케미렌의 호기심과 신세 한탄이 섞인 질문을 받은 장영실은 피식 웃으며 대답해 주었다.

“저건 전뇌거라는 것이라네. 말이 없어도 움직이는 마차라고 생각하면 되겠군. 내년쯤 황실에서 판매를 시작하게 되는 물건이니 모르는 것이 당연하지 않겠나?”

황실이라는 말을 들은 케미렌의 안색은 급히 적대적으로 변하고 있었다.

“칫! 황실!”

이어 날렵한 놀림으로 뒤로 몸을 날려 장영실과의 거리를 벌였고, 양팔의 소매 안으로 넣었다 빼낸 케미렌의 양손에는 날카로운 단검이 들려 있었다. 적의에 휩싸인 그의 눈빛은 장영실을 직시하며 냉랭한 목소리로 외쳤다.

“그렇다면 황실에서 나온 녀석이로군! 아직도 나에게 붙은 현상금이 떨어진 게 아니었나?”

둘 사이에는 전혀 예상치 못한 긴장감이 흐르기 시작했고, 케미렌은 능숙하게 단검을 돌리며 긴장을 완화하는 중이었다. 잠시 케미렌의 행동을 살피던 장영실은 문득 웃음을 터뜨리며 입을 열었다.

“푸훗! 초면에 이런 말은 미안하지만 자네 혹시 바보 아닌가?”

그의 반응에 얼떨떨한 표정을 지은 케미렌은 눈빛을 조금 수그러뜨리며 되물었다.

“바보라니! 그건 무슨 소린 게냐?”

“자네 이름이 케미렌이라고 했나? 한번 생각을 해보게. 분명 나에게 먼저 접근한 건 자네였고, 자네는 나에게 케미렌이라는 이름까지 말해 줬다네. 만약 내가 자네를 잡기 위해 이곳에 파견된 사람이었다면 자네의 이름을 듣고도 가만히 있었겠나?"

잠시 장영실의 말을 생각해 보던 케미렌은 그의 말이 일리있자 머쓱한 표정을 지으며 볼을 긁적였다.

"생각을 해보니 자네 말이 맞군. 이런 바보 같은……."

금세 자신의 실수를 깨닫고 자책하고 있는 케미렌에게 호감을 느낀 장영실은 웃으며 말했다.

"후훗. 자네가 과거에 어떤 잘못을 저질렀는지는 모르겠지만, 나는 자네의 일에 그다지 관심이 없다네. 그러니 안심해도 좋을 게야."

처음 만났음에도 불구하고 왠지 믿음이 가는 장영실의 얼굴을 잠시 살피던 케미렌은 안심을 한 듯 양손에 들고 있던 단검을 다시 소매 속에 감추며 입을 열었다.

"큼큼… 괜한 난동을 부려서 미안하군. 한데 지금 여관에 들어간 세 명도 자네의 일행인가?"

그것이 루스티커와 카밀턴, 그리고 쇼메트를 지칭하는 것임을 알 수 있었던 장영실은 고개를 끄덕였다.

"그렇다네. 우리는 지금 구바닌 산맥으로 가는 중인데, 동료들의 몸이 좋지 않아서 하루쯤 쉬어갈 예정일세."

"구바닌 산맥이라… 일행 중에 구바닌 산맥 대해 잘 아는 사람이라도 있나?"

"모두들 구바닌 산맥은 초행이지만 지도가 있으니 별달리 문제는 없을 것이라 생각하고 있다네."

장영실의 대답을 들은 케미렌은 무슨 이유에서인지 고개를 내저으며 쓴웃음을 지었다.

"크큭… 지도라… 자네가 마음에 들어서 해주는 말인데, 부디 몸조심하게나. 구바닌 산맥은 그런 종잇조각만 보고서 오를 수 있을 만큼 만만한 곳은 아닐 테니. 크큭."

조금은 비웃음이 담긴 목소리를 남긴 케미렌은 이제 더 이상 볼일이 없다는 듯 어디론가 발걸음을 옮기기 시작했고, 그 자리에 남은 장영실은 의아한 표정으로 케미렌의 뒷모습을 바라볼 뿐이었다.

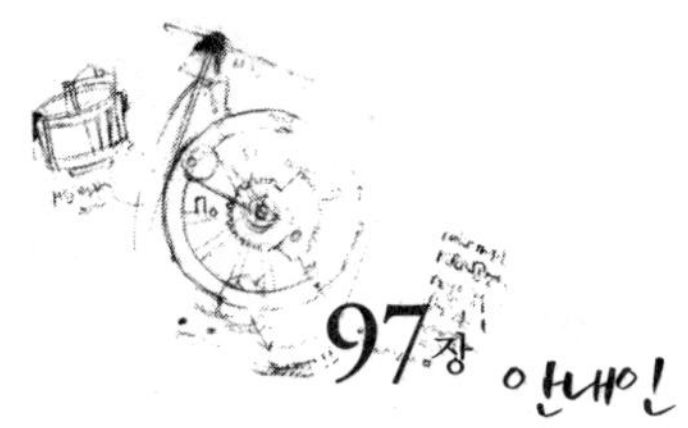

97장 안내인

저녁이 되자 한산하기만 하던 스와브 여관도 사람들로 북적이고 있었다. 유동 인구가 많지 않았기에 숙식을 원하는 손님들은 적었지만 술이나 음식을 마시고 먹기 위해 이곳을 찾는 사람들은 많았다.

장영실 일행 역시 스와브 여관의 식당에서 저녁 시간을 보내고 있었다. 식사를 마치고 따끈한 차를 마시며 대화를 나누는 중이어서 달콤한 차 향기가 그들의 주변을 감돌고 있었다.

차를 한 모금 넘기곤 수염 끝자락에 묻은 찻물을 닦아낸 루스티커는 잔을 내려놓으며 입을 열었다.

"흠, 자네들도 지도를 충분히 숙지했으니 알 테지. 비록 이곳 바움텐 시가 구바닌 산맥에서 가장 가까운 도시라고 하지만 전뇌거를 이용해서 이틀이나 더 가야 하는 곳에 있다네. 게다가 듀들란 제국에서 흑룡의 호수로 가기 위해서는 험준한 산맥을 넘어야 하는데, 전뇌거를 이용할 수 없을 테니 지금처럼 만만한 여정이 될 것 같지는 않구먼."

루스티커의 말에 등을 꼿꼿이 세운 채 자리에 앉아 있던 카밀턴은 자신감에 찬 목소리로 대답했다.

"쇼메트와 저는 체력에 충분한 자신이 있습니다. 오히려 전뇌거를 타고 가지 않아도 되는 게 안심되는군요."

함께 멀미 때문에 고생해 온 쇼메트 역시 그의 말에 동의하듯 고개를 끄덕여 보이고 있었다. 하지만 팔짱을 낀 채 그들의 대화를 듣고 있던 장영실은 근심스러운 목소리로 말했다.

"아직 가본 적은 없지만 거대한 산맥을 넘는다는 것은 체력의 문제가 아닐 것일세. 산에서는 어떤 일이 일어날지 알 수가 없는 법이니……."

말끝을 흐리며 잠시 말을 끊은 장영실은 쟈트란의 집을 떠나기 전에 챙겨놓았던 가죽 주머니들을 꺼내었다. 그것들을 일행들 앞으로 각자 하나씩 밀어주자 쇼메트는 자신의 것을 받아 들며 물었다.

"흠… 이것이 뭡니까? 열어봐도 되겠습니까?"

장영실은 고개를 끄덕이며 대답했다.

"물론일세. 가죽 주머니 안에 구바닌 산맥을 넘을 때 필요하리라 생각한 것들을 넣어두었는데, 얼마나 유용하게 쓰일지는 잘 모르겠군."

장영실의 이야기를 들은 쇼메트는 호기심 어린 표정으로 가죽 주머니의 끈을 풀어 내용물을 탁자 위에 쏟아 부었다. 그러자 손가락 한 마디 정도 크기만한 빵 조각들 십여 개와 작은 피리 모양을 한 금속 물건, 그리고 돌돌 말린 얇은 천 뭉치가 굴러 나왔다. 아직 덜 나온 것이 있는지 살피기 위해 가죽 주머니 속을 들여다보던 쇼메트는 직접 손가락을 넣더니 두꺼운 실 뭉치를 꺼내 내려놓았는데, 그것들이 내용물의 전부였다.

"어라? 겨우 이게 전부입니까?"

쇼메트는 내심 대단한 것을 기대하고 있었는지 실망감 섞인 목소리로 되물었다. 하지만 장영실은 담담한 미소를 지었고, 탁자 위에 놓여진 물건들을 하나씩 집어 들며 말을 꺼내었다.

"각자 최소한의 필수용품과 이 가죽 주머니 이외의 짐은 모두 전뇌거에 두고 산에 오를 것일세. 최대한 몸이 가벼워야만 구바닌 산맥을 오르기 수월하다고 생각했기 때문이지."

장영실의 말을 듣고 있던 일행들은 당혹스러운 표정을 지을 수밖에 없었고, 루스티커는 그의 말을 농담쯤으로 치부하는 듯 웃음을 터뜨리며 손을 내저었다.

"허헛! 자네가 농담에도 소질이 있는지는 처음 알았군 그래. 차라리 속옷만 입고 구바닌 산맥을 넘는 것이 낫지 않겠나?"

하지만 장영실은 농담이 아닌 듯 고개를 내저으며 대답했다.

"결코 농담이 아닙니다. 차라리 하나씩 설명드리는 편이 나을 것 같군요. 우선 이 실 뭉치는 인장 강도를 극대화시킨 고강도 화학 섬유로서, 어른 두 명이 매달린다 하더라도 끊어지지 않을 정도로 질기죠. 그러니 산맥을 오를 때 로프 대용으로 쓸 수 있습니다."

루스티커는 직접 눈으로 확인하고 싶었기에 자신의 가죽 주머니에 들어 있는 실 뭉치를 꺼내었다. 꼼꼼한 눈빛으로 그것을 살펴보고 두 손으로 힘껏 당겨보던 그는 나직한 탄성과 함께 입을 열었다.

"호오, 나노이드 잠사 같은 것이란 말인가? 밧줄 뭉치의 무게도 만만한 것이 아닐 테니… 충분히 도움이 될 만하군! 그럼 이 정성스럽게 말려 있는 천은 뭔가?"

그의 물음에 탁자 위에 놓인 천 뭉치를 손가락으로 집어 든 장영실은 그것을 묶어놓은 끈을 풀며 설명을 계속해 나갔다.

"이것은 우리가 구바닌 산맥에서 사용할 침낭입니다. 비록 머리카락 한 올 두께밖에 안 될 정도로 극히 얇지만, 열반사 처리가 되어 있어 내부의 열기를 바깥으로 방출하지 않는답니다. 반대로 바깥의 냉기 또한 내부로 들어오지 못하기 때문에 체온을 유지시켜 주는 기능을 하게 되는 것이죠."

이쯤 되자 일행들은 자신들의 상식으로는 이해할 수 없음을 깨닫고 아무런 말도 하지 못한 채 그의 설명을 듣고 있을 뿐이었다. 장영실은 다음으로 피리 모양의 금속 물체를 집어 들며 설명을 이었다.

"고대 서적에 의하면 우리가 찾는 곳은 호수 밑의 수중 동굴에 있다고 하더군요. 그래서 준비한 물건으로, 구태여 이름을 붙이자면 '산소 추출기'라고 할 수 있습니다. 물은 산소와 수소라는 원소로 이루어져 있는데, 이 산소 추출기는 그중 산소만을 추출하여 공급해 주는 것이죠. 그러니 이것을 입에 물고 있으면 물속에서도 숨을 쉬는 것이 가능하게 되는 것입니다."

장영실은 산소 추출기 옆면의 뚜껑을 열어 보이며 설명을 이어 나갔다.

"또 다른 용도는 고산 지대에서 부족한 산소를 공급받을 때 사용할 수도 있습니다. 고산 지대는 평지에 비해 산소가 많이 모자라기 때문에 산소 부족으로 인해 평소의 몸 상태를 유지할 수 없거나 극심한 두통에 시달리게 되는 것이 보통입니다. 그럴 때에도 역시 산소 추출기를 사용하게 되는데, 이 뚜껑을 열고 고산 지대의 눈을 산소 추출기에 넣어주면 눈이 녹아 물이 되고, 그 물로부터 산소를 추출하여 공급해

주게 됩니다.”

이제 일행들은 넋을 놓은 채 나직한 숨소리만 내며 있었고, 그의 말을 믿어야 할지 말아야 할지에 대해서 진지하게 고민하는 중이었다. 그때 엉뚱한 곳에서 누군가의 목소리가 들려왔는데, 바로 여관 주인인 발튼의 목소리였다.

“정말 신기한 물건들이군요! 실만큼 가는 밧줄에다 주먹보다 작은 침낭, 그리고 공기를 공급해 주는 금속 대롱이라니……. 하핫! 그 말씀이 사실이라면 산을 오를 때 정말 탐나는 물건들입니다!”

자연스럽게 일행들의 시선은 발튼에게로 향했고, 가벼운 웃음으로 그들의 시선에 답해준 발튼은 과자 바구니를 탁자에 내려놓으며 이야기를 이어 나갔다.

“이야기를 쭉 들어보니 손님들께서는 정말 신기한 물건들을 가지고 계시군요. 과연 구바닌 산맥을 오를 때 많은 도움이 되겠습니다. 하지만 그것만으로 구바닌 산맥을 쉽게 오를 수 있다고 생각하신다면 크나큰 오산임을 아셔야 합니다.”

그렇지 않아도 낮에 있었던 일로 인해 발튼에게 그리 좋은 감정을 가지고 있지 않았던 카밀턴은 딱딱한 목소리로 그의 말을 끊으며 나섰다.

“다른 사람의 대화를 몰래 엿듣다니… 아주 예의가 없는 작자군! 자네와는 상관없는 이야기일 테니 신경 쓰지 말고 하던 일이나 하게나!”

하지만 발튼은 카밀턴의 냉랭한 태도를 이해할 수 없었기에 어깨를 으쓱거리며 대답했다.

“나는 그저 손님들께서 구바닌 산맥을 넘으려 하는 것 같아서 작은 조언을 해드리려 한 것인데, 그렇게까지 말할 건 없지 않습니까?”

"내 이야기를 못 알아듣겠나? 우리는 자네의 그 작은 조언이 필요없단 말일세!"

둘 사이의 언성이 높아지고 험악한 분위기로 발전할 듯하자 루스티커는 둘의 대화를 갈라놓는 것이 좋겠다고 생각했다.

"흠, 어찌 보면 우리가 초행자의 입장이니 그 사람의 이야기를 들어보는 것도 괜찮을 것 같군. 보아하니 이곳의 토박이인 것 같은데, 구바닌 산맥에 대해서 이야기를 조금 듣고 싶구먼."

루스티커가 자신의 가치를 제대로 평가해 주자 발튼은 만족한 웃음을 터뜨리며 대답했고, 루스티커에게 대꾸할 수 없었던 카밀턴은 얼굴을 다시 한 번 일그러뜨리며 입을 다물어야만 했다.

"하하핫! 역시 연륜이 많은 분이라 생각이 깊으시군요. 그럼 잠시 옆 자리에 앉아도 되겠습니까?"

"허헛! 물론일세. 이쪽으로 앉게나."

발튼이 맞은편에 앉게 되자 카밀턴은 시선을 다른 곳으로 돌려 외면했다. 하지만 발튼은 그의 태도에 전혀 신경 쓰지 않은 채 말을 이어나갔다.

"어르신의 말씀대로 저는 어렸을 적부터 이곳에서 살았답니다. 그리고 여관을 차리기 전에는 구바닌 산맥의 북부를 돌아다니며 숨겨진 보물을 찾는 트레이져 헌터 일을 했었죠."

발튼의 과거에 대한 이야기가 거론되자 루스티커는 흥미로운 눈빛을 띠었다.

"호오, 트레이져 헌터 일은 보통 힘든 게 아닐 텐데……. 그렇다면 자네의 그 범상치 않은 근육들도 그 일을 하면서 생긴 것이겠구먼. 한데 어째서 지금은 여관 일을 하고 있는 겐가? 아직 은퇴하기에는 젊은 나이가 아닌가?"

그의 물음에 발튼은 씁쓸한 미소를 흘렸다.

"후훗! 우선 과거의 이야기부터 설명드려야겠군요. 아실지 모르겠지만, 흑룡 헬보네츠가 흑룡의 호수에 자리를 잡기 전만 해도 고대의 많은 인간들과 유사 인간 종족들은 수대에 걸쳐 구바닌 산맥에 자신들의 보물들을 숨겨놓았었답니다. 지형이 워낙 험준하고 기후가 너무나 혹독했기 때문에 사람들의 발길이 닿지 않았던 것이죠. 설혹 닿았다 해도 보물이 있는 곳의 위치를 정확히 모르는 이상 그것을 찾아내기란 불가능에 가까웠으니까요. 하지만 갑자기 나타난 흑룡 헬보네츠가 구바닌 산맥에 자리를 잡게 되자 구바닌 산맥의 곳곳에 보물들을 숨겨놓은 사람들은 자신들이 숨겨놓은 보물들을 포기할 수밖에 없게 되었답니다. 보물이 목숨보다 소중하진 않았을 테니까요."

"허허헛! 그 사람들, 정말 눈앞이 깜깜했겠구먼."

발튼은 담담하게 미소를 지어 보이며 말을 이어 나갔다.

"그로부터 수백 년의 시간이 흐르게 되었을 때, 현자들 사이에서 구바닌 산맥 북부의 끝자락이 헬보네츠의 레어 영역에 속하지 않는다는 학설이 발표되었답니다. 또 때를 맞추어 구바닌 산맥의 고대 보물에 대한 몇 가지의 전설들이 떠돌기 시작했는데, 그 전설들에 관심을 가진 듀들란의 수많은 모험가들이 구바닌 산맥으로 몰려들게 되었죠. 그로 인해 구바닌 산맥으로 가는 길목인 이곳에는 자연스럽게 바움텐 시가 생겨나게 되었던 것입니다."

꽤나 흥미로운 이야기가 시작될 듯하자 장영실과 쇼메트는 의자를 끌어당기며 그의 이야기에 귀를 기울이기 시작했다. 카밀턴 역시 다른 곳을 바라보고 있었지만 귀는 발튼을 향해 열려 있었다.

"하지만 당시만 해도 구바닌 산맥의 지형에 대해 알려진 것이 거의 없었기에 개인 단위의 발굴이 어려웠답니다. 이에 고심하던 트레이져 헌터들은 결국 길드를 형성해 구바닌 산맥의 보물 발굴에 필요한 정보나 물품을 서로 나누기 시작했습니다. 그러한 노력으로 인해 오랜 세월 동안 구바닌 산맥의 깊은 곳에서 잠을 자고 있던 보물들을 하나씩 발굴되게 된 것이죠."

그의 이야기에 턱 주변을 매만지던 루스티커는 옛 기억이 떠오르는지 무릎을 쳤다.

"아! 그 이야기는 오래전에 들었던 기억이 있구먼. 상당한 보물들이 발견되면서 졸지에 부자가 된 사람들이 심심찮게 나오자 황실에서도 구바닌 산맥의 보물들에 관심을 가졌던 적이 있다고 들었네. 하지만 별다른 소득을 얻지는 못했다고 하더군."

"어르신께서 말씀하신 그대로입니다. 시간이 흐르자 보물 발굴의 열기는 식을 수밖에 없었습니다. 오랜 세월 동안 트레이져 헌터들이 활동하면서 구바닌 산맥 북부의 보물들은 대부분 발굴되었기에 더 이상의 발굴 가능성은 없어지게 되었고, 그렇다고 해서 흑룡 헬보네츠가 지키고 있는 구바닌 산맥의 남부 쪽으로 접근할 수도 없었던 것이죠. 후우……."

한숨을 내쉰 발튼은 자신이 가지고 온 과자 바구니에서 노릇하게 구워진 과자 하나를 꺼내 물며 이야기를 이었다.

"결국 트레이져 헌터들은 하나둘씩 바움텐 시를 떠나기 시작했고, 지금 이곳에는 그때의 추억을 잊지 못하는 사람들이나 아직도 남아 있는 보물에 대한 꿈을 버리지 못한 사람들만이 남아 있게 된 것이죠. 그리고 저 역시 아직 희망을 가지고 있기 때문에 이곳에서 여관을 하면서 때를 기다리고 있는 중이랍니다."

루스티커는 의아한 표정을 지으며 물었다.

"때라니? 무슨 때를 기다리는 중이란 말인가?"

이에 이야기를 하면서 줄곧 침체된 표정을 짓고 있던 발튼은 희색을
띠며 대답하기 시작했다.

"후훗! 제가 특별히 손님들께만 조금 귀띔해 드리도록 하죠. 지금까
지 트레이져 헌터들에 의해 보물이 발굴된 곳은 산맥의 중지대, 즉 비
교적 낮은 위치에 있고 기후 역시 그럭저럭 견딜 만한 곳이었답니다.
물론 그 정도의 환경에서 생활하는 데에도 만만치 않은 고초를 겪어야
겠지만 며칠 동안 머물며 보물을 발굴하는 것이 가능했던 것이죠. 하
지만 어디까지나 이런 이야기는 산맥의 중지대에서나 통하는 이야기이
고, 고지대는 전혀 다른 세상이랍니다."

입 안에 있던 과자를 삼킨 발튼은 장영실을 가리키며 설명을 이었
다.

"방금 전 이분께서 말씀하셨듯이 고지대에서는 호흡조차 곤란할 정
도랍니다. 때문에 웬만한 트레이져 헌터들로서는 고지대까지 올라가
는 것조차 만만치 않고, 그곳에서 머물며 보물을 찾아내기란 더욱 불가
능에 가까운 것이었죠. 간혹 욕심에 눈이 먼 트레이져 헌터들이 고지
대의 보물을 노리고 산을 올랐지만 너무나 험준한 지형과 호흡 곤란,
그리고 수시로 변하는 날씨에 휘말려 보물을 찾기는커녕 살아 돌아온
모험자조차 손에 꼽을 정도였답니다. 결국 정확한 위치를 모르고선 산
맥의 고지대에 올라 보물을 찾는다는 것은 불가능한 것으로 치부된 것
이죠. 한데 운이 좋게도 케미렌이라는 제 친구가 얼마 전 구바닌 산맥
의 고지대에 숨겨진 보물 지도를 입수하게 되었답니다. 자세한 것까지

는 말씀드릴 수 없겠지만 고대의 황실과 관련되어 있다더군요. 후훗, 지금까지 발굴된 적이 없는 곳의 지도인데, 아마도 엄청난 보물들이 숨겨져 있을 것입니다."

"오호, 혹시 지금 말하는 친구가 낮에 다투던 그 친구인가?"

"기억하시는군요. 그 친구는 원래 도적이었는데, 개인적인 일 때문에 도적 일을 그만두고 트레이져 헌터를 저와 함께 해왔습니다. 후훗, 그 녀석의 옛 직업이 도적이었던 만큼 보물에 대한 감각이 뛰어났고, 지형을 파악하는 능력이 굉장했던 것이죠. 그래서 과거에는 함께 적지 않은 보물들을 발굴할 수 있었습니다."

조용히 이야기를 듣고 있던 장영실은 낮에 만났던 왜소한 사내의 이름이 케미렌이었던 것을 깨달으며 오랜만에 입을 열었다.

"흠… 자네 친구라는 사람은 나도 아까 만났다네. 그의 몸놀림은 아주 비범하더군. 한데 보물 지도를 발견했다면서 어째서 아직 보물을 찾으러 떠나지 않는 것인가? 남들이 먼저 발견하기 전에 움직여야 하는 것 아닌가?"

장영실의 물음에 고개를 내저은 발튼은 손가락을 꼽으며 그의 물음에 대답했다.

"보물을 발굴하는 일에는 중요한 요소가 네 가지 있답니다. 첫 번째는 정확하고 안전한 행로를 확보하는 것, 두 번째는 산을 오르기 위한 충분한 물자, 세 번째는 급경사를 오르더라도 지치지 않을 강인한 체력, 마지막으로 적당한 날씨라고 할 수 있죠. 그중 하나라도 빠진다면 보물을 찾기는커녕 살아 돌아올 수 있다는 보장조차 받을 수 없게 되는데, 지금 상황으로는 날씨가 가장 큰 문제랍니다. 이곳은 지금 가을에 접어들고 있지만 벌써 산 위는 겨울이나 다름없기 때문에 날씨가 자주 나빠지고 심심찮게 눈보라도 휘몰아친답니다. 또 얼마 안 있어 본격적인 겨울이 다가오면 그 추위는 인간으로서는 감당하기 힘들 정도죠. 혹시라도 운이 나빠 눈사태라도 난다면 그대로 죽은 목숨이니까요. 한마디로 지금은 산을 오르는 데 적당한 때가 아니라는 겁니다. 그래서 내년 여름을 기다리는 중이죠."

루스티커는 수염을 쓰다듬으며 침음성을 흘렸다.

"흐음… 자네의 말을 들으니 걱정이 되는구먼. 산맥을 넘는다는 것을 너무 쉽게 생각했던 것일까."

잠시 일행들의 얼굴과 행색을 살펴보던 발튼은 카밀턴과 쇼메트를 먼저 바라보며 자신의 생각을 꺼냈다.

"굳은살이 박힌 손바닥과 몸에 군살이 없고 근육이 고루 발달된 걸 보니 이쪽의 두 분께서는 상상치도 못할 훈련을 거친 분들이시군요. 그리고 어르신께서는 마법사, 그것도 상당한 클래스의 마법사이신 듯하고, 저쪽 분 역시 신기한 물건들을 꺼내놓으시는 걸 보니 비범한 재능을 지닌 분인 듯하군요. 후훗! 여관을 하면서 많은 사람을 봐온 만큼 제 눈은 꽤나 정확한 편이죠. 어떤 이유로 구바닌 산맥을 넘으시려는지는 모르겠지만, 손님들 정도의 파티라면 구바닌 산맥을 넘으실 가능성이 높아 보이는군요. 하지만 가능성이 높다 해도 안전에 대한 확신을 가질 수 없는 곳이 구바닌 산맥입니다. 순간의 실수가 목숨을 좌우하니까요. 생각지 않세 이야기기 길어졌지만, 그 점을 말씀드리고 싶었던 것입니다."

발튼의 이야기에 진지하게 귀를 기울이고 있던 카밀턴은 텁텁해진 입을 적시기 위해 물을 한 모금 마시며 입을 열었다.

"그렇다면 가장 안전하게 구바닌 산맥을 넘는 방법은 무엇이라고 생각하나?”

“음… 구바닌 산맥에 대해 잘 아는 안내인이라도 구할 수 있다면 안전하게 구바닌 산맥을 넘을 가능성이 커지겠죠. 혹시라도 생각이 있으시다면 제가 능력있는 안내인을 섭외해 드리도록 하겠습니다.”

발튼의 말에 잠시 생각해 보던 루스티커는 의자의 등받이에 등을 기대며 은근한 목소리로 입을 열었다.

“으음… 안내인이라……. 그 안내인으로 케미렌이라는 자네의 친구는 어떤가? 자네의 이야기를 들어보니 우리의 안내인으로 적당한 것 같은데.”

케미렌의 이야기가 거론되자 발튼은 난처한 표정을 지어 보였다.

“흠… 그 친구의 실력은 제가 보증할 수 있지만, 과연 그 일을 하려 할지 모르겠군요. 워낙 누구에게 얽매이는 것을 싫어하는 성격인데다, 낮에 사소한 말다툼(?)이 있었으니 며칠 동안은 저와 이야기하지 않으려 할 것 같습니다.”

그의 말에 품속으로 손을 넣은 루스티커는 작은 주머니를 꺼내며 말을 이었다.

“이 정도의 사례금이라면 어떻겠나? 그 친구도 군침을 흘릴 것 같은데.”

루스티커의 주름진 손에는 붉은 빛을 발하고 있는 조그마한 보석 하나가 들려 있었다. 얼핏 보더라도 그 값어치는 상당해 보였는데, 트레이져 헌터였던 만큼 물건의 값어치를 금방 알아본 발튼은 떨리는 목소리로 마른침을 삼켰다.

“규, 규라페틴 석이군요. 스스로 빛을 낼 수 있는 진귀한 보석…….”

발튼의 손이 자신도 모르는 사이에 루스티커가 들고 있는 보석을 향해 움직이고 있을 때 갑자기 귀를 자극하는 여성의 목소리가 그의 고막을 때리기 시작했다.

"이봐요, 발튼! 음식 나르러 가서 지금 뭐 하는 거예요!"

모여 있던 사람들의 시선은 자연스럽게 목소리가 들려오는 곳으로 옮겨졌다. 그곳에는 발튼에 못지않은 몸집을 가진 여인이 허리라고 짐작되는 곳에 손을 올린 채 발튼에게 눈치를 주고 있는 중이었다. 그녀의 눈빛에 주눅이 든 듯 인상을 찌푸린 발튼은 지금까지와는 다르게 기어들어 가는 목소리로 대답했다.

"이, 이제 막 가려고 했어. 여기 테이블 좀 치워야 할 것 같아서 말이야."

"당신, 또 손님들과 노닥거리는 중이라면 가만두지 않을 거예요! 당장 테이블 치우고 음식들 좀 날라요!"

"아, 알겠다고. 그러니 잔소리 좀 그만 하구려."

손님들의 시선에 더 이상 화를 낼 수 없었던 발튼의 아내는 속으로 화를 삭이기라도 하는 듯이 콧방귀를 뀌며 몸을 돌렸고, 발튼은 험악한 분위기로 발전하지 않은 것에 대해 안도하며 장영실과 일행들을 향해 입을 열었다.

"사실 낮에도 케미렌에게 화를 낼 생각은 전혀 없었는데, 모두 제 집사람의 눈치를 보느라 그렇게 되었던 것이죠. 후훗, 솔직히 말해 매일같이 논노 내지 않고 빌붙어 사는 케미렌의 모습이 집사람의 눈에 좋아 보일 리가 없을 테니까요. 하지만 그 친구도 제가 이러는 것을 이해해 주니 그나마 다행이랍니다."

안타까움이 섞인 목소리로 낮에 있었던 일에 대해 이야기한 발튼은 비어 있는 찻잔들을 거두어들여 쟁반 위에 올리며 말을 이었다.

　"케미렌이 제안을 받아들일지는 모르겠지만, 장사가 끝나는 대로 그 친구를 찾아가 물어보도록 하겠습니다. 그럼 좋은 밤 되시길 바라겠습니다."

　가볍게 고개를 숙여 보인 발튼은 부인이 일하는 곳으로 발걸음을 옮겼다.

　발튼이 사라지자 그 자리에 남아 있던 장영실과 일행들 사이에는 조용한 분위기가 흐르고 있었다. 그들은 모두 구바닌 산맥과 케미렌에 대한 생각에 빠져 있는 중이었다. 막상 발튼으로부터 구바닌 산맥에 대한 이야기를 듣고 나자 마음 편히 있을 수가 없었던 것이다.

　그중 지위가 가장 낮았기에 대화를 나누는 내내 입을 다물고 있을 수밖에 없었던 쇼메트는 일행들의 표정을 살피고 있었다. 하지만 시간이 꽤나 지나갔음에도 아무도 먼저 말을 꺼내지 않자 조금 따분해진 쇼메트는 입이라도 위로하고자 탁자 위에서 나뒹굴고 있는 빵 조각을 하나 집어 들어 입 속으로 넣었다. 바로 장영실이 나눠 준 가죽 주머니에서 나온 것이었다.

　"그나저나 장영실 남작님, 이 빵 조각 같은 것에 대한 설명은 안 해 주셨는데 대체 뭡니까? 음… 맛은 괜찮군요."

　아무런 생각 없이 쇼메트가 하는 행동을 지켜보고 있던 장영실은 문득 빵에 대해 생각이 난 듯 그를 만류하기 위해 손을 뻗었다.

　"안 돼! 그, 그건 그렇게 먹는 것이 아닐세!"

　그러나 장영실이 말리기 전에 쇼메트의 행동은 끝나 있었고, 문제의 빵 조각을 우물거리던 쇼메트는 고개를 갸웃거리며 장영실을 바라보았다. 곧 쇼메트는 장영실의 설명을 듣기도 전에 입 안으로부터 변화를 느낄 수 있었는데, 입에서 우물거리던 빵 조각이 갑작스럽게 불어나기 시작하는 것이었다.

"우우우욱! 그으으으아!"

갑작스럽게 터질 듯 부풀어 오르고 있는 쇼메트의 볼을 보며 카밀턴과 루스티커는 황당한 표정을 지었고, 눈살을 찌푸린 장영실은 안타까운 눈빛을 띠며 입을 열었다.

"이런, 자네가 먹은 빵 조각은 타액과 섞이는 순간 부피가 20배로 불어나게 된다네. 구바닌 산맥을 오를 때 식량으로 쓸 생각이었는데… 한 개를 모두 입에 집어넣었으니 큰 빵 여섯 개를 한 번에……."

"으읍! 흐어억!"

장영실의 이야기가 채 끝나지도 않아서 쇼메트가 호흡 곤란을 일으키기 시작하자 카밀턴은 안색을 바꾸며 그의 입을 손으로 벌렸고, 직접 손을 넣어 쇼메트의 입을 가득 메우고 있는 빵을 퍼내기 시작했다.

"이거야 원! 사람 잡겠군요!"

시간이 조금 지나서야 쇼메트의 입 안을 가득 채우고 있던 빵을 모두 퍼낼 수 있었는데, 그 양은 작은 쟁반에 그득 담길 수 있을 만큼이나 되었다. 몸을 늘어뜨린 채 호흡을 가다듬고 있는 쇼메트와 그의 입에서 나온 빵을 번갈아 보던 루스티커는 허무감이 섞인 웃음을 흘리며 입을 열었다.

"허허, 정말이지 자네의 능력은 대단하구먼. 하지만 혹시라도 다른 개발품들이 있다면 꼭 그 쓰임새에 대해 미리 말해 주기 바라네. 허무하게 세상을 뜨긴 싫으니 말일세."

그의 말을 들은 장영실은 어색한 미소를 지을 수밖에 없었고, 쇼메트는 계속되는 수난에 몸서리를 치는 중이었다.

청량한 바람이 한껏 잠에 취해 있는 장영실의 볼살을 간지럽히고 있었다. 볼이 차갑게 식자 이불을 끌어당긴 장영실은 선선히 불어오는 바람을 피하며 눈살을 찌푸리곤 실눈을 떠 주변을 살폈다. 아직 어둠이 가시지 않은 새벽이었기에 그의 눈에 들어온 것은 거뭇한 천장과 바람에 흔들리는 커튼이 전부였다. 그는 나직한 한숨을 흘리며 기억을 더듬어보았다.

"으음… 분명 자기 전에 창문을 닫았을 텐데… 이상하군."

잠자리에서 일어나 창문을 닫아야 할지, 아니면 계속 잠을 청해야 할지 갈등하던 장영실은 결국 이불을 걷어내며 몸을 일으켰다. 그리곤 창가로 가기 위해 침대 아래로 다리를 내렸는데, 물컹한 무엇인가가 자신의 발끝에 걸리는 것을 느낄 수 있었다. 이에 소스라치게 놀란 장영실은 다급한 숨소리를 냈고, 급히 탁자 위에 올려진 큼직한 촛대에 불을 붙였다.

"으헙! 이건 또 뭐지?!"

방이 밝아지자 침대 아래의 존재가 눈에 들어왔다. 그는 몸에 살짝 달라붙는 편안한 옷을 입고 있었고, 허리춤에는 서너 개의 단검이 매달려 있었다. 그것을 보고서 한눈에 케미렌이라는 것을 알아본 장영실은 떨떠름한 표정을 지으며 그를 흔들어 깨웠다.

"이보게! 이봐! 일어나 보게나."

장영실의 목소리에 케미렌은 졸린 눈을 부비며 눈을 떴다. 전직 도적치고는 너무나 경계심없는 행동이었는데, 그는 이곳을 마치 자신의 집으로 여기고 있는 듯 편안한 모습이었다.

"으음… 벌써 아침인가?"

상체를 일으킨 케미렌이 언짢은 얼굴로 주변을 둘러보더니 다시 그 자리에 누우며 특유의 칼칼한 목소리로 투덜거렸다.

"뭐야, 아직도 밤이잖나. 날 깨우려면 해가 뜨고 난 뒤에 하게나."

태연한 케미렌의 행동에 어깨를 으쓱거린 장영실은 그를 깨울 방법을 떠올릴 수 있었고, 침대 모서리에 걸터앉으며 입을 열었다.

"흠, 아무래도 아침에 해가 밝는 대로 발튼의 집사람에게 자네 이야기를 해야겠구먼. 내 방에 케미렌이라는 사람이 무단으로 들어와 잠을 잤다고 말일세."

장영실의 말에 다시 잠을 청하던 케미렌은 언제 졸린 눈을 했냐는 듯이 두 눈을 번쩍 치켜떴고, 재빨리 몸을 일으키며 손을 내저었다.

"그, 그것만은 제발 참아주게나! 그녀가 이 일을 알면 아마 모든 방의 창문에 못질을 해댈 테니 말이야. 그렇게 되면 나는 마음 편히 잘 곳도 없단 말일세!"

그제야 대화할 분위기가 마련되자 장영실은 그의 어깨를 두드려 주며 먼저 이야기를 꺼냈다.

"후훗! 발튼의 집사람이 그렇게 무서운 존재란 말인가? 어쨌든 이제 잠에서 좀 깨어난 것 같으니 몇 가지만 물어보도록 하지. 지금 이 방에서 자네는 뭘 하는 중인가?"

장영실의 협박(?)을 이기지 못한 카밀턴은 나직한 한숨을 내쉬며 대답했다.

"후우… 보면 모르나? 잠을 자고 있었잖나."

"아니, 내 말은 하필이면 많고 많은 방 중에 왜 내 방이냐는 말이지."

그의 말에 안색을 바꾼 케미렌은 어처구니없다는 표정을 지으며 신경질적인 목소리로 외쳤다.

"내 방? 여기가 어떻게 자네 방이란 말인가? 나는 지난 3년 동안 이 방을 써왔단 말일세! 저 탁자에서 항상 식사를 했고, 자네가 앉아 있는 이 침대에 누워 잠을 청했지. 게다가 자네가 불을 붙인 저 촛대도 내가 사다 놓은 것일세. 내 말이 무슨 소리인지 알아들을 수 있겠나?"

악을 쓰며 대답하고 있는 케미렌을 보며 장영실은 쓴웃음을 지었다.

"음… 그렇다면 내가 자네의 방을 빼앗은 것이군. 후훗, 미안하게 되었네. 하지만 내일이면 이곳을 떠나니 이 방을 다시 찾을 수 있을 게야."

"오호, 그것참 반가운 소식이군. 이제 내일이면 바닥이 아닌 내 침대에서 잠을 잘 수 있을 테니."

고개를 갸웃거린 장영실은 의아한 표정을 지으며 물었다.

"잠깐, 내일이라니. 혹시 우리가 제안한 일에 대해서 발튼을 통해 듣지 못했나?"

이야기가 길어질 듯하자 더 이상 잠을 자기는 틀렸다고 생각한 케미렌은 자리를 털며 일어났다.

"물론 들었다네. 하지만 나는 당연히 거절했지. 얼마를 주든지 간에 황실에서 나온 사람들과 일을 하기에는 나의 간담이 너무나 작거든."

"어제 낮부터 궁금했었는데, 대체 황실에서 무슨 잘못을 저질렀는데 그러는 것인가? 내게 말해 줄 순 없겠나?"

잠시 고심을 하던 케미렌은 머리를 긁적이며 입을 열었다.

"흠… 듣자 하니 발튼이 자네 일행들에게 모두 이야기했다더군. 우리의 계획을 말이야."

"그 구바닌 산맥의 보물에 대한 것 말인가?"

고개를 끄덕인 케미렌은 어깨를 으쓱거리며 대답했다.

“뭐, 지난 3년 동안 우리의 계획은 그것밖에 없었으니 아마도 맞을 것일세. 후우, 그리고 우리가 가지고 있다는 보물 지도에 대한 이야기도 당연히 들었겠지?”

“물론일세. 자세한 것까지는 못 들었지만 고대 황실과 연관있는 보물 지도라는 사실까지는 알고 있다네.”

“사실 발튼은 그 지도의 출처를 모르고 있지만, 그것은 쟈트란의 황궁에서 훔쳐 온 것이라네. 과거 황실에서 재정 충당을 위해 보물 발굴 사업에 관심을 가질 당시에 쓰였던 지도인데, 그만 눈이 멀어서 뒷일을 생각하기도 전에 손이 먼저 움직여 버렸지. 혹시라도 이제 나를 잡아야겠다는 생각을 하게 된 것은 아니겠지?”

그의 말에 피식 웃어버린 장영실은 그의 어깨를 두드려 주며 입을 열었다.

“후훗, 지금 우리가 하는 일은 아마 그 보물 지도와는 비교도 되지 않게 중요한 일일 걸세.”

장영실의 태도가 여전하자 케미렌은 안도의 한숨을 내쉬며 말했다.

“후, 그렇다면 다행이군. 그런데 그렇게나 중요한 일을 맡을 정도라면 자네도 꽤나 입김이 있겠군. 혹시라도 돌아가면 자네의 상관에게 부탁해서 내 목에 붙은 현상금 좀 없애줄 수 없겠나? 뭐, 원한다면 자네 목에 대신 현상금을 붙여도 나는 상관없다네.”

시시껄렁한 농담으로 던진 케미렌의 말에 영감을 얻은 장영실은 미소를 입가에 그리며 말했다.

“음… 이렇게 하면 어떻겠나? 우리가 자네에게 걸린 현상금을 없애주도록 할 테니, 자네는 우리 일행이 구바닌 산맥을 넘는 것을 도와주게. 물론 그렇게만 해준다면 그 이름이 복잡한 보석도 받을 수 있을 것일세."

파격적인 장영실의 제안에 깜짝 놀란 케미렌은 눈을 부릅뜨며 물었다.

"자, 잠깐! 그렇다면 자네의 일행들… 아니지, 일행 분들이 귀족들이라는 말인가?"

"루스티커님은 황궁 수석 마법사시고, 나는 남작의 지위를 가지고 있으니 귀족이라고 할 수 있지. 뭐가 잘못됐나?"

"오, 이런! 믿을 수 없는 사실이군……."

당황해하고 있는 케미렌의 행동을 살피던 장영실은 은근한 목소리로 입을 열었다.

"자, 이제 선택을 해야 할 시간인 것 같군. 계속 현상금이 걸린 상태로 살아가든지, 아니면 우리를 돕고서 값비싼 보석까지 덤으로 받든지 둘 중에 하나를 고르게나."

케미렌은 생각할 것도 없다는 듯이 바로 대답했다.

"내가 세상에서 제일 가는 바보가 아닌 이상 후자를 택하는 것이 당연하잖나? 후우! 남의 아래에서 일하는 것이 썩 마음에 들지는 않지만 자네 일행들을 돕기로 하지. 아! 그리고 자네가 귀족이라고 해서 나에게 존칭을 바라지는 말게나. 어차피 요즘 세상에 귀족도 이름뿐이지 않나?"

장영실은 결과에 만족한 표정을 지으며 고개를 끄덕였다.

"하핫! 아주 멋진 판단이었네. 그리고 나 역시 존칭을 좋아하지 않으니 편할 대로 하게나. 그럼 계속 잠을 자는 것이 좋겠군. 일찍 떠나야 할 테니."

"이제 나도 자네와 함께 침대에서 자도 되겠나? 내일부터 계속 차갑고 딱딱한 바닥에서 잠을 자야 할 텐데, 오늘만이라도 푹신한 침대에서 잠을 자고 싶구먼."

"마음대로 하게나. 어차피 침대에 자리는 충분히 남을 테니까."

장영실의 허락에 웃음을 띤 케미렌은 재빨리 침대 위로 뛰어들었고, 장영실 역시 피식 웃으며 그를 따라 침대에 몸을 뉘이고 있었다.

98장 고난의 여정

화창한 오후, 바움텐 시를 떠난 장영실과 일행들은 푸르름이 절정에 달해 있는 초원 지대를 달리고 있었다. 만 하루를 꼬박 달리고 또 달렸지만 이 드넓은 초원 지대는 끝날 줄을 모르고 있었고, 고르지 못한 좁다란 길은 세상의 끝으로 일행들을 안내하기라도 하듯 끊임없이 뻗어 있었다.

전뇌거의 내부에는 그야말로 인생의 끝으로 치달리고 있는 세 명의 인물들이 있었다. 카밀턴과 쇼메트, 그리고 새로운 일행이 된 케미렌은 전뇌거에 오르는 순간부터 극심한 멀미에 시달리는 중이었는데, 케미렌은 핏기가 전혀 없이 사색이 다 된 얼굴로 숨을 고르는 중이었다.

"후우… 후우… 이거야 원, 정말 사람 환장할 노릇이군. 이것이 정녕 사람이 탈 만한 것이란 말인가? 나중에 이 전뇌거인가 뭔가 하는 것이 발매된다 하더라도 나는 절대 이 마차를 사지 않을 것일세!"

전뇌거를 몰면서 쉴 새 없이 들려오는 케미렌의 원성을 들어주던 장영실은 피식 웃으며 대답했다.

"후훗! 사고 사지 않고는 취향이니 어쩔 수 없지만, 지금은 지면이 고르지 않으니 어쩔 수 없는 일이 아니겠는가? 이런 지면에서 이 정도면 충분히 아늑하게 달리고 있는 것이니 괜히 전뇌거 트집은 잡지 말게나."

하지만 카밀턴과 쇼메트는 장영실의 말을 인정 못하는 듯했고 케미렌 역시 부정적인 시선을 보내고 있었다.

"그나저나 얼마나 더 가면 구바닌 산맥에 도달할 수 있겠나? 자네도 알다시피 초행길이라 얼마나 왔는지 애매하군."

장영실의 물음에 팔짱을 끼고서 주변 경관을 둘러본 케미렌은 대충 위치를 따져 보며 말했다.

"말의 속도로 대충 이틀 정도 더 가야 하는 거리니 이 정도 속도라면 내일 저녁쯤 구바닌 산맥의 삼림 지대에 접어들 수가 있겠군. 그곳부터는 말조차 이용할 수 없을 정도로 험난하니 전뇌거를 타고 가기는 힘들 것일세."

"흠… 그렇군."

그리고 분위기를 살피며 잠시 눈동자를 이리저리 굴리던 케미렌은 은근한 목소리로 물었다.

"그나저나 정말 자네와 일행들이 무슨 일을 하려는 건지 말해 주면 안 되겠나? 고이 숨겨놓았던 내 비밀은 다 말했는데, 나는 자네들이 하는 일에 대해서 아무것도 모르니 너무 억울하지 않나? 게다가 이제 동료가 되었으니 그렇게까지 숨기지 않아도 될 것 같은데……."

바움텐 시를 떠나 이곳까지 오는 동안 케미렌은 수차례나 그에 대한 질문을 던지고 있었다. 하지만 드래곤의 심장에 대한 일은 기밀에 속했기에 장영실과 일행들은 그에 대해 말할 수 없었고, 전직 도적답게 호기심이 왕성했던 케미렌은 답답함에 미치기 일보 직전이었던 것이다.

"일급 기밀이라 말해 줄 수 없다네. 미안하네."

전에 했던 대답과 토씨 하나 틀리지 않은 장영실의 대답에 얼굴을 찡그린 케미렌은 짜증이 나는 듯 머리를 벅벅 긁으며 고개를 돌려 버렸다.

"쳇! 고지식한 사람 같으니… 내가 일급 기밀을 알아내어서 어디에 팔아먹기라도 한다는 말인가?"

케미렌의 투덜거림을 들은 카밀턴은 속이 좋지 않음에도 불구하고 웃음을 참지 못하며 입을 열었다.

"풋! 자네의 직업을 잘 생각해 보게. 자네 같으면 도적에게 국가 일급 기밀을 말해 줄 수 있겠나? 내가 그쪽 바닥을 자주 이용해서 잘 알고 있는데, 국가의 일급 기밀이라면 암시장에서 비싼 가격에 거래될 수 있지."

"하, 하지만 나는 지금 은퇴한 상태가 아닌가? 이미 오래전에 손을 씻었단 말일세!"

케미렌의 변명에 이번에는 쇼메트가 고개를 내저으며 말했다.

"그래서 은퇴하신 이후에 황실에서 구바닌 산맥의 보물 지도를 훔치셨군요. 구정물에 손을 씻기라도 하셨나 보죠?"

"이, 이보게! 그 이야기는 더 이상 하지 않기로 하지 않았던가?"

"하핫! 하지만 케미렌 씨의 말이 너무나 앞뒤가 맞지 않으니 어쩔 수가 없잖습니까?"

“에잉~ 마음대로 생각하라고!”

더 이상 할 말이 없어진 케미렌은 고개를 내저으며 잠잠해지고 있었다. 그때 일행들의 이야기를 듣고 있던 루스티커가 대뜸 뒷자리를 돌아보며 말했다.

“자세한 것에 대해서는 말해 줄 수 없지만, 목적지는 말해 주도록 하지. 우리는 지금 구바닌 산맥을 넘어 흑룡의 호수로 가고 있는 것일세.”

루스티커의 말을 들은 케미렌은 웃어넘길 수밖에 없었다.

“크큭, 제가 무슨 어린아이인 줄 아십니까? 그런 말로 겁을 주기에는 제가 너무 나이가 많습니다.”

어처구니없다는 듯이 웃고 있던 케미렌은 일행들이 아무런 말 없이 진지한 눈빛으로 자신의 얼굴을 빤히 바라보고 있자 뭔가 잘못된 것을 느끼며 작은 눈을 부릅떴다.

“서, 설마 정말 흑룡의 호수로 가는 중이란 말씀이십니까? 이런 젠장할! 보석이고 뭐고 다 필요없으니 당장 여기서 내리겠습니다!”

장난이 아니라는 것을 깨닫고서 겁에 질린 얼굴을 한 케미렌은 전뇌거의 문고리를 잡아당기려 급히 몸을 날렸다. 하지만 그의 행동을 보고만 있을 리 만무했던 쇼메트는 그의 손을 움직이지 못하도록 움켜잡았고, 카밀턴 역시 그의 다리를 잡아 옴짝달싹 못하게 만들었다. 어느 정도 케미렌의 반응을 예상했던 루스티커는 싱긋이 웃으며 말을 이었다.

“허헛, 너무 걱정하지 말게나. 흑룡 헬보네츠는 이미 생명력을 잃은 것으로 추정되고 있으니 별일없을 걸세.”

카밀턴과 쇼메트에게 잡힌 채 몸을 버둥거리고 있던 케미렌은 조금 진정한 얼굴로 되물었다.

"그것이 무슨 말씀이시죠? 세상에! 헬보네츠가 생명력을 잃다니…
그럴 수도 있는 것입니까?"

"물론 그럴 수 있는 일이지. 비록 드래곤이 인간과는 비교도 할 수
없을 만큼 긴 수명을 가지고 있다고 하지만 그것이 영원한 것은 아니
라네. 정 믿지 못하겠다면 자세한 설명을 덧붙여 주도록 하지. 몇십 년
전 이 오이랍 대륙에 또 다른 드래곤의 움직임이 목격된 적이 있었다
네."

이렇게 하여 루스티커의 설명이 시작되었고, 새로이 나타난 드래곤
과 드래곤의 습성에 대한 설명들이 이어졌다. 그러한 이야기들을 한동
안 듣던 케미렌은 금세 안정을 되찾을 수 있었는데, 나중에는 오히려
흥미진진한 표정이 되어 루스티커의 이야기에 귀를 기울이는 것이었
다.

"…우리도 그러한 사실을 얼마 전에야 확인할 수 있었다네. 쉽게 말
하자면 대륙의 인간들은 수백 년 전에 죽어 없어진 헬보네츠를 두려워
해 왔었던 것이지. 방금 전의 자네처럼 말일세."

루스티커의 설명이 끝나자 케미렌은 큰 발견이라도 했다는 듯 무릎
을 치며 외쳤다.

"그렇다면 구바닌 산맥의 중부와 남부 역시 접근 가능한 지역이 되
는 것이군요! 그 말은 즉, 구바닌 산맥의 중부와 남부의 보물들도 발굴
할 수 있다는 뜻! 돌아가는 대로 발튼 녀석에게 이 사실을 알려줘야겠
군!"

그의 말에 어깨를 으쓱거린 루스티커는 소매의 주머니에서 무엇인
가를 꺼내어 건네주며 말을 이었다.

"흠, 그렇게 생각할 수도 있겠구먼. 하지만 지금은 우리의 일이 먼저이니 보물 발굴에 대해서는 잠시 생각을 미뤄두게. 이것은 우리가 가지고 온 흑룡의 호수와 구바닌 산맥 주변의 지도일세. 한번 살펴보게나."

"뭐, 그렇게 하도록 하죠."

지도를 건네받은 케미렌은 지도를 펼쳐 찬찬히 살펴보기 시작했는데, 손으로 이곳저곳을 짚으며 지도를 이해해 나가기 시작했다. 그리고 잠시 생각에 빠져 있던 케미렌은 얼마의 시간이 지나지 않아 지도를 다시 접으며 입을 열었다.

"저 역시 구바닌 산맥의 너머로는 가보지 않아서 확신할 수는 없지만, 최대한 쉽게 산맥을 넘을 수 있는 경로를 알고 있습니다. 높은 봉우리를 무리하게 넘지 않고 낮은 봉우리를 우회해 가는 경로인데, 거리는 조금 멀어지겠지만 그만큼 힘이 덜 들고 안전하니 누구라도 그쪽을 선택할 것입니다."

"어차피 경로를 잡는 것은 자네 일이니 자네의 말을 따르기로 하겠네."

루스티커에게 지도를 되돌려준 케미렌은 좌석 등받이에 몸을 기대며 말을 이었다.

"흠… 괜한 이야기일지는 모르겠지만, 시간적 여유가 있으셨다면 차라리 도이첸 제국을 통해서 접근하는 편이 훨씬 나을 뻔했습니다. 그렇게 하셨다면 구태여 구바닌 산맥을 넘지 않더라도 흑룡의 호수에 닿을 수 있었을 테니 말이죠."

그에 대한 대답은 쇼메트가 대신해 주었다.

"저희 역시 여러 이동 경로에 대해 생각해 보지 않은 건 아닙니다.

물론 그중에는 구바닌 산맥을 우회하여 도이첸 제국에서 접근하는 경로도 있었는데, 그러기에는 몇 가지의 중대한 문제가 따랐죠. 케미렌 씨의 말대로 도이첸 제국에서 흑룡의 호수로 접근하는 경로는 구바닌 산맥을 넘을 필요가 없다는 유리한 점을 가지고 있지만, 삼림 지대가 얼마 없는 듀들란 제국 쪽보다 스무 배 이상 넓은 삼림 지대를 간과할 수 없었던 겁니다."

"삼림 지대? 삼림 지대야 그냥 지나치면 되는 것 아닌가?"

"후훗, 루스티커님께서 말씀하셨듯이 헬보네츠가 생명력을 잃은 지 수백 년이라는 시간이 흘렀습니다. 그러니 지금은 도이첸 제국 쪽의 삼림 지대를 관리하는 주인이 없는 상태이고, 상당수의 마물들이 도이첸 제국 동부 외곽의 미개척지로부터 유입되었을 거라는 추측을 쉽게 할 수가 있었던 거죠. 물론 마물들을 직접 제거하며 이동할 수도 있겠지만, 그러기에는 적지 않은 병력이 필요하니 비밀리에 움직이기는 불가능하답니다. 케미렌 씨도 아시다시피 이번 일은 일급 비밀인데다 흑룡의 호수가 엄밀히 따지면 도이첸 제국의 영토이니만큼 더욱 시선을 의식해야만 했던 거죠. 그러니 그 경로는 제외시켜야 했습니다."

"휴… 듀들란에는 그런 삼림이 없어서 천만다행이군."

쇼메트의 이야기를 대충 이해할 수 있었던 케미렌은 안도의 한숨을 내쉬며 중얼거렸다. 그러는 동안에도 그들을 태운 전뇌거는 점차 구바닌 산맥에 가까워지고 있었다.

철퍽! 철퍽!

해가 저물어가며 산 그림자가 땅으로 드리워질 무렵 일단의 무리들이 바쁜 발걸음으로 작은 개울을 건너는 중이었다. 비록 선선한 바람이 불어오고 있었지만 그들의 이마에서 흐르는 땀은 식을 줄을 몰랐고, 신발로 새어 들어오는 개울물에도 시원함을 느낄 수 없을 만큼 다급한 모습이었다.

최라락! 최락!

개울을 지나게 되자 그들은 이제 수풀을 헤치며 달리기 시작했다. 바닥에 깔린 울퉁불퉁한 돌멩이들은 그들의 발에 채여 나뒹굴었고, 줄지어 서 있던 숲의 나무들은 시야의 저편으로 하나둘씩 사라져 갔다.

하지만 그렇게 달리는 것도 점차 여의치 않아지고 있었다. 시간이 갈수록 물기를 잔뜩 머금은 신발과 옷가지들이 그들의 다리를 무겁게 잡아당겼고, 누적된 피로감과 어깨에 걸쳐 멘 상당한 무게의 짐들이 그들의 몸을 짓누르기 시작했던 것이다. 결국 이를 참지 못한 일행 중 한 명이 달리던 발을 멈추며 단단히 화가 난 목소리로 소리쳤다.

"빌어먹을! 언제까지 더러운 오크 녀석들에게 쫓겨야 하는 거냐! 차라리 이곳에서 싸우는 게 낫지 더 이상은 못 달린다!"

이 굵직하면서도 걸걸한 목소리의 주인은 다름 아닌 켈트였다. 팜구드를 떠나 며칠간을 전뇌거로 달린 뮤스와 일행들은 구바닌 산맥으로 이어지는 삼림 지대로 들어서게 되었던 것이다. 하지만 삼림 지대의 좁은 길은 전뇌거가 지나다닐 만큼의 여유가 없었기에 전뇌거를 포기하고 걸어서 이동할 수밖에 없었고, 그러던 중 우연찮게 오크들과 맞닥들이게 된 것이었다.

물론 뮤스와 일행들에겐 오크와 맞서 싸울 수 있는 여력이 있었지만, 그들을 쫓고 있는 오크들의 수가 적지 않은 데다 카타리나의 안전까지 생각해야 했기에 오크들과의 전투를 피하고자 했던 것이다. 그 결과 이렇게 계획없이 쫓기고 있을 수밖에 없었다. 하지만 성격 급한 켈트의 인내는 한계가 있었고, 그 한계는 너무나 빨리 찾아왔다.

"다들 그만 멈춰! 이렇게 뛰어서 구바닌 산맥까지 갈 생각들인 게 냐?"

켈트의 외침에 다른 일행들도 그 자리에 멈춰 서야만 했고, 그중 가장 뒤를 따르던 벌쿤은 숨을 거칠게 몰아쉬며 말했다.

"학학! 이렇게 될 거라면 차라리 처음부터 오크 녀석들과 맞서 싸우자고 그러실 것이지 뭘 하러 여기까지 쫓겨온 거예요! 괜히 체력만 낭비했잖아요!"

벌쿤의 투덜거림을 듣고 있던 켈트는 몸집만한 배낭을 신경질적으로 끌러 내팽개치듯이 내려놓고 자신의 도끼를 움켜쥐며 대답했다.

"누가 오크 녀석들이 이렇게 끈질길 줄 알았겠냐?! 잔소리 말고 벌쿤, 너는 화살을 날릴 준비나 해! 나머지는 무기를 꺼내 들어! 여기까지 따라온 것을 후회하게 만들어주자고!"

드워프 형제들 역시 지금껏 켈트와 같은 생각을 하고 있었는지 기다렸다는 듯이 각자의 병장기를 꺼내며 한마디씩 던졌다.

"역시 쫓기는 건 우리 드워프들의 적성에 맞지 않는 일이야!"

"껄껄! 누가 아니래? 오크 녀석들과 싸울 생각을 하니 피로가 싹 가시는 것 같은걸?"

"퉤! 더러운 오크 녀석들, 검은 피를 모두 토하게 만들어주지."

드워프들이 전투에 대한 결의를 다지고 있을 때 건틀렛을 양손에 착용한 뮤스는 카타리나의 상태를 살피고 있었다. 아니나 다를까, 그녀의 얼굴은 피로 누적과 공포심으로 백지장처럼 창백하게 변해 있었다. 카타리나는 떨리는 손으로 뮤스의 소매를 꽉 잡은 채 그의 얼굴을 올려다보며 물었다.

“뮤, 뮤스… 아무 일 없겠지?”

겁에 질려 경직되어 있는 카타리나의 어깨를 한번 보듬어준 뮤스는 그녀를 안정시키기 위해 여유있는 웃음을 지어 보였다.

“후훗… 카타리나, 겨우 오크들 따위가 위험하다고 생각했다면 드워프 아저씨들도 너를 데리고 오지 않았을 거야. 드워프 아저씨들과 벌쿤은 충분히 강하니까 너무 걱정하지 않아도 괜찮아. 알겠지?”

“응… 그래, 괜찮을 거야.”

뮤스의 말에 조금이나마 안도감을 느낀 카타리나는 고개를 끄덕였고, 마른침을 삼기머 뮤스의 등 뒤로 몸을 숨겼다.

크워어어!

듣는 것만으로도 모골이 송연해질 괴성이 숲 속에 울려 퍼지기 시작했다. 둥지에서 잠을 자던 새들이 그 소리에 놀라 하늘로 치솟자 나뭇가지들은 흔들렸고, 카타리나의 두려움은 더욱 가중되었다.

이어 땅을 울리는 진동이 점차 뮤스와 일행들을 향해 다가오고 있었다. 이는 오크들이 거의 근접했다는 신호와 같은 것이었는데, 진동이 전해오는 곳에서 시선을 떼지 않은 켈트는 나직한 목소리로 벌쿤을 향해 신호했다.

“벌쿤! 잠시 후면 오크들이 이곳까지 도달한다. 강궁을 준비해!”

켈트의 말에 가볍게 고개를 끄덕인 벌쿤은 들고 있던 도끼를 등에 메며 드베인 숲에서 가지고 온 짧은 강궁을 배낭에서 꺼냈다. 그리곤 손잡이의 움푹 패인 곳을 누르자 날카로운 금속음과 함께 강궁의 길이가 세 배나 길어졌는데, 개조를 거친 듯 드베인 숲에서의 모습과는 많이 달라진 모습이었다. 그것을 처음 본 뮤스는 나직한 탄성을 터뜨리며 물었다.

"호오, 어떻게 된 거야? 상당히 멋져졌는데?"

여유가 있는 상황이 아닌 만큼 벌쿤은 철 화살 한 대를 시위에 걸며 대답했다.

"응, 켈트 아저씨가 얼마 전에 개조해 주셨어. 멜리늄 합금을 사용해서 예전보다 훨씬 가볍고 강도도 높아졌지. 후훗! 위력을 기대해 보라고."

말을 마친 벌쿤은 전신의 근육에 핏대를 세웠고, 시위를 잡아당기며 나무들 사이에서 튀어나올 오크들을 기다렸다.

촤라락! 촤악!

벌쿤이 몇 번의 심호흡을 하며 숨을 가다듬는 동안 오크들은 그 움직임을 눈으로 확인할 수 있을 만큼 가까이 다가와 있었고 발자국 소리도 더욱 생생하게 들려오고 있었다. 이어 조금 떨어져 있는 곳의 수풀이 격렬하게 흔들리는 것을 확인한 벌쿤은 목표 지점 한 곳을 잡아 숨을 들이쉬었다. 그리고 들이쉬던 그의 숨이 정점에 달했을 때, 수풀이 헤쳐지며 오크들의 얼굴이 드러나기 시작했다. 인간보다 우람한 덩치와 회색 빛의 피부를 가진 데다 일그러진 얼굴에 멧돼지와 같이 아래턱에서 솟아난 어금니는 썩 보기 좋은 모습이 아니었다.

그르릉! 크락!

그들의 얼굴을 바라보며 입가에 싸늘한 미소를 띤 벌쿤은 힘껏 당겨 놓은 왼손의 시위를 팅기듯이 떨구었고, 철 화살은 속박에서 벗어난 뱀처럼 날카로운 소리를 내며 공기를 가르기 시작했다.

촤아악! 퍼퍽!

그렇게 날아간 화살은 탁한 소리와 함께 앞장선 오크의 두꺼운 목을 정확하게 꿰뚫고 지나갔고, 주먹만한 구멍이 생긴 오크의 목에서는 검은 핏물이 뿜어지고 있었다. 게다가 오크의 목을 꿰뚫고도 강맹한 기세가 수그러들지 않은 철 화살은 그 뒤를 따르는 몇 마리의 오크들까지 저 세상으로 보낸 후에야 굵직한 나무에 박히며 멈추었다. 부지불식간에 다섯 마리 오크들이 목숨을 잃게 되자 정신없이 몰려들던 오크들도 잠시 주춤하는 모습이었다.

오크들은 발치에서 자신들을 기다리고 있는 뮤스와 일행들을 발견하곤 움직임을 멈추었다. 그들의 눈에는 이러한 상황이 의아하게 비춰지고 있는 것이었다. 덩치뿐 아니라 수적으로도 우세한 자신들에게 이렇듯 직접적으로 대항하고 나서는 뮤스와 일행들을 이해할 수 없었기 때문이다. 하지만 깊이 생각할 만한 지능보다는 파괴의 본능이 더욱 거세었던 오크였기에 동료를 잃은 사실이나 상대의 행동에 대한 생각 따위는 금세 머리에서 지워졌고, 본격적으로 뮤스와 일행들을 향해 뛰어들기 시작했다.

서른 마리는 훌쩍 넘어 보이는 오크들이 달려들자 그들을 마주 보고 있던 뮤스와 일행들도 잔뜩 긴장할 수밖에 없었는데, 그로부터 풍겨오는 위압감은 자신감이나 실력과는 별개의 문제였던 것이다.

시선을 돌려 뮤스와 카타리나를 바라본 켈트는 굵직한 도끼 자루를 고쳐 잡으며 진지한 목소리로 말했다.

"혹시 모르니 뮤스 너는 전투에 끼어들지 말고 카타리나를 보호하거라. 오크 녀석들은 우리가 맡을 테니."

그의 말에 달려오는 오크들을 바라본 뮤스는 조금 걱정스러운 얼굴로 입을 열었다.

"족히 서른 마리는 되겠는데 괜찮겠어요?"

"흥! 서른이 아니라 백 마리가 되더라도 상관없으니 걱정하지 말고 구경이나 해!"

"좋아요. 하지만 상황이 불리해지면 저도 뛰어들겠어요."

"걱정 말거라, 그럴 일은 없을 테니."

뮤스의 대답을 마지막으로 모든 준비를 끝마친 드워프들은 이빨을 질끈 깨물며 오크 무리를 향해 뛰어들었고, 벌쿤 역시 남아 있는 철 화살들을 오크 무리에게 하나씩 선사해 주기 시작했다.

"빌어먹을 오크 놈들아! 나의 도끼를 받아라! 하압!"

켈트의 기합을 신호로 오크들과의 전투는 시작되었고, 그의 뒤를 따르던 형제들 역시 병장기를 휘두르며 오크들 사이를 누비기 시작했다.

차앙! 까강! 퍼억!

고요하기만 하던 숲이 순식간에 병장기가 부딪치고 살점과 핏물이 튀기는 아수라장으로 변해 버리자 카타리나는 눈을 질끈 감을 수밖에 없었다. 하지만 귓가에서 울리는 비명성과 격타음은 너무나 생생했기에 그녀의 뇌리에서는 전투 장면이 그대로 그려지고 있었다.

수적으로 불리한 상황이었기에 드워프들은 둘씩 등을 맞댄 채 오크들을 상대하는 중이었다. 단신으로 적들에게 둘러싸이게 된다면 제아무리 전투에 능한 드워프라도 오크들의 공격을 막아낼 수 없기 때문인데, 그들은 수많은 실전을 통해 효과적인 전투 방법을 체득하고 있는 것이다.

"흐아아압!"

레딘에게 등을 맡긴 켈트는 도끼로 오크들의 조잡한 몽둥이를 내리찍고 있었다. 그러자 날카로운 도끼의 날을 견디지 못한 몽둥이는 그대로 조각나며 갈라졌고, 그것에 목숨을 걸었던 오크는 머리를 잃고서 차가운 땅으로 몸을 고꾸라뜨려야만 했다.

켈트의 뒤에 있던 레딘 역시 자신의 철퇴를 돌리며 오크들을 상대하고 있었는데, 그의 굵직한 철퇴를 얻어맞은 오크들의 살과 뼈는 잘 다져진 고기마냥 뭉개졌다. 그런 동료의 모습을 본 오크들은 가슴이 서늘해지는 공포감을 느끼며 전투 의지를 한풀 꺾어야만 했다.

"하압! 이따위 실력으로 감히 우리 형제들에게 덤벼들다니! 괜히 멍청한 오크라는 소리를 듣는 것이 아니었구나!"

"저놈들이 돼지 머리를 폼으로 달고 다니는 건 아니군! 그만큼 멍청하잖아!"

켈트와 레딘으로부터 조금 떨어진 곳에서는 블뤼안과 브라이덴의 목소리가 들려오고 있었다. 으르렁거리는 오크들의 괴성들 가운데서 호기로운 목소리로 외치는 중이었는데, 그에 버금갈 만큼 놀라운 전투 능력을 보여주고 있었다.

그들은 오크들의 검은 피를 전신에 덮어쓴 모습이었다. 블뤼안의 전투 망치가 휘둘러질 때마다 오크들의 피를 한 겹 더 뒤집어썼고, 브라이덴의 둥근 투환이 던져질 때마다 그들이 밟고 선 검은 피의 웅덩이는 깊어만 갔다.

한편 벌쿤은 뮤스와 카타리나를 가로막아 선 채 철 화살을 날리고 있었다. 그는 드워프들을 피해 접근해 오는 오크들을 처리하고 있었는데, 지금까지 훈련을 게을리 하지 않은 듯 한 발에 두 마리쯤은 우습게 처리할 만큼의 명궁이 되어 있었다.

파앙!

손가락을 떠난 시위의 떨림이 멈추기도 전에 벌쿤의 손가락은 다시금 철 화살을 시위에 걸어 당겼다. 그리고 새로운 먹잇감을 찾자 화살은 더 이상 참지 못한 채 주인의 손을 떠나 먹잇감의 목을 정확히 물어버렸다.

"큭……."

목을 뚫린 오크는 비명조차 제대로 지르지 못하고 쓰러졌고, 마지막 철 화살을 멋들어지게 날린 벌쿤은 만족한 웃음을 지으며 강궁을 접어 배낭에 넣었다. 그리곤 등에 메고 있던 도끼를 양손에 쥔 벌쿤은 그동안 갈고닦은 도끼 실력을 보여주기 위해 오크들을 향해 뛰어들었는데, 시간이 조금 지나자 피를 뒤집어쓴 데다 몸집까지 비슷했기 때문에 누가 오크이고 누가 벌쿤인지도 헷갈릴 정도였다. 뮤스 일행들과 오크들의 치열한 전투는 그렇게 계속되어지고 있었다.

한 시간 남짓한 시간이 지나자 붉은 기운을 뿌리던 해가 서쪽의 높은 산 뒤로 넘어가며 숲 속에도 밤이 찾아왔다. 어두워진 숲의 한곳에서 작은 모닥불이 타 들어가며 타닥이는 소리를 내고 있었지만 너무나 짙은 어두움 때문에 모닥불의 불빛은 그야말로 미약해 보였다.

불빛이 비치고 있는 흙바닥으로는 오크들의 검은 핏물이 작은 강을 이루어 흐르는 중이었고, 허공으로는 청량하던 숲의 공기를 밀어낸 역한 피비린내가 바람을 타고 숲 속으로 퍼지고 있었다.

한 켠의 바위에 걸터앉은 벌쿤과 드워프들은 오크들의 피에 찌든 윗옷을 벗고 전투 중에 생긴 상처들을 치료하고 있었다. 비록 생명을 위협할 만큼의 치명적인 상처는 없었지만 제법 깊게 패인 상처들은 그들 인상을 찡그리게 할 만큼의 고통을 주고 있었다. 하지만 이런 경험이 처음은 아니었기에 능숙한 솜씨로 각자 치료를 하는 중이었다.

붕대를 꽉 묶은 레딘은 이빨로 붕대 끝을 잘라내며 나직한 한숨을 토했다.

"후우… 그래도 꽤나 괜찮은 결과 아니었나? 이 정도 다치고 서른 마리 가까운 오크들을 해치웠으니 말이야."

레딘의 말을 들으며 치료를 하고 있던 켈트는 고개를 내저으며 그의 말을 받았다.

"흠… 하지만 앞으로의 일이 큰일이군. 앞으로 갈 길이 먼데, 상처를 안고서 움직이는 것은 적지 않은 부담이 될 게야."

천에 물을 적셔 벌쿤의 몸을 닦아주던 뮤스가 고개를 끄덕이며 입을 열었다.

"켈트 아저씨 말대로예요. 하지만 이미 벌어진 일인 이상 지금 걱정을 한다고 해서 상황이 좋아지는 것도 아니니 일단 오늘은 적당한 곳을 찾아서 쉬도록 하죠. 오크들의 시신들이 뒹구는 곳에서 밤을 보내기는 싫으니까요."

"하긴… 카타리나를 위해서라도 빨리 자리를 옮겨야겠군."

켈트의 말에 일행들의 시선은 카타리나가 있는 곳으로 향했다. 그녀는 모닥불 근처에 앉아 다리를 껴안은 채 부들부들 떨고 있었는데, 아무래도 전투의 잔혹했던 장면들이 계속해서 그녀를 괴롭히고 있는 듯했다. 안쓰러운 눈으로 카타리나를 바라보던 뮤스는 손에 들고 있던 천을 한쪽으로 던져 놓으며 말했다.

"충격이 컸던 모양이군요. 빨리 다른 곳으로 이동하도록 하죠."

카타리나의 심정을 충분히 이해할 수 있었던 일행들은 서둘러 자신들의 짐을 챙겼고, 뮤스 역시 자신의 짐을 짊어지며 카타리나를 부축해 자리를 옮기기 시작했다.

전투가 벌어졌던 곳에서 100멜리가량 떨어진 곳에 뮤스와 일행들은 자리를 잡았다. 벌쿤은 마른 가지들을 주워와 불을 붙이는 중이었고,

드워프 형제들은 땅의 자갈들을 고르며 잠자리를 마련하고 있었다. 또 뮤스는 가까운 개울에서 야영에 필요한 물을 길어오고 있었는데, 주둥이를 묶은 가죽 포대를 바닥에 내려놓은 그는 한 켠에 앉아 생각에 잠겨 있는 카타리나에게로 다가갔다.

"조금 괜찮아졌어?"

뮤스의 물음에 카타리나는 애써 밝은 표정을 지어 보이며 대답했다.

"응, 무서운 건 조금 잊혀졌어. 걱정시켜서 미안해."

"후훗. 미안은 무슨… 그래도 괜찮아졌다니 다행인걸."

짧은 몇 마디를 주고받은 카타리나가 다시 입을 다물고 생각에 잠기자 뮤스는 그녀의 머리칼을 쓰다듬으며 물었다.

"카타리나, 무슨 생각을 하는 중이야?"

이에 잠시 머뭇거리던 카타리나는 나직한 목소리로 대답했다.

"뮤스, 꼭… 오크들을 그렇게 죽여야만 했던 거니? 비록 우리를 해치려고는 했지만 그들도 엄연한 생명체인데… 목숨 정도는 살려줄 수 있었잖아."

그녀가 하고자 하는 이야기를 충분히 이해할 수 있었던 뮤스는 나직한 한숨을 내쉬며 조용히 입을 열었다.

"음… 그때도 이맘때쯤이었겠구나. 내가 추방을 당해 미개척지에 처음 들어섰을 때, 꼭 이렇게 생긴 숲 속을 혼자 돌아다녀야만 했지. 낮이면 먹잇감을 찾는 맹수들의 포효 소리가 울려 퍼졌고, 날이 어두워지면 난생처음 듣는 마물들의 괴성이 바로 옆에서 들리는 것처럼 생생하게 전해왔어. 그때 나에겐 지금처럼 믿을 만한 동료들도 없었고, 앞으로 일어날 일을 내다볼 만한 직관력도 없었지. 후훗, 지금 생각해 봐도 정말이지 끔찍한 상황이었거든."

마침 자신이 하고 있던 일들을 마친 벌쿤과 드워프들도 뮤스가 미개척지에서 겪었던 이야기를 듣고자 뮤스의 주변으로 다가와 자리를 잡았다. 뮤스의 이야기는 계속되고 있었다.

"그러던 어느 날 처음으로 고블린 무리들과 조우하게 되었지. 그것이 내가 처음으로 인간들처럼 직립 보행을 하는 마물들을 본 것이었는데, 왠지 적대감이 들기보다는 인간을 만난 것 같은 반가움이 먼저 들었었어. 후훗! 하지만 그들은 내가 반갑지 않았는지 무턱대고 병기들을 들고 나를 향해 휘두르기 시작하더군."

그의 이야기를 듣고 있던 켈트는 카타리나의 이해를 돕기 위해 잠시 끼어들었다.

"고블린은 같은 종족들까지 먹어치울 정도로 잔혹한 녀석들이란다. 보통 무리를 지어 몰려다니는 습성이 있는데, 그 한 마리 한 마리는 약한 편이지만 여러 마리가 뭉치면 나름대로 전투법을 가지고 있어서 상대하기가 난감한 녀석들이지. 게다가 호전적인 성격 때문에 눈에 보이는 대로 싸움을 거는 난봉꾼들이야."

할 말을 마친 켈트는 주머니에서 건육 한 조각을 꺼내 물며 다시 이야기를 뮤스에게 넘겼다.

"어쨌든 나는 그 첫 전투에서 무수한 크고 작은 상처들을 입게 되었어. 물론 살생을 하려고 생각했다면 그렇게 많은 상처를 입지 않고서 전투를 끝낼 수도 있었겠지만, 그들의 목숨을 빼앗지 않는 한도 내에서만 상대하려 했기 때문에 조심스러울 수밖에 없었지. 후훗, 하지만 얼마 있지 않아 내가 얼마나 어리석었는지를 깨달을 수 있었어. 그렇게 살려 보낸 고블린들은 나에게 고마움을 느끼기는커녕 더욱 많은 고블린들을 이끌고 와 나를 쫓기 시작했고, 그 덕에 난 보름이 넘는 시간

동안 시도 때도 없이 고블린들과 크고 작은 전투를 벌여야만 했지. 결국 나는 그들의 목숨을 빼앗을 수밖에 없었고, 그것이 내가 살아남을 수 있는 유일한 선택이었지. 그 이후로도 수많은 마물들과 전투를 벌였는데, 그때마다 주저없이 그들을 쓰러뜨렸지. 그래야만 라이델베르크에서 나를 기다리고 있는 가족들에게 살아서 돌아갈 수 있다고 생각했었으니까."

뮤스의 이야기가 끝나자 벌쿤이 입을 열었다.

"뮤스 형이 말한 그대로야. 내가 자란 드베인 숲에도 수많은 마물들이 존재했었으니 마물들에 대해서는 누구보다 잘 알고 있어. 녀석들은 말 그대로 저주받은 짐승일 뿐이지. 비록 인간과 같이 두 발로 움직이고 도구를 사용하긴 하지만, 그놈들은 살육과 약탈의 본능만이 가득한 녀석들이야. 많은 부족 사람들이 녀석들의 습격에 처참하게 목숨을 잃었고, 우리 부모님들 역시 마물들에게 목숨을 잃으셨어. 그 빌어먹을 마물들만 아니었어도 아직 살아 계셨을 분들이지."

말끝을 흐린 벌쿤의 목소리는 낮게 가라앉아 있었고, 처음 듣는 벌쿤의 부모님에 대한 이야기에 일행들은 침묵을 지킬 수밖에 없었다. 그제야 뮤스와 벌쿤이 자신에게 하고자 하는 이야기를 이해할 수 있었던 카타리나는 지금까지 가지고 있던 어두운 표정을 털어내며 입을 열었다.

"벌쿤의 부모님에게 그런 일이 있었구나. 내가 괜히 바보같이 굴어서 아픈 이야기를 꺼내게 만들었네. 미안해, 벌쿤."

카타리나의 위로에 고개를 한번 가로저은 벌쿤은 평소와 같은 장난스런 미소를 지으며 대답했다.

"훗! 미안해할 필요 없어. 어차피 오래전의 일인걸. 지금은 부모님의 얼굴도 기억나지 않는데 뭘. 그나저나 이제 기분은 좀 풀린 거야?”

“응. 끔찍한 장면이 잊혀지려면 시간이 걸리겠지만, 덕분에 한결 좋아졌어. 고마워, 벌쿤, 그리고 뮤스.”

카타리나가 원래의 기색을 되찾자 일행들의 표정까지 덩달아 밝아지고 있었다. 이에 잠자코 있던 드워프들은 한시름 놓으며 한마디씩 던지기 시작했다.

“휴우… 그래도 다행이군. 사실 카타리나가 충격을 이겨내지 못하면 어떻게 하나 걱정이 이만저만이 아니었거든.”

“후훗! 그렇게 됐다면 아마도 우리에게 경멸의 눈빛을 던지고 있었겠지. 속으로 살인마라고 외치면서 말이야.”

“껄껄, 나는 카타리나가 우리를 이해해 줄 것이라고 믿고 있었다네! 카타리나가 강하고 똑똑한 아이라는 걸 알고 있었으니까.”

드워프들의 말에 카타리나는 부끄러운 듯 얼굴을 붉혔고, 드워프들은 대견하다는 듯이 그녀를 향해 미소 짓고 있었다.

카타리나의 일이 잘 해결된 것을 보며 만족해하고 있던 뮤스는 문득 궁금함을 느끼며 물었다.

“카타리나, 부모님 이야기가 나와서 하는 말인데, 너 이곳에 따라온다는 사실을 부모님께 말씀드리긴 했겠지? 하하! 너무 당연한 것을 물어본 건가?”

하지만 카타리나는 아무런 대답도 하지 않은 채 멍한 표정을 지었고, 자신을 향해 시선을 고정시키고 있는 일행들을 한 번 둘러보았다. 그것도 잠시, 갑자기 표정을 일그러뜨린 그녀는 울먹이는 목소리로 이야기를 늘어놓기 시작했다.

“나… 어, 어떡해! 부모님께 말씀드리는 걸 깜빡했어! 지금쯤 난리가

났을 거야! 이 일을 어쩌지?"

그녀의 대답에 화들짝 놀란 뮤스는 믿지 못하겠다는 표정을 지었다.

"설마… 정말 부모님께 말씀도 안 드리고 따라왔다는 거야? 다른 친구들도 네가 여기 있는 걸 모를 거 아냐!"

"응, 당연히 알 리가 없지. 나름대로 비밀이라고 아무한테도 말하지 않았거든."

"이런, 정말 걱정하시겠군."

둘의 대화를 듣고 상황을 파악하던 브라이덴은 레딘과 블뤼안의 옆구리를 찌르며 나직하게 중얼거렸다.

"음, 카타리나가 똑똑하다는 말은 취소하기로 하지. 이제는 그냥 강하기만 한 아이가 된 건가?"

다른 드워프 형제들 역시 고개를 끄덕이며 그의 말에 동의했다.

카타리나와 뮤스가 어쩔 줄 몰라 하고 있을 때 켈트가 혀를 차며 입을 열었다.

"쯔쯧, 내 그럴 줄 알고 미리 크라이츠님께 말씀드려 놓았으니 너무 걱정하지 말거라. 지금쯤 너희 부모님들도 네가 우리와 함께 여기 있다는 것을 알고 계실 테니."

그제야 카타리나의 울먹이던 표정은 환하게 펴졌고 뮤스도 안도의 한숨을 내쉴 수 있었다.

"정말 고마워요, 아저씨! 호호홋! 아저씨가 말씀해 놓으셨대, 뮤스!"

"후우… 진짜 놀랐네. 켈트 아저씨가 나잇값을 전혀 못하는 것은 아니셨군요."

뮤스의 말에 대해 곰곰이 생각해 보던 켈트는 고개를 갸웃거리며 되물었다.

"뮤스, 그게 칭찬이냐 욕이냐?"

"하… 하핫! 당연히 칭찬이라고 할 수 있죠. 아저씨의 또 다른 멋진 모습을 발견했다고나 할까."

대충 말을 둘러댄 뮤스는 켈트의 눈치를 살폈는데, 과연 켈트는 뮤스의 기대를 저버리지 않고 만면에 웃음을 띠고 있었다.

"허헛! 그럼 그렇지! 나는 또 욕인 줄 알았지 뭐냐!"

어이없는 켈트의 말에 일행들은 크게 웃을 수밖에 없었는데, 정작 당사자인 켈트는 일행들의 웃음을 이해할 수 없었기에 머리를 긁적일 뿐이었다.

"크아아악!"

메아리를 떨어 울릴 정도의 거창한 비명 소리와 함께 건장한 사내의 몸뚱이가 암벽의 급경사 면 위를 미끄러지며 벼랑 끝을 향하고 있었다. 그는 미끄러지는 몸을 멈추기 위해 손가락을 세워 암벽 면을 필사적으로 긁는 중이었지만 별다른 효과를 보지 못하고 있었다. 암벽의 표면이 매끈하게 풍화되어 있었기에 그의 손가락에 걸릴 만한 돌출부가 없었고, 설혹 있다 해도 속도가 워낙 빨랐기에 미끄러지는 몸을 멈추기에는 무리가 있었던 것이다.

촤아아아—

그렇게 암벽 면을 미끄러져 내리던 사내는 혼신의 노력에도 불구하고 벼랑의 끝까지 도달하게 되자 거친 욕설을 터뜨리며 입술을 질끈 깨물었다.

"이런 빌어먹을!"

그리곤 마지막으로 가진 모든 힘을 뿜어내며 손을 뻗어보았지만 그의 몸은 허무하게 벼랑 끝으로 사라져 버렸고, 싸늘한 바람만이 그 주변을 맴돌 뿐이었다.

"쇼메트!! 쇼메트!! 대답해, 쇼메트!!"

안타까움에 찬 목소리와 함께 암벽의 위쪽으로부터 누군가가 빠른 속도로 내려오고 있었다. 그는 다름 아닌 카밀턴이었는데, 위험천만한 급경사의 암벽을 내려오고 있음에도 전혀 두려움이 없는 듯 몸을 사리지 않고 있었다.

쇼메트가 떨어진 벼랑의 끝에 도착한 카밀턴은 급히 몸을 낮추었고, 그 벼랑 아래를 내려다보며 사라진 쇼메트의 모습을 찾기 시작했다.

"쇼메트! 쇼메트!"

목이 터져라 그의 이름을 불러보았지만 카밀턴의 눈에는 천 길 낭떠러지만 들어올 뿐 쇼메트의 모습은 어디에서도 찾아볼 수 없었다.

털썩!

허탈감에 다리가 풀리며 그 자리에 주저앉아 버린 카밀턴은 세상이 한눈에 내려다보이는 벼랑 끝에 앉아 중얼거렸다.

"쇼… 쇼메트… 이런 곳에서 목숨을 잃기에는 아까운 녀석이었는데."

그의 뒤를 이어 장영실과 루스티커, 그리고 케미렌이 암벽을 내려오고 있었다. 그들은 넋을 잃고 앉아 있는 카밀턴의 모습만 보고도 결과를 충분히 짐작할 수 있었다. 이에 무거운 한숨을 내쉰 루스티커는 벼랑 끝에 주저앉아 있는 카밀턴에게 다가가 그의 어깨를 두드려 주었다.

"흠… 꽤나 좋은 친구였는데 이렇게 목숨을 잃다니… 잠시 혼자만의 시간을 가지겠나? 아무래도 자네와 오랜 시간을 함께해 온 부하였으니 그 슬픔이 남다르겠구먼."

하지만 이런 와중에도 사적인 일과 공적인 일을 확실히 구분할 줄 알았던 카밀턴은 특무대의 대장답게 고개를 내저으며 대답했다.

"후우… 아닙니다. 날이 어두워지기 전에 야영할 만한 곳을 찾아야 하니 이곳에서 허비할 시간이 없습니다. 그 녀석에게는 미안한 일이지만 다시 출발하도록 하죠. 아마 쇼메트도 그것을 바랄 것입니다."

루스티커는 부하를 잃은 슬픔을 묵묵히 가슴에 묻고 있는 카밀턴을 바라보며 고개를 끄덕였다.

"그렇다면 자네의 뜻을 따르도록 하겠네. 쇼메트의 장례는 돌아가서 성대하게 치르도록 하지."

안타까운 시선을 거두어들인 카밀턴이 몸을 돌리려고 한 그때, 벼랑의 끝에서 누군가의 목소리가 들려왔다.

"카밀턴 대장님! 지금 산 사람을 두고 그냥 가실 생각이십니까?!"

급히 벼랑 쪽으로 시선을 돌린 카밀턴은 그것이 쇼메트의 목소리임을 알고서 자신의 귀를 위심해야만 했다.

다른 일행들 역시 그의 목소리에 벼랑 쪽으로 고개를 돌리자 그제야 카밀턴은 기쁜 표정을 지으며 벼랑 끝으로 뛰어가 고개를 내밀었다. 비록 쇼메트의 모습이 보이지는 않았지만 틀림없이 그의 목소리였고 더욱 또렷하게 들려오고 있었다.

"여깁니다, 여기!"

"대체 어디에 있는 겐가! 여기선 보이지가 않아!"

"벼랑의 바로 아래쪽에 가려져 있어서 보이지 않을 겁니다! 지금 팔에 힘이 빠져가니 서둘러 주시겠습니까!"

시야로 확인이 되지 않자 난감해진 카밀턴은 일행들을 향해 말했다.

"아무래도 제가 직접 줄을 타고 내려가 봐야겠습니다. 좀 도와주시겠습니까?"

말을 마친 카밀턴은 장영실에게서 건네받은 가죽 주머니에서 얇은 실 뭉치를 꺼내었다. 그중 실 한 올을 풀어내던 카밀턴은 마른침을 꼴깍 삼키며 장영실을 향해 물었는데, 도무지 그 얇은 실이 자신의 몸무게를 감당할 수 있을 것이라고 믿어지지 않았기 때문이다.

"장영실 남작님, 정말 이 실을 믿어도 되겠습니까? 지금이라도 자신이 없으시다면 농담이었다고 말씀해 주십시오."

카밀턴의 물음에 피식 웃은 장영실은 손을 내밀며 말을 이었다.

"후훗, 아무런 걱정 말고 자네의 허리 벨트에 연결하고 내려가게나. 케미렌과 내가 잡아주도록 하지."

장영실이 확신하고 나서자 더 이상 의심할 수 없었던 카밀턴은 그 미덥지 못한 실을 자신의 허리 벨트에 연결하곤 반대쪽을 장영실에게 건네주었다. 장영실은 그것을 받아 자신의 허리 벨트에 단단히 연결했다. 손을 보호하기 위한 가죽 장갑을 손에 낀 그는 케미렌을 향해 외쳤다.

"케미렌, 이쪽으로 와서 자네의 허리 벨트에도 이 실을 연결하게나!"

"크큭, 그렇지 않아도 준비하고 있었다네."

특유의 거친 웃음소리를 내며 다가온 케미렌까지 허리 벨트에 실을 연결함으로써 모든 준비가 끝나게 되자 카밀턴은 조금 불안한 표정으로 벼랑에 기대어섰다.

"후우… 후우… 이제 내려가도록 하죠."

숨을 몇 번 고른 카밀턴은 천천히 발을 떼며 벼랑으로 내려가기 시작했다. 한 발자국씩 옮길 때마다 실에 가해지는 무게는 점차 늘어났

고, 대여섯 발자국을 옮겼을 때는 그의 몸무게가 완전히 실에 의존하게
되었다. 그런데 놀랍게도 얇디얇은 실은 카밀턴의 몸을 넉넉하게 지탱
하고 있는 것이었다.

"정말 믿을 수 없군요!"

장영실을 향해 한마디 던져 준 카밀턴은 몸을 실에 의지한 채 조심
스럽게 벼랑을 따라 내려가기 시작했다. 팽팽하게 당겨진 허리 벨트
덕에 숨을 쉬기가 불편하긴 했지만, 크게 신경 쓸 정도는 아니었기에
괘념치 않고 시선을 돌려 쇼메트의 찾고 있었다.

"쇼메트! 그 아래에 있나?"

"여, 여깁니다!"

쇼메트의 목소리는 카밀턴의 발 밑에서 들려왔고, 실의 길이가 짧다
고 생각한 카밀턴은 장영실을 향해 외쳤다.

"장영실 남작님, 조금만 더 내려주십시오!"

그에 대한 응답은 바로 실행으로 전해져 왔다. 카밀턴은 몸이 조금
더 아래쪽으로 내려가자 눈으로 쇼메트의 모습을 확인할 수 있었다.
쇼메트는 오른팔만으로 몸을 지탱하는 중이었다. 바위틈 사이를 비집
고 나온 굵직한 나무뿌리에 매달려 있었는데, 왼쪽의 팔은 축 늘어뜨려
져 있어 얼핏 보더라도 정상적인 상태로 보이지는 않았다.

"몸은 괜찮은가?"

카밀턴의 물음에 한쪽 팔만으로 나무뿌리에 매달려 있던 쇼메트는
쓴웃음을 지으며 대답했다.

"대장님은 눈을 멋으로 달고 다니시는가 보군요. 척 봐도 괜찮지 않
은 것을 아실 텐데요. 왼쪽 팔이 탈골되었습니다. 오른쪽 팔도 지금 감
각이 없고요. 지금 그런 것보다 빨리 저를 올려주실 생각은 없습니까?

이대로 부하가 추락해서 가루가 되는 것을 보고 싶으시다면 어쩔 수 없지만."

"후훗, 농담하는 것을 보니 참을 만한가 보군. 잠시만 기다리게나, 실을 연결해서 끌어 올려줄 테니."

카밀턴은 발로 암벽을 차며 조심스럽게 쇼메트에게 다가갔다. 그리고 팔을 뻗어 충분히 닿을 거리가 되자 새로운 실 뭉치 하나를 꺼내 쇼메트의 허리 벨트에 묶었는데, 그의 행동을 지켜보던 쇼메트는 나직한 콧소리를 내며 입을 열었다.

"풋… 참으로 볼 만한 광경이군요. 건장한 사내 둘이서 얇디얇은 실 한줄기에 생명을 걸고 있는 모습이라니……."

연결을 마친 카밀턴은 어깨를 으쓱거리며 말했다.

"보기에는 우습게 보여도 엄청난 물건 아닌가? 혹시 모르지… 이런 물건들로 하나씩 물품들을 대체해 나가다 보면 언젠간 메고 뛰던 무거운 군장이 완전히 없어질지도."

"호오, 그렇다면 정말 반길 만한 소식이군요. 어서 그런 날이 와야지 될 텐데……."

그들은 과연 특무대 대원이라는 이름이 아깝지 않아 보였는데, 목숨이 경각에 달린 상황에서도 여유를 가지는 것은 보통 사람이라면 엄두도 낼 수 없는 일이었던 것이다.

그리고 연결된 상태를 한 번 더 확인한 카밀턴은 위를 향하여 외쳤다.

"다 되었습니다! 이제 저를 올려주십시오!"

그리고 시선을 쇼메트에게 돌린 카밀턴은 장난스러운 목소리로 말을 이었다.

"후훗! 조금만 더 매달려 있게나. 이런 곳에서 세상 구경하는 것도 나쁘진 않지. 저 위에서 다시 만나기로 하세."

"쳇! 입장을 바꿔놓고 생각하십시오! 그런 말이 나오는지."

하지만 카밀턴은 쇼메트의 말을 외면했고, 그의 몸은 서서히 위쪽으로 끌어당겨지고 있었다.

잠시 후 쇼메트는 카밀턴, 장영실, 그리고 케미렌에 의해서 끌어 올려졌다. 루스티커는 쇼메트의 상세를 살폈는데 왼쪽 팔은 그의 말대로 탈골이 된 상태였고, 오른쪽 팔 역시 근육이 손상되어 있음을 알 수 있었다. 게다가 미끄러짐을 멈추기 위해 암벽을 긁은 덕에 그의 손톱은 군데군데 빠져 있었다. 하지만 목숨과 바꾸는 것에 비하면 그리 큰 대가가 아님을 일행들은 잘 알고 있었다.

자신의 형편없는 모습을 훑어보던 쇼메트는 일행들에게 미안함을 느끼며 한숨을 내쉬었다.

"후우… 괜히 짐만 되는군요. 아무래도 이런 몸으로 구바닌 산맥을 넘는 것은 무리인 것 같습니다. 이제 반도 채 오르지 못했는데, 벌써 이 지경이라니……. 저는 이곳에 남아 있을 테니 일을 마무리 짓고 오십시오."

그의 말을 듣고 있던 케미렌은 고개를 내저으며 입을 열었다.

"설마 정말 쇼메트를 이곳에 두고 갈 생각은 아니겠지? 그건 그냥 죽으라는 소리와 별반 다를 게 없다고! 나는 동료를 버리고 갈 수 없다네."

장영실 역시 케미렌의 말에 동의하며 나섰다.

"그야 당연한 것 아닌가. 그를 버리고 가려고 했다면 애써 끌어 올리지도 않았을 테지."

일행들의 말에 카밀턴과 쇼메트는 감동을 받고 있었는데, 지금껏 자신들의 목숨보다 작전의 성패를 가치의 우위로 삼고 있던 특무대의 일원들로서는 이러한 일행들의 발언이 큰 충격으로 다가왔기 때문이다.

이어 잠잠히 있던 루스티커가 무릎을 짚으며 몸을 일으켰다. 그는 치렁하게 늘어뜨려져 있던 로브의 소매를 걷으며 입을 열었다.

"내가 쇼메트를 치료하도록 할 테니 조금만 기다려 보게나. 이 늙은 이가 도울 만한 일이 이제야 생긴 것 같군."

루스티커의 말에 의아함을 느낀 카밀턴은 고개를 갸웃거리며 되물었다.

"루스티커님께서 위대한 마법사라는 것은 알고 있었지만 상처를 치유할 수 있다는 것은 금시초문입니다. 루스티커님께서 성직자라면 모를까……."

"물론 내가 성직자가 아닌 이상 직접 상처를 치유할 능력은 없다네. 그런 마법은 세상에 없으니까. 하지만 인간은 누구나 자가 치유 능력을 가지고 있는데, 그 능력을 극대화시키게 된다면 빠른 속도로 상처를 아물게 할 수 있지."

말을 잠시 멈춘 루스티커는 쇼메트의 왼쪽 팔을 들어 올렸다. 탈골된 부위가 움직이면서 극심한 고통이 전해져 오고 있었지만 쇼메트는 이빨을 꽉 깨물며 참아냈다. 루스티커가 위치를 맞추어 그의 팔을 밀어 넣자 뼈가 맞물리는 소리가 들려왔다.

뚜둑!

쇼메트의 팔이 맞물려 들어가는 것을 본 루스티커는 어깨 부위를 천천히 만져 보며 말했다.

"흠, 뼈는 제대로 맞춰진 것 같군. 허헛, 과거 모험을 하던 시절에 이렇게 동료들의 뼈를 맞춰주곤 했었지. 안 해본 지 오래인데 실력이 녹슬진 않았군 그래."

쇼메트는 왼팔을 조금씩 움직일 수 있었는데, 통증이 현저히 줄어 있음을 느낄 수 있었다.

"흠… 카밀턴 대장님보다 훨씬 멋진 솜씨군요. 사실 카밀턴 대장님이 뼈를 맞추면 어떻게 하나 내심 걱정했었답니다."

"후훗, 이제 뼈는 맞췄으니 본격적으로 시작해 보세나."

루스티커는 쇼메트와 조금 간격을 유지하며 두 눈을 살며시 감았다. 그리곤 손으로 복잡한 도형들을 그리기 시작했다. 입에서는 나직한 중얼거림이 흘러나오고 있었는데, 마법에 대해 어느 정도 지식을 가지고 있던 일행들은 그것이 상당한 수준의 고대 마법임을 알 수 있었다.

"크라피세오… 르 데루게보느… 로다베킵……."

도형을 그리던 그의 손이 서서히 움직임을 멈추더니 왼 손가락을 펼치며 쇼메트를 가리켰다. 이어 각 손가락의 끝에서는 곧 푸른색을 띠는 영롱한 빛이 맺히기 시작했는데, 밝은 태양 아래에서도 뚜렷한 빛을 내고 있었다.

"루셀바쿤… 라 오메르도… 두케고라베샤… 셀 포텐셜!"

루스티커의 입에서 마법 시동어가 외쳐지며 그의 두 눈이 번쩍 뜨여졌다. 그리곤 손가락 끝에 맺혀 있던 다섯 개의 초록 빛줄기는 쇼메트를 향해 쏘아졌다. 그 빛줄기들은 빠른 속도로 쇼메트의 사지와 미간으로 스며들게 되었는데, 거의 동시에 쇼메트의 피부에 난 크고 작은 찰과상들이 빠른 속도로 아물어들었고 빠져나간 손톱 역시 조금씩 자라기 시작하는 것이었다.

　이것을 지켜보던 다른 일행들도 그 놀라움이 대단했지만, 당사자인 쇼메트의 놀라움은 말로 표현할 수 없을 정도였다. 근육이 파손되어 움직이는 것조차도 힘들던 오른손에는 전에 없던 기력이 생겨났고, 방금 뼈를 맞춘 왼쪽 팔의 통증도 없어지게 되었다. 그는 말을 더듬거리며 감탄성을 터뜨렸다.

　"괴, 굉장하군요! 이런 마법이 있었다니……!"

　루스티커는 상당히 지친 표정으로 이마에 맺힌 땀을 닦아내며 대답했다.

　"후우… 효과는 대단하지만 역시 만만치 않은 마법일세. 고대의 마법은 마나를 너무나 많이 소비해 함부로 쓸 수 없다는 큰 단점이 있거든. 아무튼 마법 덕분에 자네의 상처들이 빠른 속도로 치유되겠지만, 적어도 두어 시간은 있어야 완전히 회복될 수 있을 테니 그때까지 잠시 쉬기로 하지. 아! 그리고 이 마법에는 한 가지 부작용이 있다네."

　루스티커가 깜빡 잊고 있던 부작용에 대해 말하려 할 때, 자신의 손등을 바라보고 있던 쇼메트가 돌연 비명을 질렀다.

　"으아악! 내 몸에서……!"

　그의 비명에 시선을 돌린 다른 일행들 역시 입을 쩍 벌리며 경악을 해야 했다. 바로 쇼메트의 손등과 얼굴, 그리고 눈에 보이는 모든 곳에서 털이 길게 자라나고 있었고, 머리카락 또한 점차 길어져 장발에 가까워져 있었기 때문이다. 흡사 늑대 인간이라도 보고 있는 듯했다. 팔소매를 걷고서 자신의 몸을 살피고 있는 쇼메트를 바라본 루스티커는 조금 난처한 기색으로 말했다.

　"흠… 그 셀 포텐셜이라는 마법이 자가 치유 속도를 빠르게 해주기도 하지만, 그 속도만큼이나 대사 작용이 빨라져 체모가 빨리 자라나기도 한다네. 그것을 말해 준다는 것을 깜빡했구먼.”

거의 울상이 된 쇼메트는 암담한 목소리로 되물었다.

“설마 평생 이렇게 살아야 한다는 말씀은 아니시겠죠? 저는 아직 결혼도 안 했단 말입니다!”

“그것은 걱정하지 않아도 될 걸세. 대략 일주일 정도 지나면 체모가 자라는 것도 멈출 것일세. 그 이후에 자르면 되지 않겠나? 뭐, 그때까지는 영락없이 그 모습으로 지내야겠지만 말이야.”

말을 마친 루스티커는 쇼메트의 시선을 외면하며 몸을 돌렸고, 케미렌은 웃음을 참을 수 없다는 듯이 자신의 배를 잡으며 킥킥거렸다.

“크크큭… 그래도 몸은 따뜻하겠는걸? 밤이 되면 루스티커님께 고마움을 느끼게 될 걸세. 크큭, 조금은 부럽기도 해.”

쇼메트의 모습을 바라보고 있던 장영실과 카밀턴 역시 케미렌과 비슷한 이야기를 하려 했지만 그의 가슴에 너무 큰 상처가 남는 것을 우려해 애써 속으로만 삼킬 뿐이었다.

얼마의 시간이 흐른 후 장영실과 일행들은 다시금 구바닌 산맥을 오르기 시작했고, 그들의 발걸음은 더욱 조심스러워져 있었다.

99장 추진 발편

　몸의 깊숙한 곳까지 얼려 버릴 듯한 냉기에 잠들어 있던 장영실의 몸은 절로 움츠러들고 있었다. 움직이는 것도 불편할 정도의 두터운 옷을 입고 자신이 개발한 침낭 속으로 들어갔음에도 불구하고 쉽게 잠이 들 수 없을 만큼의 추위를 느끼고 있었는데, 지난밤 동안 몇 번이나 잠에서 깨어났는지 셀 수도 없을 정도였다.

　"흠… 침낭이 제구실을 못하고 있는 건가?"

　생각이 여기까지 미치게 되자 동료들이 걱정된 장영실은 침낭을 열고 밖으로 목을 내밀었다. 자신의 옆에는 지난밤의 모습 그대로 동료들이 누워 있었는데, 가슴의 기복을 보며 별일없음에 안도할 수 있었다.

　"후우, 다들 괜찮은 것 같군. 그런데 나만 이렇게 추위를 느끼는 것인가?"

　스스로에게 그런 질문을 던진 장영실은 다시금 자리에 누우며 얇은 침낭을 목까지 끌어 올렸다. 매섭도록 차가운 바람이 노출되어 있는 볼 살을 갈라놓을 듯 파고들었지만 그럴수록 정신이 또렷해지는 기분에 만족한 미소를 띠었고, 다시 잠을 청할 수 없을 것 같았던 장영실은 신비한 진파랑의 하늘을 감상하기 시작했다.

시간이 조금 지나자 천년설이 두텁게 쌓여 있는 산맥의 봉우리들이 빛을 받은 보석마냥 아름다운 광채를 뿜어내고 있었다. 그것을 보며 날이 밝아오고 있음을 알 수 있었던 장영실은 난생처음으로 떠오르는 해로부터 반가움을 느낄 수 있었다.

장영실이 침낭에서 나오고 있을 때 그의 일행들 역시 기척을 내며 자리에서 일어나고 있었다. 마치 애벌레가 탈피하는 것과 흡사한 그 모습을 지켜보던 장영실은 쓴웃음을 지으며 입을 열었다.

"다들 정말 잘 자더군. 자네들은 춥지도 않던가?"

그의 물음에 어깨를 으쓱거린 케미렌은 별것 아니라는 듯이 대답했다.

"크큭… 자네가 준 이 침낭 정말 대단하더군. 내 평생 이곳에서 수많은 밤을 보내봤지만 이번처럼 따뜻하게 잤던 건 처음일세. 혹시 일이 끝나면 이 침낭을 내게 주면 안 되겠나?"

"어차피 여분이니 자네 마음대로 하게나."

그리고 그 옆에서 자리를 정돈하던 카밀턴 역시 만족한 웃음을 띠며 말했다.

"저 역시 조금 춥긴 했지만 지금까지 극한 상황에서 훈련해 왔던 만큼 그럭저럭 참을 만했습니다."

카밀턴과 함께 침낭을 정리하던 쇼메트는 오히려 땀을 흘리고 있는 중이었는데, 우연찮게 생긴 털들의 효과를 단단히 본 듯했다.

"후우… 저는 이 털들 때문에 더워 죽는 줄 알았습니다. 정말 카밀턴 씨 말대로 좋은 점도 있던걸요?"

쇼메트의 말에 일행들은 은근한 부러움이 포함된 눈길을 던지고 있었다.

문득 한 명이 모자란다는 것을 느낀 장영실은 루스티커의 침낭이 있는 곳으로 다가갔다. 그는 아직 깨어날 기미를 보이지 않고 있었는데, 너무나 조용했고 움직임도 없어 장영실은 불길한 생각이 떠오르는 것을 지울 수 없었다. 곧 그의 손은 천천히 루스티커의 침낭을 벗겨냈고, 모습을 드러낸 루스타커를 본 장영실은 깜짝 놀랄 수밖에 없었다.

"아니! 이런 차림으로 주무시다니……."

장영실의 목소리에 깨어난 루스티커가 눈을 뜨며 몸을 일으켰다. 그는 여름에나 입을 만한 얇은 셔츠 하나를 걸친 상태였는데, 아직 잠에서 덜 깬 듯 눈을 비비며 하품 하는 중이었다.

"하암… 무슨 일인가? 벌써 아침이 되었나?"

루스티커의 얼굴은 그야말로 침대 속에서 자고 나온 사람처럼 편안해 보였다. 상식적으로 이해를 할 수 없었던 장영실은 고개를 갸웃거리며 물었다.

"이렇게 추운 곳에서 셔츠 차림으로 주무셨단 말씀입니까?"

루스티커는 별일 아니라는 듯이 베고 있던 옷가지들을 하나씩 걸치며 대답했다.

"허헛! 나는 마법사가 아닌가? 내 몸 주변의 온도쯤이야 손쉽게 조절할 수 있다네. 겨우 그런 것으로 놀라다니 자네답지 않군."

장영실은 잠시 간과하고 있던 루스티커의 능력을 떠올리며 자신의 행동이 바보 같았음을 깨닫고, 결과적으로 자신 혼자만 제대로 잠을 자지 못했다는 사실에 더욱 억울함을 느꼈다.

침낭을 접어 주머니에 넣은 케미렌은 산봉우리를 올려다보며 일행들을 향해 말했다.

"하늘에 구름이 없는 것을 보니 오늘도 날씨가 좋을 것 같군요. 부지런히 이동한다면 오늘 내로 산맥을 넘을 수 있을 것입니다."

이제 로브까지 걸치는 것으로 옷을 모두 입은 루스티커 역시 그와 같은 곳을 바라보며 입을 열었다.

"좋은 소식이구먼. 그렇다면 아침 식사를 하는 대로 다시 움직이도록 하세."

말을 마친 루스티커는 자신의 가죽 주머니에서 장영실이 준비해 온 빵 조각을 꺼내어 엄지손가락으로 꾹 눌러 가루를 내었다. 그것을 일행들에게 내밀자 그들은 각자 조금 찍어 입에 넣었는데, 금세 부풀어 오르며 입 안에 가득 차는 것을 느낄 수 있었다. 그것을 우물거리며 씹던 카밀턴은 감탄스러운 표정으로 말했다.

"흠… 정말 먹을 때마다 놀랍습니다. 갑자기 입에서 가득 차는 느낌이란……."

루스티커 역시 그의 말에 동의하며 입을 열었다.

"허헛… 그러게 말일세. 이런 빵 조각 먹고서 한 끼를 때우리라고 누가 상상이나 했겠나? 그나저나 누구 더 먹을 사람 있나?"

빵을 너 권하며 내민 루스티커의 손바닥 위에는 모래만한 빵가루들이 나뒹굴고 있었는데, 사정을 모르는 이가 이 장면을 봤더라면 장난쯤으로 치부했을 것이다.

그럭저럭 식사를 해결하자 케미렌은 지도를 펼쳐 경로를 다시 한 번 확인해 보며 입을 열었다.

"지금 우리는 산맥의 중지대를 막 지난 셈이지. 하지만 오늘 해가 지기 전에 고지대를 넘어 반대 편의 중지대까지 내려가야 하니 만만치 않을 것일세. 우선 조금만 더 올라간다면 호흡이 곤란해지게 될 걸세. 보통은 시간적 여유를 가지고 고지대에 대한 적응을 하면서 오르지만, 지금은 그럴 여유가 없을 것 같으니 강행하도록 하겠네."

케미렌의 말에 장영실과 일행들은 산소 추출기를 가죽 주머니에서 꺼내었다. 그중 루스티커는 자신의 것을 케미렌에게 넘기며 말했다.

"내 것은 자네가 사용하도록 하게나. 침낭은 여분을 가지고 왔다지만 산소 추출기는 여분이 없는 것 같군."

얼떨결에 산소 추출기를 건네받은 케미렌은 걱정스러운 표정을 지으며 물었다.

"이것을 제게 주시면 루스티커님께서 견디지 못하실 것입니다. 저는 산에 자주 오르기 때문에 이것이 없더라도 충분히 적응을 할 수 있으니 루스티커님께서 사용하시죠."

"허헛! 나는 마법사일세. 공기가 희박한 곳이 아니라, 아주 공기가 없는 곳에서도 나는 호흡을 할 수가 있으니 걱정 말고 자네가 사용하게나."

케미렌은 목례를 하며 루스티커의 배려를 고맙게 받아들였다.

그렇게 출발 준비를 마친 장영실과 일행들은 다시금 산을 오르기 시작했고, 점차 사라져 가는 희미한 별빛들이 그들을 따라 움직이고 있었다.

같은 시간, 뮤스와 그 일행들 역시 삼림 지대의 어느 곳에서 아침을 맞이하고 있었다. 일행들의 얼굴에는 피로감이 한껏 깃들어 있었는데,

며칠 동안 계속된 치열한 전투에 심신이 크게 지쳐 있는 것이었다.

그들은 연기와 음식 냄새에 마물들이 몰려들 것을 우려했기에 아침 식사로 차가운 빵 조각들을 씹고 있는 중이었다. 굳은 빵은 뻣뻣하여 목으로 넘기기도 힘들었지만, 앞으로 힘든 여정이 계속될 것이라는 사실을 알고 있었기에 빵 조각을 억지로 삼켜서라도 힘을 축적해야만 했다.

대충 식사를 마친 일행들은 몸에 난 상처를 살피기 시작했다. 그들은 오크들과의 첫 전투를 시작으로 몇 차례의 전투를 겪게 되었는데, 누적된 피로로 인하여 제대로 된 전투 능력을 발휘할 수 없었고, 그로 인해 더욱 많은 상처를 입었던 것이다.

팔의 상처 부위를 묶었던 붕대를 새것으로 간 벌쿤은 자신의 도끼로 땅을 짚으며 몸을 일으켰다.

"후우… 이제 얼마나 더 가야 하는 것이죠? 벌써 사흘째인데 혹시 길이라도 잘못 든 건 아닌지 모르겠네……."

벌쿤의 물음에 덧난 상처의 고름을 짜내던 켈트가 앞으로 가야 할 방향을 바라보며 대답했다.

"우리가 방향을 잘못 잡은 건 아닐 게다. 다만 삼림지대가 너무나 넓어 마음이 초조해지는 것일 게야. 정말이지 마음 같아서는 이놈의 나무들을 다 베어버리고 싶군. 점차 전투도 잦아지고, 이동 속도도 늦어지기만 하니 정말 큰일이야."

켈트는 자신들을 둘러싸고 있는 나무들을 둘러보며 불만스러운 표정을 지어 보였다. 그러던 중 그의 눈에 뮤스의 모습이 들어왔다. 뮤스는 자신의 건틀렛을 내려다보며 생각에 잠겨 있었는데, 뮤스 역시 전투에 여러 번 참여한 듯 그의 건틀렛에는 마물들의 핏자국이 선명하게

나 있었다.

"이봐, 뮤스! 무슨 생각을 그렇게 하는 게냐?"

하지만 늘 그래 왔듯이 집중을 하고 있는 뮤스의 귀에 켈트의 목소리가 들릴리는 만무했고, 이러한 일을 한두 번 겪는 것도 아니었던 켈트는 방해하지 않기 위해 어깨를 으쓱거리며 카타리나를 향해 물었다.

"카타리나, 저 녀석 지금 무슨 생각을 하고 있는 거야? 오랜만에 무척이나 진지한 표정을 짓고 있는걸?"

일행들이 사용했던 오염된 붕대를 다시 사용할 수 있도록 깨끗이 빨고 있던 카타리나는 빙긋 웃으며 고개를 내저었는데, 이제 제법 여행에 적응을 하고 있는 것으로 보였다.

"풋… 제가 어떻게 알겠어요. 어젯밤에 이동 속도가 점점 늦어진다고 걱정하던데 그 방법을 찾는 건지도 모르죠."

"호오, 이동 속도라… 설마 뭔가 타고 갈 것이라도 만들려는 것인가?"

켈트가 스스로에게 질문을 던지고 있을 때, 문득 생각에 빠져 있던 뮤스는 자신의 건틀렛을 이리저리 살펴보기 시작했다. 그리고 손에 그것을 착용한 뮤스는 무슨 생각에서인지 땅을 힘껏 내려치고 있었다.

파악!

그러자 그곳에 있던 흙과 작은 돌멩이들이 사방으로 비산하며 조그마한 웅덩이가 만들어지게 되었다. 이 단발의 파성음을 들은 드워프들은 갑작스러운 그의 행동에 놀라며 입을 열었다.

"음… 무슨 화가 나는 일이라도 있나? 왜 갑자기 땅을 파고 그러지?"

"글쎄… 아무리 머리를 굴려도 뾰족한 방법이 안 나온 것일지도……."

"서, 설마 저런 식으로 땅을 파고 가자는 건 아니겠지? 마물들을 만나지 않아서 좋긴 하겠지만 엄청나게 힘들 거야."

드워프들의 실없는 소리 역시 귀에 들어오지 않던 뮤스는 입가에 담담한 미소를 띠며 입을 열었다.

"후훗… 이 건틀렛의 반작용 원리를 거꾸로 적용하여 두 배의 반발력을 몸이 전달받을 수 있게 된다면 같은 힘으로도 두 배의 추진력을 사용할 수 있게 된다."

여기까지 말을 마친 뮤스는 다른 문제가 생겼는지 턱을 긁적거리며 난색을 표하기 시작했다.

"하지만 그로부터 파생되는 반발력을 그대로 사용하게 된다면 땅으로 전달되는 힘이 증가할수록 반발력이 강해져 횟수를 거듭하게 될수록 몸은 공중으로 뜨게 되고, 그러면 동시에 몸으로 전해지는 충격 또한 엄청날 텐데… 음……."

이렇게 중얼거리던 뮤스는 발로 땅을 다진 후 마른 나뭇가지를 하나 주워 무엇인가를 열심히 끄적였고, 잠시 후 만족한 표정으로 다시 입을 열었다.

"이런 식으로 반발력을 다른 방향으로 분산시켜 준다면 몸으로 전달되는 충격을 최소화하면서도 효율적인 추진력을 얻을 수 있겠군. 후훗! 한번 해보는 거지 뭐. 어디 보자… 건틀렛 만들 때 사용하던 '반작용 증폭기'가 어딘가 있을 텐데……."

정신이 나간 사람마냥 혼잣말을 중얼거리던 뮤스가 무엇을 만들려는 듯 급히 자신의 가방을 뒤지기 시작하자 그 모습을 보던 켈트는 새록새록 돋아나는 호기심에 뮤스의 근처로 다가가며 말했다.

"무슨 말인지는 모르겠지만 이제야 뭔가 결정이 난 것 같군. 구경이나 해볼까?"

켈트의 말과 동시에 다른 일행들 역시 뮤스에게로 모여들었고, 빠른 속도로 서슴없이 움직이고 있는 그의 손길 하나하나를 유심히 살피기 시작했다.

치지지지직! 치직!

잠시 후 금속 용접 작업을 하던 뮤스의 손이 멈추며 둥근 금속판 모양을 하고 있는 물건들이 그의 옆에 놓이게 되었다. 뮤스는 그것들의 완성 상태를 살펴보기 시작했는데, 한참을 호기심 어린 눈으로 그 모습을 보고 있던 레딘은 그중 하나를 주워 들고 이리저리 둘러보며 물었다.

"이건 또 어디에 쓰는 물건인 게냐?"

만족한 표정으로 완성된 물건을 내려놓은 뮤스는 손에 묻은 기름을 천으로 닦아내며 대답했다.

"모두들 '추진 발판'을 자신의 신발 아래에 부착해 보세요. 그러면 설명하지 않더라도 어떻게 쓰는 물건인지 아시게 될 테니."

서로의 얼굴을 보며 고개를 갸우뚱하던 일행들은 의아한 표정을 감추지 못하며 추진 발판이라고 불린 금속판을 한 쌍씩 가져가 고정 끈을 단단히 당겨 자신들의 신발에 부착하기 시작했다.

잠시 후 추진 발판을 신발에 부착하는 데 애를 쓰고 있는 일행들을 바라보고 있던 뮤스는 가장 먼저 부착을 끝낸 벌쿤을 향해 손짓했다.

"음… 벌쿤은 이제 다 된 것 같네. 그 상태로 이쪽으로 좀 걸어와 볼래? 최대한 조심스럽게 걸어야 해."

"으응? 조심스럽게? 그러지 뭐."

뮤스의 부탁을 받은 벌쿤은 고개를 끄덕이며 자리에서 일어났다. 잠시 발 밑을 이리저리 둘러보던 그는 나름대로 조심스럽게 발을 내딛게 되었다.

팟!

그러자 땅을 차는 단발의 파성음과 함께 그의 몸이 기우뚱하면서 앞으로 쏘아져 나가게 되었다. 벌쿤은 아직 자신에게 어떠한 일이 일어났는지 깨닫지 못하는 중이었고, 일행들은 한순간에 자신들의 눈앞에서 사라지며 뮤스에게 이르고 있는 벌쿤을 멍청해진 표정으로 바라보고 있는 중이었다. 그리고 다음 발을 내디딘 후에야 빠른 속도로 뮤스를 향해 돌진해 가고 있다는 것을 깨달을 수 있었던 벌쿤은 식은땀을 흘리며 다급한 목소리로 외쳤다.

"으악! 형, 피해!"

하나 그의 외침에도 불구하고 너무나 짧은 거리였기에 뮤스는 자신을 향해 빠른 속도로 돌진해 오는 벌쿤의 몸을 피할 수 없었고, 결국 그들 둘은 엉겨 붙으며 흙바닥을 나뒹굴어야만 했다.

"으아아아악!"

쿠당탕탕!

뮤스와 벌쿤의 모습을 지켜보던 일행들은 돌연히 일어난 사고에 놀란 얼굴을 했지만 그들에게 다가갈 수 없었다. 자신들의 발에 달린 추진 발판에 문제가 있음을 직감했기 때문이다.

"뮤스! 벌쿤! 괜찮은 게냐?"

"쯔쯧, 심하게 부딪쳤으니 또 어딘가 깨졌겠군……."

일행들이 우려의 목소리를 던지고 있을 때 잠시 땅에 쓰러져 꿈틀거리던 뮤스는 자신을 짓누르고 있는 벌쿤의 등을 두드려 주며 몸을 일으켰다.

"으윽… 괜찮아, 벌쿤? 생각보다 추진력이 훨씬 컸던 모양이야. 처음부터 두 배는 어려울 것 같으니 차근차근 늘리는 게 좋겠어."

뮤스를 따라 몸을 일으킨 벌쿤은 살갗이 벗겨진 팔꿈치를 보며 불만스러운 목소리로 투덜거렸다.

"쳇… 진작 말해 줬으면 더 조심했을 것 아냐. 괜히 상처만 하나 더 늘어버렸네. 투덜투덜……."

하지만 혼잣말을 중얼거리기 시작한 뮤스는 또 다른 생각에 잠겨 있는 중이었기에 벌쿤의 투덜거림을 들을 수 없었다.

생각을 끝내고 일행들에게로 다가간 뮤스는 그들의 신발에 부착된 추진 발판을 새롭게 정비하기 시작했다.

일과를 마친 태양이 또 한 번 서쪽 녘으로 저물어가는 중이었다. 만물은 석양을 받으며 붉게 변해가고 있었고, 석양이 들지 않는 숲의 깊은 곳은 벌써부터 어둠이 내리깔리기 시작했다.

야행성의 산짐승들은 하루를 시작하기 위해 낮 동안의 휴식에서 깨어나고 있었다. 주린 배를 채우기 위해 거처에서 나온 산짐승들은 이리저리 코를 킁킁거리며 먹잇감을 찾기 시작했다. 그러다 문득 주변의 모습이 낯설게 변했다는 것을 깨달은 산짐승들은 적지 않게 당황하고 있었는데, 불과 하루 전만 하더라도 몸을 가리기 좋을 정도의 길쭉길쭉한 풀들이 무성히 돋아나 있던 이곳이 성질 나쁜 멧돼지 떼라도 지나간 듯 황폐해져 있었기 때문이다.

산짐승들이 새로운 삶의 터전을 찾아야 할 것인가에 대해 고민하고 있을 무렵 그로부터 100멜리가량 떨어진 곳에서는 일곱 개의 그림자가 빠른 속도로 쏘아져 나가고 있었다.

파바밧! 파밧! 파바밧!

그들의 발이 닿은 곳은 경쾌한 격타음과 함께 깊숙이 패이며 맨흙을 드러내고 있었고, 그곳에 자라나 있던 풀들은 말발굽에라도 채인 듯 파헤쳐지며 이리저리 나뒹구는 중이었다.

"이야호!"

신이 난 벌쿤의 외침 소리가 숲 속을 쩌렁하게 울리고 있었다. 그는 발을 힘껏 구르며 몸을 날리는 중이었는데, 그럴 때마다 추진 발판을 통해 두 배에 달하는 추진력을 전해 받은 그의 몸은 더욱 빠르게 움직였고, 머리카락을 흩날리게 만드는 시원한 바람이 느껴졌기에 기분이 좋아진 것이다.

"하하핫! 나 먼저 가 있을 테니 어서들 따라오라고!"

앞서 나가기 시작하는 벌쿤의 뒷모습을 바라보던 뮤스는 어깨를 으쓱거리며 말했다.

"저 녀석 아주 신이 난 모양이군. 그래도 생각보다 빨리 적응을 해서 다행인걸?"

뮤스는 고개를 돌려 자신의 손을 잡고 있는 카타리나를 바라보았다. 그녀는 다른 일행들에 비해 운동 신경이 조금 떨어져 추진 발판에 쉽사리 적응할 수 없었고, 어쩔 수 없이 뮤스의 손을 잡고 달리는 중이었다. 처음에는 잔뜩 긴장한 모습이었지만 지금은 어느 정도 익숙해진 듯 조금이나마 여유가 있어 보였다.

"카타리나, 이제는 달릴 만해?"

눈으로 들어오는 바람에 눈살을 찌푸린 카타리나는 손으로 흩날리는 머리카락을 뒤로 넘기며 대답했다.

"응… 조금 적응한 것 같아."

"후훗, 그래도 대단한걸! 이 정도로 빠르게 달리는데 벌써 적응을 하다니."

　뮤스와 카타리나의 뒤로 드워프 형제들이 따르고 있었다. 그들은 달리는 것을 싫어하는 드워프 족인데다가 다리 길이가 짧다는 신체적인 불리함 덕에 다른 일행들에 비해 속도가 조금 늦고 있었다. 하지만 그 정도만으로도 드워프들에게는 충분히 빠른 속도였기에 더 빠르게 달리기를 요구하기에는 무리가 있어 보였다. 그중에 가장 앞서 달리던 켈트는 형제들의 의사를 대변하기라도 하는 듯 헐떡이며 일행들을 향해 외쳤다.

　"헥헥!! 뮤… 뮤스! 날도 저물어가는데 이만 쉬었다 가는 게 어떻겠냐! 아무리 추진 발판 덕에 쉽게 달릴 수 있다고 해도 하루 종일 달린다는 건 무리라고!"

　켈트의 목소리를 들은 뮤스는 카타리나를 먼저 살폈다. 그녀 역시 지친 기색을 보이고 있었는데, 애초 여자의 몸으로 벌쿤의 운동량을 따라간다는 것은 무리였던 것이었다. 이에 고개를 끄덕인 뮤스는 앞서나간 벌쿤을 향해 외쳤다.

　"벌쿤! 오늘은 이쯤에서 쉬어가야 할 것 같으니까 적당한 곳을 찾아봐!"

　벌쿤은 손가락을 말아 보이며 뮤스를 향해 신호를 했고, 그의 부탁대로 야영하기에 알맞은 곳을 찾기 위해 앞으로 나서기 시작했다.

　시간이 조금 더 흘러 일행들은 벌쿤이 찾아낸 야영지에 도착하게 되었다. 벌쿤 역시 몇 번의 경험을 통해서 좋은 야영 장소의 요건을 잘 알고 있었다. 만약의 사태를 대비하여 빠져나갈 수 있는 통로가 두 곳 이상은 있어야 하고, 많은 수의 적에게 둘러싸여 공격받는 것을 방지하기 위해 협소한 장소가 적합하다. 지금 그들이 자리 잡고 있는 곳 역시 그와 같은 원칙을 철저히 지키고 있는 곳이었기에 드워프들은 만족한 듯 땅에 주저앉아 서둘러 추진 발판을 신발에서 떼어내기 시작했다. 켈트는 신발까지 벗어 발을 주무르며 말했다.

"이거야 원! 한 번 발을 떼면 달리지 않을 수가 없으니 오히려 전보다 더 힘이 드는 것 같군. 그나저나 이제 얼마나 남은 건지 지도 좀 봐주겠나?"

역시 신발에서 추진 발판을 떼어내고 있던 뮤스는 가방에서 지도를 꺼내 펼치며 드워프들에게 다가갔다.

"쉬지도 못하고 달려서 힘이 드는 것은 사실이지만, 덕분에 마물들을 피해 상당한 거리를 왔으니 그렇게 투덜거리지 마세요. 음… 이동 속도가 어제보다 두 배 정도 빨라졌으니 대충 이쯤 온 것 같은데 한번 확인해 보시겠어요?"

뮤스가 건네주는 지도를 받은 브라이덴은 손가락 마디로 지도의 거리를 재어본 후 그것을 켈트에게 넘기며 말했다.

"뮤스 말이 맞는 것 같수. 이대로만 간다면 내일 오후 늦게쯤 흑룡의 호수에 닿을 수 있을 것 같은데……."

켈트 역시 브라이덴과 같은 방법으로 거리를 재어보며 고개를 끄덕였다.

"확실히 그런 것 같군. 하지만 흑룡의 호수로 다가갈수록 마물들이 많아질 테니 더욱 조심해야 할 게야. 이런 곳에서 방심하는 것이 얼마나 위험한 일인지는 누구보다 잘 알고 있을 테니까."

드워프들의 검증을 마지막으로 위치 확인을 끝낸 뮤스는 한참 전부터 아우성치고 있는 자신의 배를 어루만지며 입을 열었다.

"후훗, 마물 걱정보다는 여기서 굶어 죽을 걱정을 더 해야겠는걸요? 이동하느라 아침, 점심 모두 빵 조각으로 때웠으니 오늘은 오랜만에 따뜻한 음식이 먹고 싶은데 어떠세요?"

물론 드워프들과 벌쿤은 뮤스의 말에 찬성을 하고 나섰고, 덕분에 요리 담당이었던 카타리나는 피곤을 풀어낼 시간도 없이 저녁 식사 준비를 해야만 했다. 하지만 일행들에게 짐만 되는 상황에서 자신이 할 수 있는 유일한 일이었기에 그녀는 아무런 불평도 하지 않았다.

투박한 그릇에 구수한 냄새가 피어오르는 묽은 수프가 담겨 있었다. 식사 후 입의 허전함을 달래기 위한 입가심거리였는데, 레딘은 붉은 수염에 닿지 않도록 조심해서 수프를 마시는 중이었다. 하지만 그의 온갖 신경은 켈트의 목소리에 기울어져 있었다. 그뿐만 아니라 다른 일행들 역시 모닥불가에 둘러앉아 이야기를 들려주고 있는 켈트를 바라보고 있었는데, 은근히 무거운 분위기를 조장하고 있는 켈트의 목소리에 마른침을 삼키고 있었다.

"…그렇게 구바닌 산맥을 오르던 네 명의 여행자들은 몸조차 가눌 수 없을 정도로 불어대는 눈보라를 피하기 위해 안전한 곳을 찾아야만 했단다. 때마침 하늘의 도움인지 그들의 눈앞에 깊은 동굴이 나타났고, 이제 살았다고 생각한 여행자들은 앞뒤 가릴 것 없이 그 동굴 속으로 들어가게 되었지. 운 좋게 눈보라를 피할 수 있었던 여행자들은 동굴 속에서 피로를 풀기 시작했단다. 하지만 시간이 지나도 눈보라가 그칠 기미가 보이지 않자 따분해진 일행 중 한 명이 동굴을 살펴보기 시작했단다. 그러던 중 그는 동굴 벽에 새겨진 기이한 문자를 발견하게 된 거야. 그것은 고대인이었던 그들로서도 해석할 수 없는 복잡한 문자였지. 이에 강한 호기심을 느낀 그들은 동굴 속을 둘러봐야겠다고 생각했어. 그리고 천천히 동굴 속으로 발걸음을 옮기기 시작했지."

여기서 잠시 이야기를 끊은 켈트는 자신의 손에 들린 그릇의 수프를 한 모금 목으로 넘기며 이야기를 이어 나갔는데, 일행들은 그 짧은 공백이 자신들의 긴장감을 더욱 고조시키고 있음을 느끼고 있었다.

"그렇게 동굴의 깊은 곳으로 걸어 들어가던 여행자들은 전에는 들리지 않던 물방울 떨어지는 소리가 들리기 시작하는 것을 느낄 수 있었단다. 하지만 그런 물방울 소리야 어디서든 들리는 것이라고 생각한 여행자들은 별 신경을 쓰지 않고 계속해서 동굴 속으로 들어갔지. 동굴은 그들의 생각보다 훨씬 깊었단다. 십여 분을 걸어도 그 끝이 나오지 않자 조금 지치기 시작한 그들은 잠시 쉬어가기 위해 자리에 앉았는데, 동료들을 둘러보던 일행 중 한 명이 무엇인가가 허전한 것을 느꼈단다. 바로… 네 명이었던 일행이 세 명으로 줄어 있었던 게야……."

카타리나는 손으로 입을 막으며 입 밖으로 튀어나오는 비명을 억눌렀고, 그녀만큼은 아니었지만 다른 일행들 역시 놀라는 표정이었다. 그중 켈트의 이야기를 유난히 좋아했던 벌쿤은 목을 길게 빼며 물었다.

"그럼 그 동굴 속에 뭔가가 살고 있었던 건가요? 무시무시한 괴물이라든지……."

"후훗, 그걸 벌써 말해 주면 재미가 없지 않겠냐? 계속 들어보면 알게 될 테니까 조용히 이야기나 들어보거라."

"그래서 어떻게 됐는데요?"

벌쿤의 뒤달에 피식 웃어 보인 켈트는 들고 있던 수프 그릇을 내려놓으며 이야기를 계속해 나갔다.

"일행 한 명이 사라졌다는 사실에 여행자들은 기겁을 할 수밖에 없었단다. 눈보라를 피할 생각으로 들어왔던 동굴에서 일행 중 한 명이 사라졌으니 얼마나 어이없는 일이었겠느냐. 그렇게 된 이상 동굴에 대한 호기심도 물 건너가 버리고 일행을 찾을 생각에 다시 들어왔던 길을 되돌아 나가기 시작했단다. 한데 다시 한 번 이해할 수 없는 일이 일어나게 된 것이야. 바로 동굴의 출구는 온데간데없었고, 당연히 밖으로 연결되어 있어야 할 길이 막혀 있었던 것이지. 혼비백산한 여행자들은 각자 추측을 늘어놓기 시작했는데… 단 두 명의 목소리밖에 들리지 않았지. 또다시 한 명이 그렇게 사라지게 된 거야.”

여기까지 이야기가 진행되자 그의 이야기를 듣고 있던 일행들은 등 뒤로 소름이 돋는 것을 느꼈다. 하지만 이야기를 그만 듣고 싶은 생각이 없었기에 계속해서 그의 이야기에 귀를 기울이고 있었다.

“결국 둘만 남게 된 그들은 공포감에 마음을 사로잡혀 눈에 아무것도 보이는 것이 없었지. 그리고 허리춤에서 장검을 빼낸 그들은 이지를 상실한 채 무작정 어디론가 달리기 시작한 게야. 그렇게 한참을 달리던 여행자 중 한 명은 문득 귀가 허전해졌단다. 바로 동굴에서 울리고 있는 발자국 소리가 자신의 것밖에 없다는 것을 깨닫게 된 것이었지. 마음 한편에서 마지막 일행 역시 사라질 것이라는 사실을 예견하고 있던 그 여행자는 오히려 마음을 안정시키며 달리던 발걸음을 멈추었단다. 자신도 어찌 될지 모르는 상황이었지만 일행들이 사라지는 이유를 알고 싶었던 게지. 그렇게 조금의 시간이 지나자 동굴의 먼발치에서 귀에 익은 물방울 소리가 들려오기 시작했단다. 물방울 소리가 점차 자신이 서 있는 곳으로 다가오자 그 여행자는 공포심을 억누르며 들고 있던 횃불을 그쪽으로 비추었지. 그 불빛이 닿은 곳에서 전신이 진갈색의 털로 뒤덮인 거구의 괴물이 서서히 모습을 드러내고 있었단다. 그 괴물이 발걸음을 옮길 때마다 치렁하게 늘어진 털에서 물방울이 떨어지고 있었는데 그것이 바로 그 소리의 정체였던 게야. 그리고 여행자는 그 괴물의 모습을 보는 동시에 목에 커다란 충격을 받으며 정신을 잃게 되었단다.”

드디어 베일 속에 가려진 주인공이 나타나자 카타리나를 비롯한 벌쿤과 드워프들은 눈을 휘둥그렇게 떴고, 벌쿤은 침을 튀어가며 물었다.

“그래서 그 여행자들은 모두 죽게 된 것인가요?!”

벌쿤의 물음에 켈트는 고개를 가로저으며 대답했다.

“후훗! 그렇게 정신을 잃은 여행자는 한참의 시간이 지난 후에야 정신을 차릴 수 있었는데, 그는 자신이 누워 있던 곳이 구바닌 산맥의 아래라는 것을 알 수 있었단다. 또 그와 함께 구바닌 산맥을 오르던 일행들 역시 그의 옆에 눕혀져 있었고, 다들 숨을 쉬고 있었지.”

“그럼 그 괴물의 정체가 뭐죠? 밝혀진 건가요?”

“그러한 이야기가 퍼지자 고대인들은 그 괴물에게 ‘스니만’ 이라는 이름을 붙여줬지. 설인이라는 뜻이란다. 그 이후로도 고대의 여행자들 사이에서 스니만을 목격했다는 이야기가 나돌았는데, 어떤 자는 스니만이 구바닌 산맥을 지키는 수호신으로 흉포한 성격을 가졌다고 말하기도 하고, 또 어떤 자는 온순하다고 말하기도 하지. 하지만 확실하게 밝혀진 것이 아무것도 없는 상태이기에 그저 아는 사람들만 아는 전설로만 남게 되었단다.”

이렇게 이야기가 끝나게 되자 일행들은 나직한 한숨을 내쉬며 긴장을 풀었다. 카타리나는 긴장한 탓에 목이 결려오는 것을 느끼며 물었다.

“스니만… 정말 그런 괴물이 구바닌 산맥에 살고 있을까요?”

그녀의 물음에 뮤스가 대신 대답해 주었다. 그 역시 이 이야기를 그라프에게 들은 바가 있었던 것이다.

“하핫! 나는 그저 전설에 불과하다고 생각해. 구바닌 산맥에 접근하지 못하도록 사람들이 지어낸 이야기일 가능성이 높다는 것이지.”

뮤스의 대답에 의아함을 느낀 벌쿤이 고개를 돌리며 되물었다.

“사람들을 구바닌 산맥에 접근하지 못하게 할 이유라도 있는 거야? 그렇지 않으면 일부러 그런 이야기를 퍼뜨릴 이유가 없잖아?”

“고대 사람들은 구바닌 산맥의 곳곳에 적지 않은 보물들을 숨겨놨다고 하더군. 그러니 보물을 안전하게 지키기 위해 그런 이야기를 퍼뜨린 것일 수도 있는 것이지.”

벌쿤은 그의 말을 이해한 듯 고개를 끄덕이고 있었다.

오랜 시간 동안 이야기하느라 칼칼해진 목을 물 한 모금으로 달랜 켈트는 몸을 일으키며 말했다.

“무리해서 움직였더니 몸이 말이 아니군. 다들 내일을 위해서 오늘은 이만 자는 것이 좋겠어. 나는 주변에 설치한 트랩 상태를 한 번 더 확인하고 올 테니 잘 준비들 하거라.”

나름대로 지금까지 들은 이야기를 정리하고 있던 카타리나와 뮤스, 그리고 드워프들은 켈트의 말에 동의하며 자리에서 일어나 자신의 잠자리로 움직이기 시작했다. 하지만 스니만의 이야기를 머리에서 쉽게 지울 수 없었던 벌쿤은 그다지 피로감을 느끼지도 않았기에 그 자리에 남아 켈트를 통해 들었던 이야기를 계속해서 되씹고 있었다.

100장 4년 만의 재회

휘이이잉!

구바닌 산맥의 정상 부근, 종일 진파랑이었던 하늘이 갑자기 흐려지며 장정의 몸을 날려 버릴 정도의 거센 눈보라가 휘몰아치고 있었다. 새롭게 내리는 눈과 땅에 쌓여 있던 눈가루가 동시에 강한 바람에 날리며 생긴 눈보라였기에 눈이 날리는 일정한 방향조차 없었는데, 시간이 갈수록 눈보라는 더욱 거칠어질 뿐 잦아들 기색은 보이지 않고 있었다. 흩날리는 눈에 세상은 온통 흰색으로 변해 있었고, 한 치 앞을 보는 것조차 힘든 순백의 어둠을 만들어냈다.

이러한 극한 상황에서도 장영실과 그의 일행들은 거침없이 발걸음을 내딛고 있었다. 그들은 이러한 눈보라 속을 걸으면서도 아무런 불편함도 못 느끼는 듯했는데, 놀랍게도 강한 바람을 타고 쏘아오던 눈화살들이 그들의 몸에 닿기도 전에 녹아버리는 것이었다. 게다가 바람조차 그들에게 닿지 않는 듯이 옷자락의 흩날림도 거의 없어 보였다.

한참을 그렇게 움직이던 케미렌은 입에 물고 있던 산소 추출기를 떼어냈다. 그리고 발을 멈추며 볼을 타고 흐르는 땀을 닦아낸 그는 손에 묻은 땀방울을 바라보며 입을 열었다.

"역시 마법이란 정말 대단한 것이군요. 내 평생 구바닌 산맥의 고지대에서 땀을 닦을 수 있으리라곤 상상도 못했습니다."

그의 뒤를 따르던 쇼메트는 거의 탈진 상태였는데, 이제 맨살이 보이지 않을 정도로 돋아나 버린 체모 덕분에 몸에서 나는 열을 제대로 발산할 수 없었기 때문이다. 그는 무릎을 짚어 몸을 지탱하며 산소 추출기를 입에서 떼어냈다.

"헥헥… 저는 차라리 저 밖으로 나가는 것이 더 좋겠습니다. 이러다간 바로 여기서 쓰러져 버릴 것 같은걸요."

그들의 이야기를 듣고 있던 루스티커는 여유로운 미소를 지으며 대답했다.

"허헛… 그건 걱정 말게나. 수분만 충분히 보충해 준다면 자네의 몸이 알아서 해결해 줄 것일세."

"하지만 이거야 원… 한여름 땡볕 아래 서 있는 것보다 더 더우니……."

루스티커는 쇼메트의 이야기를 뒤로하며 케미렌을 향해 물었다.

"앞으로 '마나 쉴드'를 전개할 수 있는 시간이 그리 많이 남지 않았네. 기껏해 봐야 다섯 시간… 그때까지 산맥을 넘을 수 있겠나?"

루스티커의 물음에 다른 일행들 역시 궁금한 표정으로 케미렌을 바라보며 대답을 기다렸고, 잠시 눈보라를 살펴보던 케미렌은 어깨를 으쓱이며 대답했다.

“음… 지금 우리가 마나 쉴드로 보호받고 있어서 느끼지 못하는 것이지만 지금 밖은 거의 화이트 아웃 상태입니다. 즉 눈보라 때문에 지형 식별이 불가능해 방향 감각을 완전히 잃어버릴 수도 있는 상황이라는 것이죠. 지금까지는 거의 직선로였기에 나침반에 의존해 경로를 쉽게 잡을 수 있었지만, 지금부터 다시 암벽 지대가 시작되는 듯하니 움직일 만한 상황이 아닙니다. 그저 눈보라가 조금 수그러들 때까지 기다려 보는 수밖에요. 만약 운이 좋아 금세 눈보라가 수그러든다면 몇 시간 내로 산맥을 넘을 수 있을 겁니다. 루스티커님께서 쳐주신 마나 쉴드 덕에 제 생각보다 훨씬 빠른 속도로 이동할 수 있었으니까요.”

“흠… 반대로 이런 눈보라가 계속된다면?”

케미렌은 침음성을 삼키며 조심스럽게 대답했다.

“그렇게 된다면… 그리 좋은 결과를 얻을 수는 없을 겁니다. 인간은 자연의 힘 앞에서 너무나 무력한 존재이니까요. 그저 운명에 맡겨야겠죠.”

그의 이야기를 듣고 있던 카밀턴은 일행들 사이의 분위기가 가라앉으려 하자 은근한 미소를 지으며 말했다.

“후훗! 그렇다면 별일없겠군. 내가 젊어서 죽을 운명이었다면 죽어도 진작에 죽었을 것일세. 정말 어처구니없을 정도로 죽을 고비를 많이 넘겼거든. 심지어는 심장 바로 옆에 화살이 박힌 적도 있었지. 의심이 가면 쇼메트에게 물어봐도 좋다네!”

쇼메트는 카밀턴의 말이 귀에 익숙함을 느꼈는데, 과거 그가 이끌던 특무대가 작전 중 위험에 빠졌을 때마다 부하들의 공포심을 덜어주기 위해 버릇처럼 하던 말이었던 것이다. 카밀턴의 의도를 눈치 챈 쇼메트 역시 웃는 얼굴로 이야기를 받으며 말을 이었다.

"하핫, 물론 사실입니다. 그때 옆에 있었으니까요. 또 저 역시 여기
까지 와서 죽을 운명이었다면 어제 그 절벽에서 떨어져 죽었겠죠. 설
마 하루 더 살아보라고 신께서 이렇게 목숨을 살려주셨겠습니까? 대신
몸에 무더기로 털이 나는 끔찍한 대가를 치러야 했지만 저는 만족합니
다. 후훗……."

그의 말에 일행들은 웃음을 터뜨릴 수밖에 없었고, 그 덕에 한결 안
심이 되는 것을 느낄 수 있었다.

장영실은 자신의 침낭을 펼쳐 눈밭 위에 깔았고 그 위에 주저앉았
다. 그리곤 가죽 주머니에서 빵을 꺼내며 일행들을 올려다보았다.

"그렇다면 눈보라가 수그러들 때까지 앉아서 조금 쉬도록 하죠. 날
씨도 날씨지만, 몸에 피로가 쌓이면 날씨가 좋아진다고 하더라도 이동
하는 것이 더뎌질 테니까요. 그리고 아침 식사 후 아무것도 못 먹은 상
태잖습니까."

"허헛… 그러고 보니 마나 쉴드를 유지하느라 마법을 오래 쓴 데다
가 쉬지 않고 걸었더니 몸이 피곤하군. 나이는 속일 수 없는 건
가……."

나이 탓을 하던 루스티커는 널찍하게 펼쳐진 침낭의 한 자리를 차지
하며 앉았고, 다른 일행들 역시 휴식이 필요하다고 느꼈기에 침낭 위에
앉으며 장영실이 건네는 빵 조각을 입에 넣기 시작했다.

얼마 후 루스티커는 우두커니 하늘을 바라보는 중이었다. 일행들은
그의 주변에서 서로의 등에 기댄 채 잠을 자고 있었는데, 루스티커는
마나 쉴드를 유지해야 했기에 앉아 있는 것만으로 휴식을 취하는 중이
었던 것이다. 그렇게 하늘을 바라보고 있던 루스티커의 눈에 문득 이
채가 감돌기 시작했다. 그의 시선이 닿아 있는 곳에서부터 점차 눈보

라가 잦아드는 것을 확인했기 때문이었는데, 그렇게나 두껍던 순백의 장막이 점차 거두어지며 세상의 모습이 드러나기 시작하는 것이었다. 이를 보며 눈가에 미소를 그려 넣은 루스티커는 일행들의 어깨를 흔들어 깨웠다.

"허헛! 다들 일어나 보게나! 눈이 그치고 있다네!"

단잠에 빠져 있던 일행들은 그의 목소리에 부스스 눈을 뜨며 몸을 일으켰다. 그리고 루스티커의 말대로 하늘을 살피던 카밀턴은 희색이 만연한 얼굴로 외쳤다.

"크큭… 드디어 하늘이 개이기 시작하는군! 구름이 빠르게 움직이는 것을 보아하니 금세 눈보라도 멈추겠는걸?"

일행들은 더 이상 아무런 말도 하지 않은 채 점차 흩어져 가는 짙은 구름을 보며 신비한 자연을 한껏 체감하고 있었다.

거대하게 뭉쳐 있던 진회색의 구름덩어리가 점차 얇아지며 거세게 휘몰아치던 눈발이 힘을 잃고 있었다. 강한 바람으로 인해 아직도 땅에 내려앉은 눈가루들이 날리긴 했지만 전에 비할 바는 아니었고, 그로 인해 눈보라 속에 숨어 있던 주변의 경관이 조금씩 드러나기 시작했다.

눈을 얇게 뜨며 서서히 모습을 드러내고 있는 산의 정상 쪽을 살피던 케미렌은 나직한 실소를 터뜨리며 그곳을 가리켰다.

"크크… 이렇게 어이없을 때가 있나… 저 앞을 보게."

케미렌의 손가락이 가리키는 방향으로 고개를 돌린 일행들은 그들이 서 있는 장소에서 조금 떨어진 곳을 바라보며 시선을 멈추었는데, 한눈에 그곳이 구바닌 산맥의 산등성이임을 알 수 있었다.

"눈보라가 심하긴 심했나 보군. 정상의 바로 아래까지 왔으면서도 모르고 있었으니… 생각보다 많은 거리를 이동했을 것이라고 생각하긴 했지만 벌써 산 정상까지 닿았으리라곤……."

장영실은 믿기지 않는다는 듯 고개를 내젓고 있는 케미렌의 어깨를 두드려 주며 입을 열었다.

"후훗! 어쨌든 여기까지 잘 오지 않았나? 자네의 도움이 아니었으면 정말 힘든 여정이었을 것일세."

장영실의 칭찬에 머쓱해진 케미렌은 코밑을 슬쩍 매만지며 말했다.

"크큭! 맨입으로 도와준 것도 아니니 그렇게 띄워줄 필요는 없네. 그리고 산맥을 내려가기 전까지는 일이 끝난 것이 아니지. 오히려 산은 오를 때보다 내려갈 때 더 위험한 법이니까."

그들의 대화를 듣고 있던 루스티커가 어깨를 으쓱거리며 끼어들었다.

"자네들은 정상이 눈앞인데 여기서 계속 이야기나 하고 있을 참인가? 나는 한시라도 빨리 저 너머의 세상을 한번 보고 싶은데?"

루스티커의 말에 일행들은 각자 내려놓았던 자신들의 짐을 챙기며 가벼운 발걸음으로 자리를 옮기기 시작했고, 워낙 가까운 거리였기에 그들은 금세 산등성이에 닿을 수 있었다.

미끄러지지 않도록 조심하며 거친 바위에 올라선 장영실과 일행들은 산맥 저편의 광경을 내려다보며 자신도 모르게 탄성을 내쏟고 있었다.

"후아… 정말 멋지군……!"

"정말 우리가 지나왔던 곳과는 풍경이 전혀 다른걸?"

"끝도 없는 삼림 지대를 좀 보라고!"

저 멀리 지평선이 펼쳐진 곳, 세상 위에 얹어져 있던 구름들이 흩어지기 시작하며 황금빛의 빛줄기가 줄기줄기 땅으로 뻗어 내리는 중이었다. 또 드넓은 삼림 지대는 거대한 생명력이 전해지는 푸르름을 드러내고 있었는데, 그야말로 장관이라는 말 이외에는 어떠한 말로도 표현을 할 수 없었다.

눈을 돌려 이곳저곳을 둘러보던 쇼메트는 케미렌을 향해 물었다.

"그런데 흑룡의 호수는 어디에 있는 것이죠? 산맥을 넘으면 바로 보일 줄 알았는데 아무것도 보이지 않는군요."

케미렌은 산맥의 줄기에 가려진 곳을 가리키며 대답했다.

"저 뒤로 돌아가야만 흑룡의 호수가 보일 것일세. 우리는 구바닌 산맥의 가장 낮은 산등성이로 넘기 위해서 이곳으로 둘러 온 것이니 내려가는 대로 다시금 방향을 잡아 흑룡의 호수로 향해야 한다네. 거기서부터는 나 역시 초행이라 잘 모르겠지만 말이야……."

그들의 이야기를 귀 너머로 듣고 있던 장영실은 시선을 거두어들이며 말했다.

"감상은 이쯤 해두고 이제 내려가야 하지 않겠나? 다시 날씨가 나빠지기라도 한다면 큰일이니 말이야."

루스티커 역시 그의 말에 동의하며 나섰다.

"이제 마나 쉴드도 흩어질 때가 다 되었으니 장영실 경의 말대로 서둘러야 할 것일세. 마나 쉴드 없이 그런 눈보라를 만나면 정말 끝장일 것일세."

조금 아쉬움이 남긴 했지만 장영실과 루스티커의 말대로 지체할 시간이 없었기에 일행들은 여운을 남겨둔 채 발걸음을 옮기기 시작했고, 눈밭 위에는 그들의 발자국만이 선명하게 남아 있을 뿐이었다.

다음날 아침, 벌쿤은 담요로 머리를 덮은 모습으로 그 자리에 앉아 있었다. 그는 뜬눈으로 밤을 지샌 듯 두 눈은 퀭하니 들어가 있었고, 입술 역시 바싹 말라 갈라져 있었다. 신중하게 다물어져 있던 그의 입매가 살짝 움직이며 나직한 혼잣말을 중얼거리기 시작했다.

"아냐… 스니만은 실제 존재했을지도 몰라. 드베인 숲에서도 비슷하게 생긴 마물들이 많았는데 존재하지 않으란 법도 없지."

이어 턱을 괴며 생각에 잠긴 벌쿤은 이내 고개를 내저으며 말했다.

"아냐… 그저 전설일 가능성이 많지. 설령 있다고 해도 흑룡이 구바닌 산맥에 자리를 잡으면서 없어졌을지도 모르는 일이고……"

벌쿤의 중얼거림은 계속되어졌고, 스니만 존재에 대한 자문자답 역시 이어지고 있었다.

잠의 기운을 털어버리지 못한 뮤스가 머리를 긁적이며 자리에서 일어났다. 자신의 팔을 베고 자고 있는 카타리나의 머리를 조심스럽게 옆으로 내려놓은 그는 중얼거림이 들려오고 있는 곳으로 고개를 돌리며 입을 열었다.

"벌쿤! 너 밤새 그러고 있었던 거냐?"

그의 목소리에 흠칫한 벌쿤은 슬쩍 고개를 돌리며 자못 진지한 목소리로 물었다.

"혹시 그 헬보네츠라는 블랙 드래곤이 죽었으니 스니만도 다시 나타나지 않았을까? 응? 응?"

"캑… 설마 아직도 그 이야기에 대해서 생각하고 있는 중이란 말이야? 대체 무슨 이유로……?"

뮤스의 물음을 받은 벌쿤은 자신이 지을 수 있는 가장 애처로운 얼굴을 해 보이며 대답했다.

"나… 그 스니만이라는 것을 보고 싶거든!"

벌쿤의 나이답지 않은 순진무구함에 고개를 내저은 뮤스는 자리에서 일어나며 그의 어깨를 두드려 주었다.

"어제 말했듯이 스니만은 그저 전설 속에나 있는 괴물이라고. 그러니 그냥 재미있는 이야기쯤으로 치부해. 네가 원한다고 해서 구바닌 산맥을 오를 수도 없는 일이잖아? 우리의 목적지는 흑룡의 호수니까."

"그래도 아쉬운걸……."

"후훗… 아쉽겠지만 시간이 없으니 다음을 기약하는 것이 좋겠다. 언젠가 기회가 되겠지 뭐. 드워프 아저씨들이나 좀 깨워줄래?"

나름대로 벌쿤을 위로한 뮤스는 세면을 하기 위해 자리를 옮겼고, 아쉬운 한숨을 내쉰 벌쿤 역시 몸을 일으키며 드워프들을 깨우기 위해 움직였다.

"아저씨! 아침이에요! 이제 그만 일어나세요!"

드워프들은 자신의 몸을 흔드는 벌쿤의 손길에 눈을 뜰 수밖에 없었다. 어제 하루 무리를 해서 움직였기에 피로에 찌들었던 켈트는 떠지지 않는 눈을 억지로 뜨며 벌쿤의 얼굴을 올려다보았다. 그리곤 어두운 그림자가 드리워진 그의 눈 밑을 보며 물었다.

"흠, 어제만 해도 쌩쌩했던 녀석이 오늘은 몰골이 말이 아니구나. 밤새 무슨 일이라도 있었던 게냐?"

그의 물음에 어깨를 으쓱한 벌쿤은 몸을 일으키며 약간의 짜증이 담긴 목소리로 대답했다.

"이게 다 아저씨 때문에 그렇다고요. 괜한 이야기를 해주셔서 사람 잠도 못 자게 하고… 얼른 일어나서 씻기나 하세요."

등을 휙 돌린 벌쿤이 자리를 옮기자 얼떨떨해진 켈트는 드워프 형제들의 얼굴을 마주 보며 고개를 갸웃거렸다. 하지만 켈트와 함께 잠을 자고 있던 형제들이었기에 역시 영문을 알 수 없다는 표정이었다.

카타리나 역시 일행들의 목소리를 들으며 잠에서 깨어났다. 그녀는 일어나자마자 헝클어진 머리카락을 정리하여 뒤로 묶기 시작했는데, 뮤스에게 자신의 흐트러진 모습을 보이기 싫었기 때문이다. 세면을 마친 뮤스가 다가오자 카타리나는 밝은 표정을 지으며 인사를 건넸다.

"잘 잤니, 뮤스?"

마른 수건으로 얼굴의 물기를 닦아내던 뮤스 역시 따뜻한 미소를 지어주었다.

"후훗! 응, 자리가 불편했을 텐데 괜찮아?"

"응! 벌써 며칠이나 지났는데 뭐. 이제 적응할 대로 했으니 그렇게 걱정하지 않아도 돼."

카타리나는 뮤스와 함께 지내는 것만으로도 기분이 좋은 듯 입가에 걸린 미소를 한순간도 지우지 않고 있었다.

커다란 배낭에 짐들을 정리해 넣고 있는 일행들을 둘러본 뮤스는 수건을 목에 걸며 입을 열었다.

"부지런히 움직이면 오후쯤 흑룡의 호수에 닿을 테니 점심 식사는 그곳에서 할 수 있겠군요. 다들 오늘도 함내죠!"

일어나자마자 아침 식사로 건육을 물고 있던 드워프들은 뮤스의 말에 고개를 끄덕이며 추진 발판을 신발에 부착하고 있었고, 벌쿡 역시 그들에게 건네받은 건육을 입으로 씹으며 자신의 추진 발판을 챙기기 시작했다.

케에에엑!

날카로운 양날의 검이 풍성한 털가죽 속을 베고 들어가자 비명성이 숲 속을 떨어 울렸다. 검자루까지 박혔던 검이 빠져나오자 붉은 핏줄기가 분수처럼 뿜어지며 내장이 흘러나왔고, 거대한 몸이 천천히 거꾸러지며 둔중한 소리와 함께 마른 땅 위로 쓰러졌다.

쿠웅…….

굵은 땀 줄기를 흘리고 있던 카밀턴은 자신의 검에 묻은 핏물을 털어내며 입을 열었다.

"후우… 구바닌 산맥을 내려오자마자 바이센을 만나다니… 이쪽도 만만치 않게 험난한 곳이군."

쇼메트는 검집에 검을 꽂아 넣으며 쓰러져 있는 짐승을 살펴보기 시작했다. 바이센이라고 불린 짐승은 늑대와 흡사한 모습을 하고 있었지만 더욱 위협적으로 보이고 있었는데, 늑대에 비해 두 배나 큰 체구에 뭉뚝한 주둥이를 가지고 있었다. 그것의 주둥이를 벌리던 쇼메트는 손가락 두께나 됨 직한 이빨을 매만지며 휘파람을 불어댔다.

"휘유~ 정말 이런 이빨에 물리기라도 하면 팔다리 없어지는 것은 장난이겠는걸요?"

먼발치에서 그의 말을 듣고 있던 루스티커는 장영실을 위해 설명을 덧붙이기 시작했다.

"전에 이런 짐승을 본 적 있나? 바이센은 과거의 어느 미치광이 마법사가 곰과 늑대를 섞어 만든 생명체지. 이런 곳에서도 번식하고 있었군……."

고개를 절레절레 저으며 한숨을 내쉰 장영실은 바이센의 사체에서 시선을 돌리며 말했다.

"흠… 흉측해 보이는군요. 대체 이 세상에는 저런 기이한 생물들이 몇 종이나 살고 있는 것입니까?"

"지금까지 발견된 마물이나 변종 야수의 수는 삼천여 종에 달한다네… 그리고 녀석들의 교배 중에 새로운 종자들도 생기곤 하니 훨씬 많겠지. 허헛! 그것도 백여 년 전에 비하면 크게 줄어든 수치일세."

그때 케미렌은 소메트의 옆으로 다가가 단검을 꺼내 들었다. 이어 바이센의 가죽 일부분을 벗긴 그는 두툼한 살을 한 덩이 베어냈는데, 이를 본 일행들은 깜짝 놀라 눈을 부릅떴다. 하지만 케미렌은 아무렇지도 않다는 듯 그것을 이리저리 둘러보며 입을 열었다.

"흠, 며칠 동안 빵 조각만 먹었더니 힘이 안 났는데 오랜만에 고기 좀 먹을 수 있겠군. 자네들도 함께 먹겠나?"

일행들은 그의 말에 인상을 찡그리고 있었다. 하지만 루스티커만은 생각이 다른 듯 소매를 걷으며 케미렌에게 다가갔다.

"그것도 좋을 것 같구먼. 바이센은 마물이라기보다는 종을 혼합한 일종의 짐승이니 먹더라도 별 탈이 없을 것일세. 어차피 조금만 더 가면 흑룡의 호수에 닿을 수 있을 것 같으니 여기서 식사나 하고 가도록 하지."

루스티커까지 그렇게 나오자 다른 일행들 역시 모여들기 시작했는데, 낯선 짐승의 고기라는 점이 조금 찜찜하긴 했지만 그들 역시 배가 출출했고, 텁텁한 빵은 이제 입에 물린 상태였기 때문이었다. 카밀턴이 바이센을 살피고 있던 쇼메트의 어깨를 두드리며 말했다.

"쇼메트! 불을 붙일 만한 나뭇가지 좀 주워오게나. 주변에 다른 마물들이나 맹수들이 있을지도 모르니 조심해야 하네. 혹시 무슨 일이라도 있으면 비상 호각을 불도록 하고!"

"알겠습니다, 대장. 금방 다녀오도록 하죠."

결국 가장 아랫사람이었던 쇼메트는 귀찮긴 했지만 아무런 불평조차 할 수 없어 발걸음을 옮겨야만 했다.

　태양이 중천에서 조금 기울어지기 시작할 때가 되었다. 추진 발판의 도움을 받은 뮤스와 일행들은 얼마 남지 않은 목적지를 향해 부지런히 발을 움직이는 중이었다.

　파박! 파바박! 파박!

　그들의 몸놀림은 불과 하루 전에 비해 눈에 띄게 자연스러워져 있었는데, 작은 개울이나 쓰러진 고목, 그리고 앞길을 막고 있는 작은 바위쯤은 한 걸음에 뛰어넘는 중이었다.

　밤을 뜬눈으로 지샌 피로에도 불구하고 오늘도 역시 벌쿤이 앞장을 서고 있었다. 애초 방향치인 벌쿤에게 길잡이 노릇이란 무리가 되는 일이긴 했지만 일정한 길 없이 방향을 잡아 움직이는 중이었기에 벌쿤이 앞장을 서게 되더라도 큰 지장은 없었던 것이다. 그렇게 앞서 달리던 벌쿤은 곁눈질로 자신을 따라오는 일행들을 살펴보았다. 하지만 이제 거리는 제법 벌어져 그들의 모습은 보이지 않았고, 추진 발판이 땅을 차는 격타음만으로 일행들의 위치를 알 수 있었다.

　일행들과 거리가 한참이나 벌어졌다는 사실을 확인하며 우쭐해진 벌쿤은 더욱 속도를 높였고, 드베인 숲에서 자라난 만큼 숲의 지형에 익숙한 벌쿤은 거침없는 발놀림으로 내달릴 수 있었다.

　파박! 파박! 파박!

　뒤를 따르던 일행들 중 벌쿤의 행적을 살피던 카타리나는 그의 모습이 멀어져 보이지 않게 되자 걱정스러운 목소리로 뮤스를 불렀다.

　"뮤스! 이제 벌쿤의 모습도 보이지 않는데 저렇게 놔둬도 될까? 혼자 있다가 마물들이라도 만난다면 위험할 텐데……."

뮤스는 카타리나를 향해 가볍게 웃어주며 대답했다.

"훗! 그런 걱정은 하지 않아도 될 거야. 설령 마물들과 마주친다고 해도 마물들의 속도로는 추진 발판을 사용하고 있는 벌쿤을 따라가지 못할 테니까. 게다가 3대 마역 중 한곳인 드베인 숲에서 자라난 녀석이니만큼 쉽게 당하는 일은 없을 거야. 물론 집에서 가사 일을 하긴 했지만……."

그의 말에 이어 브라이덴이 나서며 입을 열었다.

"껄껄! 우리 네 형제들이 모두 달라붙어서 벌쿤에게 도끼 쓰는 법을 가르쳤으니 실력 하나는 믿을 만하단다. 카타리나도 벌쿤의 전투 능력을 봐서 알겠지만, 웬만한 인간의 전사들과 상대하더라도 절대 밀리지 않을 정도의 실력이지. 그러니 어떤 상황에서든 자기 한목숨 지키는 데는 무리가 없을 게야."

그들의 이야기를 들은 후에야 카타리나는 한시름 놓을 수 있었는지 걱정스러운 표정을 떨쳐 버릴 수 있었다.

한편 앞서 달리고 있는 벌쿤은 옷깃 사이로 스며드는 시원한 바람의 느낌을 즐기고 있었다. 숲에서 뿜어 나오는 신선한 향기를 폐부로 가득 머금은 벌쿤은 머리 속이 상쾌해짐을 느꼈고, 쌓여 있던 피로 역시 말끔히 씻겨 나가는 듯했는데, 그야말로 고향에 돌아온 기분이다.

팟! 파밧!

한동안을 즐거운 기분에 도취되어 달리던 벌쿤은 문득 기이한 느낌을 받으며 속도를 줄여 나갔다. 그것은 비록 눈에 보이지는 않았지만 너무나 선명하게 전해오는 존재감이었는데, 숲 속에서 태어나고 자라난 벌쿤만이 가지고 있는 예민한 육감이었다.

존재감이 밀려오는 쪽을 안력을 돋우어 바라보던 그는 수풀이 조금씩 들썩이는 것을 발견했다. 그리고 즉시 멈추며 몸을 낮추었다.

"음… 마물들인가? 아니야… 저런 수풀 속에 몸을 감출 크기의 마물이라면 대낮부터 혼자 움직일 리가 없지… 그렇다면 동물일 가능성이 높겠군."

여기까지 생각이 닿은 벌쿤은 기척을 줄이기 위해 추진 발판을 신발에서 분리하여 허리춤에 걸었고, 등에 매고 있던 도끼의 손잡이를 잡아 끌르며 조심스럽게 걸음을 옮기기 시작했다.

"후훗… 운 좋으면 오랜만에 제대로 된 고기 좀 먹을 수 있겠는걸?"

입맛을 한번 다신 벌쿤은 마른 나뭇가지 밟는 소리조차 조심하며 한 걸음씩 떼어놓기 시작했다.

흔들리고 있는 수풀과의 거리는 이제 십여 멜리, 금방이라도 뛰어든다면 그곳에 있는 존재의 모습을 충분히 확인할 수 있는 거리였다. 하지만 어떠한 위험이 도사리고 있을지 몰랐기에 경거망동은 하지 않고 있었다.

스스슥…….

그때 수풀이 마찰하는 소리와 함께 벌쿤의 시야에 기이한 존재가 잡히고 있었다. 나뭇잎 사이로 스며드는 햇빛이 비춰지며 진갈색의 털이 슬쩍 드러난 것이었는데, 그것을 본 벌쿤은 침을 꿀꺽 삼키며 나직이 중얼거렸다.

"뭐, 뭐야… 곰인가?"

하지만 곰 정도의 존재에 움츠러들 벌쿤이 아니었기에 그의 발걸음은 목표물을 향해 더욱 다가가기 시작했다. 수풀 바로 앞에 몸을 웅크린 벌쿤은 숨소리를 죽이며 무성한 수풀 더미를 양 옆으로 벌렸고, 확인을 위해 그 사이에 생겨난 틈으로 눈을 옮겼다.

벌쿤이 수풀 반대 편의 존재를 확인하려 할 때였다.

촤아악!

벌쿤은 크게 놀라며 몸을 뒤로 젖힐 수밖에 없었는데, 거칠게 헤쳐지는 수풀 소리와 함께 갈색의 털을 가진 존재가 수풀 사이에서 뛰쳐나와 벌쿤을 덮쳐 왔기 때문이다.

"우아악!"

무심결에 짤막한 비명을 지른 벌쿤은 힘껏 뒤로 몸을 날렸고, 그 덕에 아슬아슬한 차이로 공격을 피할 수 있었다. 재빨리 정신을 바로잡은 벌쿤은 지금 벌어진 상황을 보며 간담이 서늘해짐을 느꼈는데, 우수수 떨어져 있는 나뭇잎들이 깨끗하게 반으로 잘려 있었기 때문이다.

"헉! 무기?"

그제야 보통 일이 아니라고 생각한 벌쿤은 급히 고개를 돌려 수풀에서 뛰쳐나온 존재를 바라보았다. 그의 시선이 멈춘 곳에는 키가 육 척가량 되는 인물이 장검을 겨누고 있었는데, 분명 사람의 형체였지만 기이하게도 얼굴과 손등 등의 겉으로 드러난 부위에는 피부 대신 갈색 털이 수북하게 자라나 있는 모습이었다. 그것을 본 벌쿤은 지금의 상황도 잊은 듯 도끼를 들고 있던 팔을 축 늘어뜨렸고, 입을 쩍 벌리며 외쳤다.

"스니만! 스니만이다!! 정말 스니만이 있었어!!"

스니만이라는 이름을 외치고 있는 벌쿤을 의아한 눈빛으로 바라보던 괴인은 고개를 갸웃거리며 나직한 목소리로 중얼거리기 시작했다.

"마물이 아니라 인간이었나? 이런 곳에서 대체 뭘 하는 중인가?"

하지만 벌쿤은 괴인의 말을 알아들을 수 없기에 아무런 대답도 할 수 없었는데, 그의 입에서 나온 말이 듀들란 제국의 언어였기 때문이다.

"뭐, 뭐라는 거지… 저게 스니만들의 언어라는 건가?"

듀들란 제국어를 처음 듣는 벌쿤이 머리를 긁적이며 이 상황을 어떻게 해야 할지 고민 하고 있을 때, 어디선가 요란한 사람들의 발자국 소리가 들려오기 시작했다. 곧 대여섯 줄기의 인영이 빠른 속도로 그들이 서 있는 장소를 향해 뛰어들고 있었다.

"벌쿤, 괜찮아?!"

걱정이 가득 차 있는 뮤스의 목소리였는데, 그는 이 뜻밖의 대치 상황에 꽤나 놀랐는지 손에는 건틀렛이 끼워져 있는 상태였다. 다른 일행들 역시 혹시라도 모를 전투에 대비하기 위해 자신의 병장기들을 철저히 준비한 모습이었다. 그런 뮤스와 일행들을 바라본 벌쿤은 자신 앞의 괴인을 가리키며 외쳤다.

"형! 저걸 보라고. 스니만이잖아! 인간의 형태에 수북한 진갈색의 털! 스니만 외에는 저런 동물이나 마물이 있다는 소리를 내 생전 듣도 보지도 못했다고!"

일행들은 벌쿤이 말하기도 전에 그들 앞에 서 있는 정체 모를 괴인을 살펴보고 있었다. 제법 격식이 차려진 옷뿐만 아니라 신발에 무기까지 착용하고 있었고, 형체 또한 인간의 그것과 전혀 다름없어 보였다. 하지만 인간의 체모라고 하기에는 너무나 긴 털이 그들을 당황스럽게 만들고 있었다.

괴인의 아래위를 살펴보던 켈트는 경계심을 늦추지 않은채 고개를 내저으며 벌쿤에게 말했다.

"스니만은 아니야… 스니만이라고 하기에는 덩치가 너무 작거든. 벌쿤, 너보다도 작지 않냐?"

"하지만 인간이라면 저렇게 털이 날 수가 없잖아요! 또 소문이 과장되어서 덩치가 부풀려졌을지도 모르고요!"

벌쿤은 눈앞의 인물을 틀림없는 스니만이라고 생각하는지 뜻을 굽히려 하지 않았고, 다른 일행들 역시 병장기를 치켜세운 모습으로 그에 대한 의견을 나누기 시작했다.

"스니만이 옷을 입고 돌아다닌다는 소리는 절대 들어본 적이 없는걸?"

"무기까지 사용할 수 있다는 건 더 더욱 말이 안 돼. 저 녀석이 들고 있는 검은 언뜻 봐도 정교하게 세공되어 있잖아?"

"게다가 숲 속에 스니만이 있을 리가 없어. 진짜 스니만이라면 지금쯤 눈 쌓인 구바닌 산에서 돌아다니고 있어야 한다고!"

뮤스와 그의 일행들 사이에서 논란의 대상이 되고 있는 정체 모를 괴인은 지금의 상황에 더욱 놀라는 모습이었는데, 얼굴 가득 메우고 있는 털 때문에 표정이 직접 보이진 않았지만 눈썹의 움직임이 그의 감정을 뚜렷하게 나타내고 있었다. 괴인은 시선을 뮤스의 얼굴에 고정시킨 채 입을 열었다.

"혹시… 당신은 라이델베르크 공학원의 뮤스 원장님?"

이번에 괴인의 입에서 나온 언어는 듀들란 어가 아닌 이곳에 모여 있는 이들이 모두 알아들을 수 있는 도이첸 제국어였다. 예상치 못한 괴인의 질문에 주고받던 말을 멈춘 뮤스와 일행들은 모두 그의 얼굴에 시선을 고정시켰고, 뮤스는 자신을 알아보는 괴인을 향해 고개를 갸웃거리며 되물었다.

"당신의 정체가 뭡니까? 어떻게 저를 아시는 거죠?"

뮤스의 반응에 괴인은 뽑아 들고 있던 검을 검집에 꽂아 넣었고, 큰 웃음을 지으며 대답했다.

"하하핫! 역시, 저를 못 알아보시는 것도 무리가 아니군요. 이런 몰골을 하고 있으니… 기억하실지 모르겠지만 예전에 미개척지에서 만났던 적이 있었죠. 카밀턴 대장님의 수하인 쇼메트라고 합니다."

그의 말대로 털북숭이 괴인은 바로 불을 피울 장작을 구하기 위해 일행들과 떨어지게 된 쇼메트였다. 의외로 마른 장작이 많지 않았기에 장작을 구하기 힘들었던 그는 제법 멀리까지 움직일 수밖에 없었는데, 그러던 중 벌쿤의 기척을 느끼고서 수풀 뒤에 몸을 숨기고 있었던 것이다.

잠시 옛 기억을 떠올려 보던 뮤스는 미개척지에서 만났던 쇼메트의 얼굴을 기억해 내며 반갑게 대답했다.

"아! 기억합니다! 듀들란 제국 특무대라는 특수기관의 대원이셨죠? 그런데 어떻게 듀들란 제국의 분들이 이런 곳까지? 또 그 모습은?"

뮤스가 괴인을 알아보자 일행들은 더 이상 긴장해야 할 분위기가 아님을 깨달으며 병장기를 넣었고, 지금 일어나고 있는 상황에 대해 이해하려 노력하기 시작했다.

"뭐야… 뮤스가 저런 친구를 알고 있었단 말이야?"

"미개척지의 이야기가 나오는 것을 들어보니 뮤스가 추방당했을 당시에 만난 사람 같은데?"

"다들 조용히 하고 이야기나 계속 들어보자고!"

켈트가 손가락으로 입을 가리며 말하자 일행들은 입을 다물었고, 호기심 어린 눈빛으로 쇼메트의 이야기에 귀를 기울이기 시작했다.

쇼메트는 뮤스가 자신을 알아보자 나직한 웃음을 터뜨리며 말했다.

"하핫! 역시 기억하고 계시는군요. 일단 제 모습에 대해서 이야기하자면 좀 길고, 그보다 이번에는 정말 뮤스 원장님께 반가운 소식을 전해 드릴 수 있겠군요."

"반가운 소식이라니요? 그것이 무엇이죠?"

"그건……."

쇼메트가 뮤스의 물음에 대답하려 할 때 숲의 어딘가로부터 또 다른 인기척이 나기 시작하며 쇼메트를 찾는 사람들의 목소리가 들려오고 있었다.

"쇼메트! 어디 있나! 대답하게!"

"들리면 대답하게! 쇼메트!"

대답을 잠시 미루며 목소리가 들려오는 곳을 바라본 쇼메트는 어깨를 으쓱거리며 말했다.

"제가 돌아오지 않아서 일행들이 저를 찾고 있나 보군요. 그럼 애써 제가 말씀드리지 않아도 곧 아시게 될 겁니다."

가볍게 웃으며 말하던 쇼메트는 일행들이 들을 수 있게끔 목에 걸린 호각을 불었고, 뮤스 역시 쇼메트가 바라보고 있는 곳을 바라보며 그가 말한 소식을 조용히 기다렸다.

삐익!

호각 소리가 울리고 얼마 지나지 않아 일단의 무리들이 숲을 헤치며 그들이 있는 곳으로 달려오고 있었다. 그들 역시 뮤스 일행들이 그랬던 것과 같이 굳은 표정으로 병장기를 손에 쥐고 있었는데, 호각 소리가 비상 사태라는 뜻을 가지고 있었기 때문이다.

가장 앞장선 케미렌은 단검을 든 손으로 쇼메트와 뮤스 일행들이 있는 곳을 가리키며 이상하다는 듯이 말했다.

"쇼메트가 사람들에게 둘러싸여 있긴 한데, 어째 분위기가 헐거운

걸? 쇼메트도 검을 검집에 꽂아 넣고 있잖나.”

그의 말을 듣고 있던 카밀턴 역시 상황을 관찰하는 중이었는데, 케미렌과 같은 생각인지 의아한 표정을 지었다.

“음… 자네 말대로 싸우려는 분위기는 아닌 것 같군. 그런데 이런 곳에 우리 외의 사람들이 있다니 정말 의외로군…….”

몇 마디의 대화를 나누는 사이 카밀턴과 케미렌은 쇼메트가 있는 곳에 도착할 수 있었고, 카밀턴은 쇼메트와 마주 서 있는 뮤스의 일행들을 한 명씩 둘러보기 시작했다.

“쇼메트, 이들은 대체 누구인가?”

네 명의 드워프에 건장한 청년, 그리고 젊은 여성. 이들만으로도 이상한 파티라고 생각하고 있었는데, 마지막으로 뮤스의 얼굴에 시선이 닿은 카밀턴은 놀라움의 탄성을 터뜨리지 않을 수가 없었다.

“이럴 수가… 뮤스 원장! 어떻게 이런 곳에 당신이…….”

뮤스 역시 카밀턴의 얼굴을 금방 알아볼 수 있었기에 가볍게 목례를 하며 인사를 건넸다.

“이런 곳에서 다시 만나게 되는군요, 카밀턴 대장님. 그때의 일로 추궁을 받은 것 같지 않아서 다행입니다.”

카밀턴은 뮤스의 이야기에 수치스럽던 옛 기억이 떠오르는 듯 인상을 찌푸리며 대답했다.

“흠… 그거야 그라프님과 자네가 선처해 준 덕분일세…….”

카밀턴이 생각지도 못한 뮤스의 등장에 당혹해하고 있을 때 그의 등 뒤로부터 이제 막 도착한 루스티커의 목소리가 들려왔다.

“무슨 일인가, 카밀턴 대장? 그리고 이들은 어디서 온 자들인가?”

루스티커를 위해 자리를 옮겨 길을 터준 카밀턴은 당혹스러움이 깃

들어 있는 목소리로 대답했다.

"루스티커님, 그게 저… 저쪽에 있는 젊은 청년이 바로 라이델베르크 공학원의 뮤스 드라켄 원장입니다."

"지금 뭐라고 했나?"

뮤스라는 이름이 카밀턴의 입을 타고 흘러나오자 루스티커의 표정은 눈에 띄게 변하고 있었다. 그는 듀들란 제국의 황실에서 그토록 탐내던 당사자를 만났다는 사실에 한 번 놀랐고, 이런 외딴 곳에서 우연으로 만났다는 점에서 또 한 번 더 놀랐다.

"정녕 놀라운 일이군… 저 청년이 그 뮤스 드라켄이라니. 장영실 경, 나와보게. 자네가 찾고 있던 아이가 놀랍게도 여기에 있구먼……."

말끝을 흐린 루스티커는 장영실을 위해 슬쩍 몸을 움직여 자리를 비켜주었다. 그러자 루스티커의 뒤를 따르던 장영실의 모습이 드러나게 되었는데, 그는 말도 제대로 이어 나가지 못하며 복잡한 눈빛으로 뮤스의 모습을 살피고 있는 중이었다.

"며… 명신… 정녕 네가 명신인 게냐!"

분명 몇 년 전에 비해 몰라볼 정도로 성장하고 변화한 뮤스의 모습이었지만, 어렸을 적의 생김새가 얼굴 곳곳에 남아 있었기에 장영실은 눈앞의 청년이 명신임을 한눈에 확신할 수 있었다. 기쁨 반, 얼떨떨함 반의 표정을 짓고 있던 장영실은 서서히 뮤스를 향해 발걸음을 움직이기 시작했다.

뮤스의 시선 역시 루스티커의 등 너머로 고정되어져 있었다. 그곳에서 자신을 향해 다가오고 있는 장영실의 얼굴을 확인한 뮤스는 호흡이 턱 막히는 것을 느끼고 있었다. 그토록 만나기를 갈망했고, 한시도 머리에서 지워본 적이 없었던 존재, 장영실. 그가 지금 뮤스의 눈앞에 나타나 조선의 언어로 자신의 실명을 부르고 있는 것이었다.

"정말… 정말… 장영실 아저씨가 맞습니까? 아저씨이십니까?"

눈앞에 펼쳐진 사실을 쉽사리 믿을 수 없었던 뮤스는 여러 차례 되묻고 있었다. 하지만 눈을 깜빡여도 눈앞에서 사라지지 않는 장영실의 모습에 이것이 꿈이 아님을 깨달은 뮤스는 가슴 한구석이 진하게 메여옴을 느꼈고, 눈가에는 미처 숨기지 못한 눈물이 흘러내리고 있었다.

뮤스와 장영실이 만나는 것을 지켜보던 켈트는 나직한 한숨을 내쉬며 조용히 입을 열었다.

"결국은 이렇게 만나게 되는군. 이제 뮤스의 결정만 남은 것인가."

켈트의 옆에서 혼잣말을 듣게 된 벌쿤과 카타리나는 이해할 수 없는 현재의 상황에 대한 설명을 구하듯 켈트의 어깨를 두드리며 물었다.

"켈트 아저씨는 저 사람이 누군지 알고 계시는 거예요?"

"아신다면 무슨 일인지 좀 설명해 주세요. 듀들란 제국어인 듯한데 무슨 말인지 모르겠어요."

하지만 뮤스와 장영실의 관계에 대한 이야기를 그들에게 해줄 수 없었던 켈트는 머리를 긁적이며 둘러대기 시작했다.

"껄껄! 뮤스가 추방 기간 동안 미개척지에서 마음씨 좋은 듀들란 제국의 사람을 만난 적이 있었다고 했지. 아마도 저 사람이었나 본데, 오랜만에 만나니 반가워서 그러는 것일 게야."

모든 정황이 그럴 듯했기에 카타리나와 벌쿤은 켈트의 말을 의심치 않는 모습이었고, 그들이 장영실에 대한 호기심을 금세 잃은 듯하자 켈트는 안도의 한숨을 내쉴 수 있었다.

싱그러운 초록과 성스러운 순백의 절묘한 조화를 타고난 거대한 산이 하늘과 땅을 연결하기라도 하듯이 웅장하게 뿌리내리고 있었다. 산의 높은 봉우리를 넘으며 차갑게 식혀진 바람은 호수의 수면을 부드럽게 쓰다듬으며 조용한 파문을 만들어내는 중이었고, 따스한 태양 아래 조금씩 녹은 산봉우리의 천년설은 눈물로 화해 산맥의 옆구리를 타고 호수의 일부분으로 스며들고 있었다. 또 호수의 물결은 햇빛과 닿으며 찬란한 푸른빛을 뿜어내는 중이었다. 그 어떤 찬란한 보석조차 그 옆에서 광택을 잃을 정도였는데, 하늘에서 내려다볼 수 있었다면 호수 그 자체가 지상의 보석으로 보였으리라. 자연의 모든 조화가 이루어지고 있는 이곳은 그야말로 신이 이 세상에 내려준 최고의 아름다움이라 할 수 있었다.

호수와 땅이 맞닿아 있는 곳, 그곳에서는 구수한 고기 굽는 냄새가 피어오르고 있었다. 활활 타오르고 있는 모닥불 위에 먹음직스럽게 손질된 고깃덩어리가 기름을 지글거리며 익어갔고, 모닥불의 주변에 둘러앉은 몇몇의 이들은 그것을 먹으며 서로 다른 언어로 대화를 나누고 있었다.

두둑한 살점이 붙어 있는 뼈 한 조각을 불길에서 꺼낸 케미렌은 구워진 상태를 살펴보기 위해 나뭇가지로 그것을 찔러보았고, 곧 불만스러운 목소리로 입을 열었다.

"대체 저 청년이 누구길래 장영실 남작이 저렇게 반기는 겐가? 그리고 왜 우리가 이 재수없는 도이첸 제국의 녀석들과 함께 식사를 해야 하는 거지? 그것도 우리가 잡은 바이센으로 말일세."

케미렌의 물음을 받은 쇼메트는 죽어가는 모닥불에 장작을 더 집어넣으며 대답했다.

"장영실 남작님께서 지난 몇 년간 심혈을 기울여 저 청년을 찾고 있었는데, 오늘 놀랍게도 이런 곳에서 만나게 된 것이죠. 아주 친밀한 사이인 것 같은데 그 이상은 저도 잘 모릅니다. 그리고 그의 일행들은……."

쇼메트는 뮤스의 일행들을 바라보며 말끝을 흐릴 수밖에 없었다. 그는 게걸스럽다고밖에 말할 수 없는 모습으로 식사를 하고 있는 드워프 형제들과 벌쿤을 보며 순간적으로 할 말을 잃었던 것인데, 그들의 옆에는 이미 먹고 남은 뼈들이 구바닌 산맥만큼이나 쌓여 있었고, 지금도 계속해서 손을 바삐 움직이며 고기가 익는 족족 입으로 가져가고 있었다.

바이센의 갈비뼈에 붙은 살코기를 모두 발라 먹은 벌쿤은 뼈를 한쪽으로 던지며 카타리나를 향해 물었다.

"그런데 저 사람들은 무슨 이야기를 하고 있을까? 이유는 모르지만 우리에게 좋지 않은 감정을 가지고 있는 것 같은데… 혹시 누나는 알아들을 수 있겠어?"

벌쿤의 물음에 고개를 끄덕인 카타리나는 엄청난 양을 먹고 있는 드워프들과 벌쿤을 바라보며 진술하게 대답해 주었다.

"듀들란 제국어 공부를 많이 안 해서 잘 알아들을 수는 없지만 표정만 보더라도 이유는 알겠는걸? 너 같으면 자신들이 잡은 먹거리들을 남들이 다 빼앗아 먹는데 화가 나지 않겠니?"

기름기가 묻은 손을 입으로 쪽쪽 빨던 벌쿤은 그녀의 말에 인상을 찌푸리며 말했다.

"흠… 그럴 수도 있겠지만 먹을 것 가지고 쩨쩨하게 굴면 안 되지! 자연에서 나는 모든 것은 공유해야 하는 법이라고! 그나저나 누나는 안 먹어도 돼? 무슨 고기인지는 모르지만 맛이 꽤나 괜찮다고."

벌쿤이 고기 한 점을 들이밀자 카타리나는 인상을 찡그리며 손을 내저었다.

"으음… 노란내가 심해서 난 못 먹겠던걸. 그리고 지금은 뭘 먹고 싶은 생각도 별로 없어……."

더 이상 권할 수 없었던 벌쿤은 어깨를 으쓱이며 손에 들린 고기 조각을 자신의 입으로 가져가고 있었다.

몸을 움츠리며 다리를 끌어안은 카타리나가 눈길을 호숫가로 돌리자 뮤스와 장영실이 나란히 앉아 이야기를 나누는 모습이 눈에 들어왔다. 그들을 바라보던 카타리나는 뾰로통한 표정을 지어 보였는데, 매일 자신과 함께 시간을 보내주던 뮤스가 자신이 모르는 사람과 오랜 시간 동안 대화를 나누고 있다는 사실이 불만스러웠던 것이다. 하지만 그에 대해 뮤스에게 따질 수도 없는 노릇이기에 카타리나는 속으로만 불만을 삭일 뿐이었다.

뮤스와 장영실은 폭신하게 자라난 풀을 깔고 앉아 저녁노을에도 푸르게 빛나고 있는 호수를 응시하고 있었다. 장대한 산맥에 둘러싸인 호수의 풍경은 그들의 넋을 모두 빼앗고도 남을 만치 매력적이었는데, 과연 흑룡 헬보네츠가 이곳을 마음에 들어했던 것도 충분히 이해할 수 있을 정도였다.

이렇게도 멋진 곳에서 그리워하던 사람과 함께하게 되니 더 이상 좋을 수가 없었던 뮤스와 장영실은 그간 있었던 일을 허심탄회하게 나누고 있었는데, 처음엔 떨어져 있던 시간이 길었기에 서먹한 감도 없지는 않았지만, 몇 마디의 대화가 오가는 사이 그간의 어색함도 사라져 버렸던 것이다.

장영실에게만큼은 그간의 일에 대해 숨길 필요가 없었기에 뮤스의 이야기는 길어지고 있었다. 게다가 조선의 언어로 나누는 대화였던 만큼 주변의 귀를 의식하지 않아도 되었던 것이다. 길쭉한 풀을 뽑아 만지작거리던 뮤스는 하던 말을 이어 나가기 시작했다.

"…그래서 아저씨께 제 존재를 알리기 위해 유명세를 얻어야 한다는 결론을 내렸고, 그 방법의 일환으로 공학원 설립을 추진했던 것이죠. 결국 크라이츠 누님과 저쪽에 계신 드워프 아저씨들의 도움으로 공학원을 설립할 수 있게 되었던 것인데, 그 이후로도 그분들의 도움을 많이 받게 되었죠. 어쨌든 이렇게 아저씨를 만날 수 있게 되었으니 그 방법이 실효를 거둔 것 같네요."

뮤스의 입을 통해 크라이츠, 드워프들과 관련된 일, 공학원에 얽힌 이야기, 또 추방당하게 된 이야기 등을 듣던 장영실은 풀리지 않던 문제를 해결한 듯 속 시원한 표정을 지으며 입을 열었다.

"허헛! 그랬었군! 사실 듀들란 제국에서 네가 만든 전뇌거를 처음 봤을 때 크게 놀랐단다. 무엇보다 전뇌력을 주입한 마나구의 제작 방법은 도저히 이해할 수 없었거든. 역시 마나구는 너를 돌봐주는 드래곤이 만든 것이었구나!"

쓸쓸히 웃은 뮤스는 손에 든 풀잎을 불어오는 바람에 날려 버리며 대답했다.

"네, 지금 이곳에는 전뇌거를 움직일 적절한 동력원이 없으니까요. 그래서 아저씨나 제가 이곳에 와 있는 것이고요."

"과연 루스티커님의 말씀대로 인간이 만든 것이 아니었구나……."

장영실의 중얼거림을 들은 뮤스는 고개를 갸웃거리며 물었다.

"루스티커님이시라면 듀들란 제국의 황실 수석 마법사님이 아닙니까?"

뮤스가 루스티커에 대해 알고 있자 장영실은 턱짓으로 일행들을 가리키며 대답했다.

"네가 루스티커님을 알고 있다니 의외로군… 일행들 중 나이가 가장 많으신 분이 바로 그 루스티커님이시란다. 지금까지 여러모로 나를 많이 도와주셨지. 성격이 조금 괴팍해서 황실에서의 소문이 그리 좋지 않지만 알고 보면 아주 좋으신 분이야."

"아… 그랬었군요. 그렇다면 그 제국 개발 사업 계획이라는 것도 루스티커님과 함께?"

"후훗, 그런 셈이지. 아무래도 내가 이쪽 세계에 대해 모르는 점이 많았기 때문에 도움을 받아야 했으니까."

문득 제국 개발 사업 계획에 대해 궁금함을 느낀 뮤스가 물었다.

"소문에 의하면 내년 초에 듀들란 제국에서 제국 개발 사업 계획의 성과에 대한 발표회를 한다더군요. 그 제국 개발 사업 계획은 얼마나 진행된 것이죠?"

뮤스의 물음에 가벼운 미소를 지은 장영실은 고개를 내저으며 대답했다.

"하핫… 비록 어쩔 수 없이 맡은 일이라고는 하지만 그들과 계약을 했으니 지금은 나의 일이라고 할 수 있단다. 그런 만큼 미안하지만 기밀에 대한 대답은 해줄 수가 없겠구나. 이해해 줄 수 있겠지?"

"뭐, 어쩔 수 없는 일이죠. 배경이야 어떻든 간에 아저씨와 저는 지금 라이벌 관계이니까요. 후훗!"

장영실의 대답에 조금 서운함을 느낀 뮤스였지만, 자신 역시 장영실과 같은 상황이었다면 그와 같은 대답을 했으리라 생각했기에 크게 개의치는 않았다.

"보아하니 아저씨와 일행들 역시 드래곤의 심장을 목적으로 이곳에 오신 것 같은데 어떻게 하면 좋을까요? 양측 모두에게 드래곤의 심장은 중요한 물건인데……."

"후훗… 아무래도 지금부터는 사적인 이야기를 잠시 접고 그에 대한 이야기를 나누어야겠구나. 비록 우리 둘 모두 그들의 국가에 속해 있는 것은 아니지만 지금은 각국을 대표하는 입장이니……."

이들의 근본적인 목적이 서로를 찾는 일이었던 만큼 상대에 대해 묻고 싶은 말이 많았지만 자신이 맡고 있는 일에도 소홀할 마음이 전혀 없었기에 드래곤의 심장에 대한 이야기를 나누기 시작했고, 여러 가지의 의견들을 교환하며 가장 좋은 결론을 찾기 위해 애쓰고 있었다.

뮤스와 장영실의 대화 장면을 조용히 지켜보고 있는 또 다른 인물이 있었다. 바로 카밀턴이었는데, 장영실의 행동을 감시하는 것이 무엇보다 우선되는 그의 임무였기 때문이다.

카밀턴은 딱딱한 표정을 한 채 그들의 대화에 귀를 기울이고 있었다. 하지만 그들이 조선의 언어를 사용하고 있었기에 알아들을 방법이 없자 답답해진 카밀턴은 나직한 한숨을 내쉬며 고개를 가로저었다.

"후우… 대체 무슨 이야기를 나누는 것인지를 모르겠으니 이렇게 멍하게 서 있는 나 자신이 한심해 보이는군."

저벅… 저벅…….

혼잣말을 중얼거리던 카밀턴은 자신의 등 뒤에서 누군가 다가오는 기척을 느끼며 고개를 돌렸다.

"루스티커님?"

기척의 주인이 루스티커임을 알게 된 카밀턴은 가벼운 목례를 건넸고, 루스티커는 그가 주시하고 있는 뮤스와 장영실 쪽을 바라보며 나직한 목소리로 입을 열었다.

"허헛… 항상 자신의 임무에 소홀하지 않는군, 카밀턴 대장. 이번 자네의 임무는 역시 장영실 경의 감시였는가? 하긴 투르코스 재상은 남을 잘 믿지 못하는 성격이니… 젊은 시절의 투르코스 재상은 지금처럼 냉랭한 사람이 아니었는데 말이야."

"저… 그것은……."

카밀턴이 이렇다 할 대답을 못하고 쩔쩔매기 시작하자 루스티커는 그의 어깨를 두드려 주며 말했다.

"자네는 그저 명령을 따르고 있을 뿐이니 그렇게 당황해할 필요는 없네."

"그렇게 생각해 주신다니 감사할 따름입니다."

보일 듯 말 듯 고개를 끄덕인 루스티커는 나직한 목소리로 말을 이어 나갔다.

"하지만 내가 지난 몇 년간 함께 지내면서 봐온 장영실 경은 결코 미덥지 못한 사람이 아닐세. 허헛! 아마 그에게 기회가 주어진다 하더라도 지금의 일을 버리고 도주를 하거나 다른 마음을 품을 사람이 아니니 크게 걱정하지 않아도 될 게야. 그처럼 소신이 있는 사람일수록 자신이 한 약속은 철저히 지키는 법이거든. 그러니 자네도 이렇게 시간 낭비하지 말고 식사나 하러 가게나. 바이센의 고기가 보기보다 먹을 만한가 보더군."

루스티커는 카밀턴을 안심시키며 등을 떠밀었다. 그 역시 장영실에게 믿음이 갔고, 더 이상 이 자리에 있어봐야 별다른 소득이 없음을 깨달았기에 순순히 자리를 옮겼다.

카밀턴이 사라지게 되면서 홀로 그 자리에 남게 된 루스티커는 자신의 흰 수염을 천천히 쓰다듬으며 뮤스와 장영실 쪽으로 시선을 돌렸다.

"흐음… 뮤스 원장이 드래곤과 함께 지내고 있었다니 정말 놀랄 만한 사실이군. 한데 드래곤은 자신의 정체를 드러내고 인간과 지내는 일이 없는데 어찌 된 일인지 모르겠어. 게다가 이기적인 드래곤이 아무런 대가 없이 전폭적인 지원이라니… 또 다른 중요한 비밀이라도 있는 것인가?"

그의 독백에서 알 수 있듯이 루스티커는 마법을 사용해 뮤스와 장영실 사이에서 오가는 모든 대화를 듣고 있었던 것이다. 하지만 어디까지나 그의 순수한 호기심에서 시작된 행동일 뿐이었기에 어떠한 사심도 그의 얼굴에서 찾아볼 수는 없었다.

다음날 아침 양측의 일행들은 조금 떨어져 각자 장영실과 뮤스를 중심으로 둘러서 있었다. 그들은 드래곤의 심장이라는 같은 목적을 가지고 이곳에 온 것인만큼 어떠한 결론을 내려야만 했는데, 양측의 대표격인 뮤스와 장영실이 양측의 적절한 합의점을 찾았고 일행들은 그에 따르기로 했던 것이었다.

잠시 일행들의 얼굴을 둘러본 장영실은 어깨를 으쓱이며 일행들을 향해 합의 내용에 대한 이야기를 꺼내기 시작했다.

"명신, 즉 도이첸 제국 측의 공학원 원장과 여러 가지 측면으로 이야기를 나누어봤는데, 아무래도 도이첸 제국 측과 드래곤의 심장에 대한 소유권을 동시에 가져야 할 것 같습니다. 지금으로서는 그 방법이 최선일 것 같군요."

장영실의 결론을 듣고 있던 케미렌은 얼굴을 붉히며 나섰다. 그는 비록 이번 일과 직접적인 연관은 없었지만 도이첸 제국에 대해 반발심을 가진 자긍심 높은 듀들란의 국민이었던 것이다.

"그 드래곤의 심장이라는 것을 어디에 쓰려는 것인지도 모르고, 자네와 같이 지체 높은 사람들이 하는 일인만큼 나와는 상관없는 일이지만 도이첸 제국 녀석들과 뭔가를 같이 한다는 것 자체가 마음에 들지 않는다네."

쇼메트 역시 그러한 결론이 마음에 들지 않는지 케미렌의 말에 동의하며 나섰다.

"이곳에 오기 전 교육받은 바에 의하면 그 드래곤의 심장이라는 것이 듀들란 제국의 앞날에 큰 영향을 미치는 중요한 물건으로 알고 있습니다. 한데 그것을 남작님의 마음대로 도이첸 제국과 공유하겠다고 결론을 내리신 것은 적절치 않다고 생각합니다. 게다가 뮤스 원장님과의 사적인 친분이 결정에 영향을 끼쳤다면 더욱 그렇습니다. 루스티커 님도 무슨 말씀을……."

일행들의 이야기를 들으며 나름대로의 생각에 빠져 있던 루스티커 는 쇼메트가 자신에게 의견을 물어오자 손으로 턱을 쓸며 조용한 목소 리로 입을 열었다.

"케미렌, 쇼메트… 자네들의 기분은 충분히 이해할 수 있지만 나는 장영실 남작의 판단이 적절하다고 생각한다네. 이곳은 엄연히 구바닌 산맥의 서쪽, 도이첸 제국의 영역일세. 우리는 지금 아무런 허가 없이 도이첸 제국의 국경을 넘은 것이고, 그들의 영역에 속해 있는 보물을 노리는 입장인만큼 대외적인 명분이 불리한 상태이지. 그런 이유로 비 밀리에 이번 일을 진행시켜 왔는데 이렇게 도이첸 제국 측과 마주치게 되었으니 마음에 들지는 않지만 합의 내용에 따라야 하는 것일세."

뮤스와 그의 일행들이 대화하는 모습을 지켜보고 있던 카밀턴 역시 고개를 끄덕이며 이야기에 끼어들었다.

"또 드래곤의 심장을 탈취하기 위해 저들과 맞붙어 싸운다 하더라도 우리 쪽에는 승산이 전혀 없다고 생각합니다. 뮤스 원장의 실력은 쇼 메트 자네도 잘 알 것이고, 그와 함께 있는 드워프들 역시 만만한 상대 들이 아닙니다. 게다가 저쪽이 수적으로도 우위를 차지하고 있으니 생 각해 볼 여지도 없는 상태라고 할 수 있죠. 그나마 소유권의 반이라도 우리 측이 가실 수 있다는 것은 오히려 저쪽에서 선심을 베푼 것이라 고 생각합니다."

"하지만… 그 책임에 대해서는……."

쇼메트가 무엇이라 말을 하려 하자 카밀턴은 언성을 조금 높이며 그 의 말을 가로막았다.

"이 일에 대해서 더 이상 언급하지 말게, 쇼메트! 자네가 잠시 잊었나 본데, 우리의 본분은 장영실 남작님과 루스티커님을 보호하는 일! 이분들의 의사 결정에 끼어드는 일은 월권 행위로서 군법에 의해 처벌받을 수 있는 행동일세!"

"넵! 카밀턴 대장님!"

카밀턴의 날카로운 지적을 받은 쇼메트는 그제야 자신의 실수를 깨달을 수 있었고, 더 이상 아무런 말도 하지 못한 채 입을 다물어야만 했다. 이를 보고 있던 케미렌 역시 카밀턴의 중압감에 주눅이 들었는지 기어들어 가는 목소리로 중얼거렸다.

"거참… 카밀턴, 자네 무서운 친구였군 그래……."

결국 듀들란 제국 측은 뮤스와 장영실의 합의 내용을 받아들일 수밖에 없는 상황으로 흘러가게 되었다.

냉랭한 분위기가 흐르고 있는 장영실과 일행들을 향해 뮤스가 다가오고 있었다. 그는 일행들과의 이야기를 쉽게 끝낸 듯했다. 장영실과 일행들의 앞으로 다가선 뮤스는 그들의 얼굴을 한 번씩 훑어보며 유창한 듀들란 제국어로 이야기를 꺼내기 시작했다.

"여러분들이 도이첸 제국에 대해 반감을 가지고 있다는 점을 알고 있습니다. 하지만 모든 것을 떠나 이것만은 알아주셨으면 합니다. 공학 기술이라는 것은 어느 한 국가의 세력 자랑에 사용되어지는 척도가 아닙니다. 그것은 세상 모든 사람들의 삶을 풍요롭게 만들기 위한 수단인 것이죠. 이번 드래곤의 심장에 관련한 일 또한 도이첸 제국이나 듀들란 제국 등 어느 한 국가만을 위한 일이라고 하기보다는 이 오이랍 대륙에 살고 있는 모든 사람들을 위한 일이 될 것입니다. 그러니 여러분들께서도 넓은 마음으로 양해해 주시길 부탁드리겠습니다."

정중하면서도 자신의 의견을 강경히 전달하는 뮤스를 바라보던 루스티커는 그의 이야기가 마음에 드는 듯 부드럽게 웃으며 대답했다.

"허헛! 과연 자네의 명성에 걸맞는 멋진 말이군. 자네의 말을 듣고 생각을 고쳐먹어야 할 사람들이 이곳보다는 양 제국의 황실에 더 많다는 사실이 안타깝군. 쯔쯧… 다들 정복자의 습성을 버리지 못하고 자국의 욕심에 눈이 멀어 있으니… 세상은 이렇게나 변해 있는데 말일세."

루스티커의 말에 미소를 지은 뮤스는 장영실을 바라보며 고개를 내저었다.

"하핫! 방금 제가 드린 말씀은 저의 견해가 아니라 장영실 아저씨의 견해입니다. 저는 그저 아저씨를 대신해서 여러분들께 전달해 드린 것일 뿐이죠. 듀들란 제국에서 남작 지위를 가지고 계시고, 또 이번 일의 책임자인 아저씨께서 직접 그러한 말을 여러분들께 하시게 된다면 직무 유기로 처벌될 수도 있으니까요. 저야 양국의 어디에도 공식적인 지위가 없으니 어떠한 발언을 하더라도 상관없는 일이겠죠?"

뮤스는 카밀턴과 쇼메트를 바라보며 의미심장하게 미소를 지었는데, 장영실의 미심쩍은 행동을 투르코스 재상에게 보고해야 하는 임무를 가진 그들의 시선을 의식한 것이다.

과연 연륜이 무색하지 않게 금방 그의 말뜻을 이해한 루스티커는 카밀턴과 쇼메트 쪽으로 시선을 돌리며 물었다.

"흠… 그렇겠군. 중요한 직책에 위치한 만큼 공적인 책임과 사적인 견해는 철저히 나누어져야 할 테니까. 혹시라도 자네들은 장영실 경이 자신의 직책에 맞지 않는 행동을 하는 것을 본 적이 있나? 예를 들자면 개인적인 감정을 공적인 일에 개입시키거나 하는 일을 말하는 것일세."

루스티커의 물음에 할 말이 없었던 카밀턴과 쇼메트는 머쓱한 표정을 지었고, 고개를 내저으며 대답했다.

"후훗, 장담컨대 그런 행동을 목격하지 못했습니다."

"저 역시 그렇습니다."

그들의 대답을 들으며 어깨를 으쓱거린 루스티커는 뮤스와 장영실을 향해 시선을 옮기며 말했다.

"그렇다면 이제야 우리 측도 별다른 불만이 없는 것 같군. 이제 본격적으로 일을 시작해 봐야 하지 않겠나?"

상황이 대충 정리되었다고 생각한 뮤스는 일행들이 있는 쪽을 향해 손짓을 해 그들을 불러들였고, 곧 뮤스와 장영실의 주도로 앞으로의 계획에 대한 의견을 서로 주고받기 시작했다.

한 시간여에 걸친 양측의 치열한 공방 끝에 뮤스와 벌쿤, 그리고 장영실과 루스티커만이 헬보네츠의 레어로 가기로 최종적 결론이 내려지게 되었다.

이러한 결정에는 나름대로의 복잡한 이유가 있었다. 애초 장영실의 계획은 이곳에 있는 모든 일행들이 수중에 위치한 헬보네츠의 레어로 가는 것이었다. 하지만 드워프들은 물에 들어가는 것을 극히 싫어했기에 완강히 거부권을 행사하며 나섰고, 카타리나 역시 깊은 물에 대한 공포심이 있다는 이유로 그의 계획을 받아들일 수가 없었던 것이다.

결과적으로 드워프들과 카타리나가 빠지게 되면서 도이첸 제국 측의 뮤스와 벌쿤만이 남게 되었는데, 그것이 도이첸 제국 측에 불공평한 결과를 초래할 수 있다고 생각한 장영실은 형평성을 내세우며 양측의 인원을 같게 해야 한다고 주장했던 것이다.

　그리하여 양측 각각 두 명씩만 헬보네츠의 레어로 가기로 합의를 봤고, 결국은 뮤스와 벌쿤, 그리고 장영실과 루스티커만이 그곳으로 가게 된 것이다.

　그 이후로도 잠수 방법과 경로, 그리고 필요한 물건들에 대한 이야기가 오가게 되었고, 대략적인 계획이 모두 세워지게 되자 일행들은 각자 맡은 일을 위해 분주히 움직이기 시작했다.

　드워프들은 손을 바삐 움직이며 배낭에서 꺼낸 금속의 기기들을 조립하고 있었다. 시간이 조금 지나자 1멜리 내외의 길이를 가진 유선형의 기체가 모습을 드러냈는데, 호수의 깊은 곳으로 들어가기 위해 뮤스가 설계하고 드워프들이 제작한 소형 잠수정이었다.

　발치에서 하는 일 없이 그것을 구경하고 있던 케미렌은 잠수정에서 시선을 떼지 못하고 있었다. 그는 내심 잠수정을 신기하게 여기고 있었기에 다가가 자세히 살피고 싶은 마음이 간절했지만 도이첸 제국에서 만들어졌다는 사실이 그의 발걸음을 옭아매고 있는 것이었다.

　"쳇… 쇠붙이로 만든 것을 들고 오느라 정말 수고했겠군. 저딴 것을 어디에 쓸 수 있다고 가지고 온 것이지?"

　케미렌은 마음에도 없는 소리를 하고 있었는데, 드워프들이 듀들란 제국어를 알아듣지 못한다는 사실을 알고 있었지만 그렇게 말이라도 함으로써 스스로의 아쉬움을 달래려는 것이었다. 그러한 케미렌의 말소리를 들을 수 있었던 뮤스는 그의 속마음을 쉽게 알 수 있었기에 다가서며 입을 열었다.

　"보아하니 잠수정을 구경하고 싶으신 모양인데 가까이 가서 구경하시죠. 어차피 저희들과 함께 일을 하기로 하지 않았습니까?"

하지만 케미렌은 선뜻 내키지 않는 듯 팔짱을 끼며 코웃음 쳤다.

"흥! 나야 이번 일에 대해 아무런 발언권이 없는 사람이니 함께 일을 하는 것에 대해 반대할 수는 없었지만 도이첸 제국의 사람들과 어울리고 싶지는 않다네. 자네야 조이센 대륙이라는 곳에서 왔다는 소리를 일행들에게 들었으니 이렇게 말대꾸라도 해주는 것일세."

"그런 이유에서라면 더 더욱 상관없습니다."

"상관이 없다니, 무슨 말인가?"

케미렌의 되물음에 빙긋이 웃은 뮤스는 잠수정을 조립하고 있는 드워프들을 바라보며 대답해 주었다.

"일단 드워프 족은 인간들의 국가에 귀속되지 않기 때문에 도이첸 제국의 국적을 가지지 않는답니다. 즉, 도이첸 제국의 황제 앞에서도 머리를 굽히지 않는 분들이란 뜻이죠. 또 제 의동생인 벌쿤은 드베인 숲에서 온 녀석입니다. 드베인 숲은 어느 국가에도 속하지 않는다는 것을 케미렌 씨도 알고 계실 것입니다. 결론적으로 순수한 도이첸 제국의 국민은 제 여자 친구인 카타리나 한 명뿐인데, 그녀는 멀찌감치 떨어져 구경만 하고 있으니 신경 쓰지 않으셔도 될 것 같군요. 이제 되었나요?"

손가락을 꼽아보며 뮤스의 설명에 대해 생각해 보던 케미렌은 금세 밝은 미소를 띠며 그의 어깨를 두드렸다.

"크큭! 자네 말대로군! 그랬다면 진작 말을 해주지 그랬나! 그럼 나는 잠수정인가 뭔가 하는 것 좀 구경하고 와야겠어!"

이제 더 이상 눈치 볼 이유가 없었던 케미렌은 특유의 웃음소리를 내며 드워프들을 향해 쏜살같이 달려갔고, 나이답지 않게 천진난만한 케미렌의 행동을 보고 있던 뮤스는 실소를 터뜨릴 수밖에 없었다.

그렇게 혼자 웃고 있는 뮤스를 향해 벌쿤과 카타리나가 다가오고 있었다. 카타리나는 단단히 토라진 듯 입이 한 치나 튀어나와 있는 모습이었는데, 그러한 카타리나의 얼굴을 살피던 뮤스는 고개를 갸웃거리며 말했다.

"어라? 카타리나, 뭐 기분 안 좋은 일이라도 있었어? 벌쿤이 뭐라고 놀리기라도 한 거야?"

뮤스의 물음에 아무런 대답도 하지 않은 카타리나는 냉랭한 눈빛만을 그에게 보내고 있었다. 그러한 카타리나의 반응에 대한 영문을 알 수 없었던 뮤스는 벌쿤의 옆구리를 찌르며 귓속말로 물었다.

"이봐, 벌쿤. 대체 무슨 일로 카타리나가 토라져 있는 거야? 무슨 일 있었어?"

곁눈질로 카타리나의 눈치를 한번 살핀 벌쿤은 답답하다는 듯 자신의 가슴을 두들기며 귓속말을 전했다.

"헤유… 어제 형이 밤새 듀들란 제국의 아저씨와 이야기한다고 카타리나 누나랑 전혀 놀아주지 않았잖아! 그래서 심술이 난 거라고! 어제 잠도 못 자던걸? 아마도 누나 달래주려면 진땀깨나 빼야 할 거야."

"아! 그, 그랬었지! 장영실 아저씨를 만난 게 너무 반가운 나머지… 이런 멍청한!"

그제야 카타리나가 토라진 이유를 알 수 있었던 뮤스는 자신의 머리를 두들기며 자책하기 시작했고, 당혹감이 역력한 표정을 지으며 그녀를 향해 입을 열었다.

"저기 카타리나… 그럴 생각은 없었는데 워낙 오랜만에 만나는 분이라서 정신이 없었어. 앞으로는 절대 그런 일이 없을 거야! 한 번만 용서해 줄래?"

뮤스는 카타리나의 기분을 풀어주기 위해 최선을 다해서 용서를 빌기 시작했다. 하지만 여전히 뮤스에게 돌아오는 것은 그녀의 냉담한 눈빛뿐이었고, 그럴수록 뮤스는 더욱 쩔쩔맬 수밖에 없었다.

한동안 고개를 푹 숙인 채 카타리나에게 용서를 구하는 뮤스의 모습을 지켜보고 있던 벌쿤은 킥킥대며 입을 열었다.

"쿠쿠쿡… 카타리나 누나, 이제 그만 해도 괜찮지 않을까? 이 정도 했으면 형도 충분히 반성했을 거라고."

벌쿤의 말을 들은 뮤스는 분위기가 이상하게 돌아가고 있음을 깨달을 수 있었다. 이어 숙이고 있던 고개를 살짝 들어 올려다보자 장난기 가득 찬 카타리나의 얼굴이 시야에 들어오고 있었는데, 그녀는 귀여운 표정을 지은 채 혀를 삐죽 내밀고 있는 중이었다.

"풋! 이쯤 했으니 이제 정신을 차리셨겠죠, 뮤스 드라켄 군! 앞으로 나를 혼자 두기만 해봐! 정말 제대로 토라져 줄 테니까 알아서 하라고!"

"뭐, 뭐야? 장난이었던 거야?"

깔깔거리며 웃고 있는 카타리나와 벌쿤의 행동을 보고서야 자신이 완전히 속았다는 것을 알게 된 뮤스는 어이없는 표정을 짓는 동시에 안도의 한숨을 내쉬고 있었다.

"휴우… 나는 정말 카타리나가 화난 줄 알고 깜짝 놀랐다고! 정말이지 감쪽같이 속았는걸!"

뮤스가 완전히 속아 넘어갔다는 사실에 의기양양해진 카타리나는 허리에 손을 얹으며 당당한 목소리로 말했다.

"호호! 네가 잘못해서 장난을 친 것이니만큼 나를 원망하지는 않겠지? 이렇게 장난으로 끝난 걸 다행이라고 생각하렴!"

고개를 끄덕이는 것으로 카타리나의 말에 수긍의 표시를 한 뮤스는 그녀의 밝아진 표정을 보며 기분 좋게 웃고 있었다. 하지만 벌쿤에게만은 곱지 않은 시선을 던져 주고 있었는데, 당사자인 카타리나의 행동은 충분히 이해할 수 있었지만 그녀의 장난에 가담한 벌쿤은 괘씸하게 느껴졌기 때문이었다.

"아! 벌쿤, 너는 나중에 나 좀 보자. 오랜만에 개인적인 이야기를 좀 나눠야 할 것 같은걸?"

"왜, 왜 나만 가지고 그러는 거야? 모두 카타리나 누나가 시켜서 한 건데……."

뜬금없이 자신에게 불똥이 튀자 억울해진 벌쿤은 변명을 늘어놓고 있었다. 하지만 냉랭해진 뮤스는 그의 이야기에 귀를 기울이려 하지 않았기에 울상을 지을 수밖에 없었다.

뮤스는 이렇게 희비가 교차하고 있는 카타리나와 벌쿤의 얼굴을 바라보며 부드러운 미소를 입가에 그리고 있었는데, 그들은 아마도 뮤스가 의도적으로 자신들의 장난에 속아주었다는 사실을 꿈에서조차 알지 못할 것이었다.

벌쿤이 뮤스의 기분을 풀기 위해 애쓰고 있을 때 켈트가 어느새 그들 옆으로 다가와 있었다. 그는 더러워진 장갑을 툭툭 털고 있었는데 뭔가 기분이 언짢은 듯한 모습이었다.

"이봐! 뮤스, 잠수정 조립이 끝났으니 와서 점검해 보거라."

퉁명한 켈트의 목소리에 시선을 돌린 뮤스는 그의 안색을 살피며 쓴웃음을 지었다.

"혹시 아저씨도 제게 화난 척하시는 건가요, 아니면 정말 화가 날 만한 무슨 일이 생긴 건가요?"

뮤스의 물음에 콧방귀를 뀐 켈트는 잠수정이 있는 쪽을 가리키며 대답했다.

"흥! 저 케미렌인가 뭔가 하는 녀석이 얼마나 귀찮게 굴던지 성질 죽이느라 혼났단다! 방해가 되니 저리 비키라고 고함을 질러도 통 알아듣지를 못하니 말이야! 지금까지 손가락 하나 까딱 안 하면서 잘난 척하던 녀석이 무슨 바람이 불어 저렇게 태도가 돌변한 건지… 에잉!"

"하… 하! 가, 갑자기 아저씨들과 친해지고 싶었던 거겠죠 뭐. 그럼 어서 점검해 보러 가볼까요? 하핫!"

잠자코 있던 케미렌을 부추긴 것이 자신이었던 만큼 그의 행동에 대해 비난할 수 없었던 뮤스는 화제를 돌리기 위해 켈트의 팔을 잡아끌며 잠수정이 있는 곳으로 자리를 옮기기 시작했는데, 벌쿤에게 심술을 부린 것에 대한 대가를 치르고 있다는 생각을 지울 수 없었다.

드워프들이 있는 곳에 도착한 뮤스는 완성되어 있는 잠수정을 꼼꼼히 만져 보며 조립 상태를 점검하기 시작했다. 그는 듀들란 측의 일행들을 위해 잠수정의 기능에 대한 설명도 틈틈이 곁들이고 있었는데, 장영실과 루스티커를 제외한 일행들은 공학에 대해 문외한이었기에 그저 놀라움만을 표하며 조용히 그의 설명을 듣고 있는 중이었다.

뮤스는 잠수정의 양쪽에 돌출되어 있는 두 개의 고무관을 주욱 잡아빼며 그에 대한 설명을 하고 있었다.

"애초 이 잠수정이 2인승을 기준으로 하여 제작된 것인만큼 이렇게 두 개의 산소 공급기가 잠수정 양쪽에 장착되어 있고, 비상시를 대비하여 아래쪽에 여분의 산소 공급기가 하나 더 장착되어 있습니다."

다음으로 잠수정의 끝 부분에 붙은 손잡이를 가리키며 그의 설명이 이어졌다.

"이것은 잠수정의 조종간입니다. 즉, 잠수정의 움직임을 조종하는 부분으로써 이동 방향과 추진력의 세기 등을 조절할 수 있는 것이죠. 그리고 이 아래쪽으로……."

뮤스는 잠수정을 가뿐히 들어 뒤집어 보였다. 비록 금속 재질로 되어 있어 그 무게가 상당해 보이긴 했지만, 멜라닌합금으로 만들어져 있었기에 실제 무게는 무거운 편이 아니었던 것이다.

"여기 잠수정의 아래쪽은 완전 방수 처리가 되어 있어 잠수 중 보관이 여의치 못한 물건들을 수납할 수 있게 하였습니다."

설명이 끝난 듯 손을 털며 몸을 일으킨 뮤스는 장영실과 루스티커를 바라보며 물었다.

"이제 준비가 모두 끝난 듯한데 언제쯤 출발하면 좋을까요?"

그의 물음에 루스티커의 의향을 잠시 살피던 장영실은 해의 높이로 시간을 가늠하며 대답했다.

"아무래도 식사를 하고서 잠수하게 되면 위에 부담이 될 테니 간단히 짐을 꾸려 지금 출발하는 것이 좋겠구나."

"네, 그렇게 하도록 하죠."

뮤스 역시 그와 같은 생각을 하고 있었기에 고개를 끄덕이며 대답했고, 각자 가지고 갈 물건들을 꾸리기 시작했다.

풍넝!

최대한 간편한 차림을 한 벌쿤이 비취색의 잔잔한 호수에 서슴없이 몸을 던지고 있었다. 물의 차가움이 뼛속까지 파고드는 느낌이었지만 벌쿤은 능숙한 솜씨로 이리저리 수영을 하며 물의 온도에 적응하기 시작했고, 조금 더 지나자 여유있는 모습으로 물을 가르며 호숫가에 서 있는 일행들을 향해 손을 흔들어주었다.

"뮤스 형, 어서 들어와! 물이 좀 차지만 조금 있으면 쉽게 적응할 수 있다고!"

자신을 부르고 있는 벌쿤을 향해 피식 웃어 보인 뮤스는 옷가지들을 하나씩 벗어 잠수정의 수납 공간에 넣었고, 속에 받쳐 입은 바지와 셔츠만을 걸친 모습으로 벌쿤을 따라 물속으로 뛰어들었다.

첨벙! 첨벙!

심장이 멈출 듯한 차가움이 뮤스의 몸으로 엄습하고 있었지만 충분한 운동으로 몸을 푼 상태였기에 큰 문제는 되지 않고 있었다.

물속으로 머리를 담갔다가 수면 밖으로 얼굴을 내민 뮤스는 치렁해진 머리를 쓸어 넘기며 아직도 들어오지 않고 있는 장영실과 루스티커를 바라보았다.

"두 분도 어서 들어오십시오! 기왕이면 서두르는 것이 좋을 듯합니다!"

하지만 그들이 머뭇거리며 물속으로 들어오지 않자 뮤스는 무슨 문제가 생겼다는 것을 알 수 있었다. 루스티커가 난색을 표하며 자신의 모습에 대해 비관하고 있는 것이었다.

"정말 이런 모습으로 헤엄쳐야 한단 말인가? 애초부터 헬보네츠의 레어에 내가 직접 간다는 계획은 없었잖나? 나는 그저 자네와 동행한 것뿐일세. 지금이라도 늦지 않은 것 같은데 카밀턴을 대신 데리고 다녀오게나!"

지금 루스티커는 항상 그의 몸을 가려주던 치렁한 로브를 벗은 채 몸에 조금 달라붙는 바지와 셔츠를 입고 있었다. 그 덕에 앙상하게 마른 루스티커의 몸매가 그대로 드러나게 되었던 것인데, 그러한 루스티커의 모습을 본 일행들은 대놓고 웃을 수는 없었기에 그의 눈치를 살피며 킥킥거리고 있는 중이었다. 그야말로 지고한 황실 수석 마법사의 체면이 한순간에 구겨지게 된 것이다.

루스티커가 고집을 부리며 물속으로 들어가지 않자 난감해진 장영실은 그를 달래기 위해 애를 쓰기 시작했다.

"루스티커님의 심정은 이해하지만 로브를 걸친 채 수영할 수는 없는 법이지 않습니까? 이곳에 루스티커님께서 잘 보일 만한 사람도 없으니 괘념치 마시고 물속으로 들어가시죠. 드래곤의 심장이 있는 위치를 정확하게 찾아낼 수 있는 분은 루스티커님뿐이니 카밀턴이 대신 갈 수는 없는 일입니다."

장영실의 설득에도 불구하고 루스티커는 여전히 고집스럽게 고개를 내젓고 있었다.

"내 나이를 생각해 보게! 차가운 물속에 들어가면 심장이 멈춰 버릴지도 모르는 일일세! 내가 죽는 꼴을 그렇게 보고 싶나?"

"그런 핑계는 접어두시죠. 어차피 마법으로 체온 유지를 하실 것이 잖습니까?"

"쳇! 너무 많은 것을 알고 있군."

그들의 실랑이를 지켜보던 카타리나는 루스티커의 행동을 이해할 수 없다는 듯 고개를 갸웃거리며 켈트에게 물었다.

"저 할아버지께서는 내난한 마법사라고 하지 않으셨나요? 그렇다면 마법을 쓰시면 될 텐데 왜 저렇게 기겁을 하고 계시는 것이죠?"

켈트는 가볍게 웃으며 그녀의 물음에 대답해 주었다.

"마법은 대기에 충만히 차 있는 마나를 이용하여 발현되는 힘이란 사실은 학교에서 배워 잘 알고 있을 게다. 한데 이 마나라는 것이 대기에 존재하는 만큼 물속에는 그 양이 극히 미미하단다. 즉, 몸을 보호하는 류의 상급 마법을 물속에서 쓰기에는 마나의 양이 턱없이 부족한 것이지.”

그의 자세한 설명을 들은 후에야 루스티커가 고급 마법을 사용할 수 없는 이유에 대해 알게 된 카타리나는 조금 아쉬운 목소리로 말했다.

“에… 한마디로 물속에서는 간단한 마법만 구현할 수 있다는 말이네요. 뭐야, 처음으로 그럴싸한 마법 한번 구경해 볼까 했더니…….”

카타리나와의 대화가 끝날 때까지 그들의 실랑이가 끝나지 않자 인상을 찌푸린 켈트는 팔을 걷으며 입을 열었다.

“아무래도 저 늙은이와 비슷한 연배는 나밖에 없는 것 같으니 내가 직접 나서야겠군.”

“네? 아저씨가 뭘 어쩌신다고…….”

켈트는 그녀의 말이 끝나기도 전에 당당한 걸음으로 루스티커의 옆으로 다가갔다. 그리곤 정신없이 떠들고 있는 루스티커와 장영실을 번갈아 본 켈트는 짧막한 기합 소리를 내지르며 몸을 움직였는데, 놀랍게도 그의 굵직한 두 손은 루스티커의 몸을 물속으로 밀어 넣고 있는 것이었다.

풍덩!

“으헉! 어이쿠! 대체 누가 이런 짓을!”

얼떨결에 켈트에게 떠밀려 물속에 빠져야만 했던 루스티커는 물에 젖어 시야를 가린 백발을 옆으로 치우며 분노한 얼굴로 일행들을 노려보았다. 그러한 루스티커의 눈에 능청스러운 표정을 지으며 손을 털고 있는 켈트의 모습이 잡혔는데, 한눈에 그의 소행임을 알 수 있었던 루스티커는 급히 물 밖으로 걸어나오며 도이첸 제국어로 소리쳤다.

"자네! 감히 나에게 어떻게 이런 짓을 할 수 있나!"

그러한 루스티커의 으름장에도 켈트는 눈 하나 깜짝하지 않았는데, 오히려 그윽한 눈빛으로 그의 아래위를 훑어보며 입을 열기 시작했다.

"호오, 그렇게 열내기 전에 그 야릇한 속살 좀 가리는 것이 어떻겠나? 여기 젊은 아가씨도 있는데 영 보기 흉하구먼."

켈트의 말을 들은 루스티커는 화를 내다 말고 자신의 차림새를 살폈다. 그러자 물에 젖어 반투명에 가까워진 흰색 셔츠와 바지를 발견할 수 있었고, 화들짝 놀란 루스티커는 몸을 가리기 위해 다시금 물속으로 뛰어들 수밖에 없었다.

"이렇게 민망할 때가 있나… 다녀와서 두고 보게, 단단히 혼을 내줄 테니!"

루스티커가 켈트를 향해 버럭버럭 소리를 지르고 있을 때, 장영실이 잠수정을 호수의 수면에 띄우며 물속으로 걸어 들어오고 있었다. 그리곤 가벼운 미소를 지으며 입을 열었다.

"진정하십시오, 루스티커님. 뮤스에게 듣자 하니 저분도 상당히 높은 연배의 드워프이시고 한 부족의 수장까지 지낸 분이십니다. 배분으로 따진다면 오히려 루스티커님보다 위라고 할 수 있겠죠. 또 루스티커님께 악의가 있어서 그런 것도 아니니 그렇게 화낼 만한 일은 아닌 것 같습니다."

장영실의 이야기를 잠시 생각해 보던 루스티커는 그의 말에 일리가 있다고 판단했는지 고개를 끄덕이며 몸을 돌렸다.

"흐음… 하긴 어차피 해야 할 일이었으니… 에잉! 기왕 이렇게 된 일, 더 이상 지체하지 말고 출발하도록 하세!"

루스티커는 아직 화가 덜 풀린 듯 높은 언성으로 말하고 있었지만 곧 괜찮아질 것임을 알았던 장영실은 안도했고, 난처했던 일을 도와준 켈트를 향해 목례하곤 루스티커의 뒤를 따르기 시작했다.

장영실과 루스티커가 물로 들어온 후 잠시 적응 시간을 가지자 뮤스는 잠수정을 가동시키며 그 측면에 부착되어 있는 산소 공급기를 입의 가까이로 잡아당겼고, 벌쿤 역시 반대 편의 산소 공급기를 잡아당기며 입에 물었다. 그리고 장영실과 루스티커가 산소 추출기를 입에 무는 것으로 모든 준비가 되었다고 생각한 뮤스는 손가락으로 일행들을 향해 신호를 보내며 말했다.

"앞 사람의 발목을 단단히 잡으세요! 수중에서는 꽤나 빠른 속도로 이동하게 될 테니 조심하셔야 할 거예요!"

뮤스의 말을 쉽사리 이해할 수 있었던 일행들은 부력에 몸을 맡긴 채 앞 사람의 발목을 잡았는데, 뮤스는 가장 앞에서 잠수정에 벨트로 몸을 연결한 상태였고 그 뒤로 벌쿤, 장영실, 마지막으로 루스티커 순이었다. 일행들과 눈빛을 교환한 뮤스는 손에 들고 있던 산소 공급기를 입에 물며 조종간을 천천히 잡아당기기 시작했다.

위이이이잉!

조종간이 당겨지자 잠수정은 미미한 진동과 함께 흰색의 물거품을 일으켰고, 천천히 물살을 가르며 앞으로 나아가기 시작했다.

촤아아아악!

일행들 역시 잠수정의 추진력에 이끌려 하나둘씩 물속으로 모습을 감추기 시작했는데, 수중에서 호흡을 가능케 하는 장비를 착용하고 있음에도 불구하고 약간의 두려움이 그들의 얼굴에 서려 있었다.

일행들이 그렇게 헬보네츠의 레어로 떠나 버리자 호숫가에 남게 된 일행들은 뭔가 허전함을 느끼며 씁쓸한 표정을 짓고 있었다. 그러던

중 시원하게 기지개를 켜던 케미렌은 장난스러운 웃음을 지어 보이며
카밀턴의 어깨를 두들겼다.

"우리도 몸 좀 씻을 겸 수영이나 할까? 생각해 보면 바움텐 시를 떠
난 후 목욕을 한 번도 못했지 않나? 아주 냄새가 온몸에서 진동을 하는
중이라고."

"흠, 좋은 생각일세. 일행들이 돌아오려면 시간이 조금 걸릴 테니 여
유를 좀 가지는 것도 좋겠지."

카밀턴도 그의 제안이 마음에 들었는지 미소 지으며 옷가지를 벗기
시작했고, 쇼메트 역시 신이 난 듯 윗옷을 벗어 던지며 끼어들었다.

"하핫! 저도 마침 수영을 하고 싶었는데 잘되었군요."

쇼메트의 옆에서 옷을 벗고 있던 카밀턴은 문득 인상을 있는 대로
쓰며 급히 코를 막았다. 바로 길게 자라 있던 쇼메트의 체모 덕에 엄청
난 땀 냄새가 카밀턴의 후각을 자극했기 때문이다. 말로 형용할 수 없
는 악취에 머리가 어찔해짐을 느낀 카밀턴은 그의 등을 떠밀며 외쳤다.

"쇼메트! 자네 몸에서 지독한 냄새가 나는군! 아무 말 하지 말고 당
장 호수로 뛰어들게나!"

그의 말에 신이 난 기분이 멋지게 깨져 버린 쇼메트는 시무룩한 표
정을 지으며 호수로 걸어 들어가게 되었다.

"너무 그러지 마십시오. 저도 이런 모습으로 있고 싶은 생각 전혀
없으니까요."

그들의 행동을 지켜보고 있던 드워프들과 카타리나 역시 말은 알아
들을 수 없었지만 눈치만으로 대화의 내용을 짐작할 수 있었기에 웃음
을 터뜨리고 있었다.

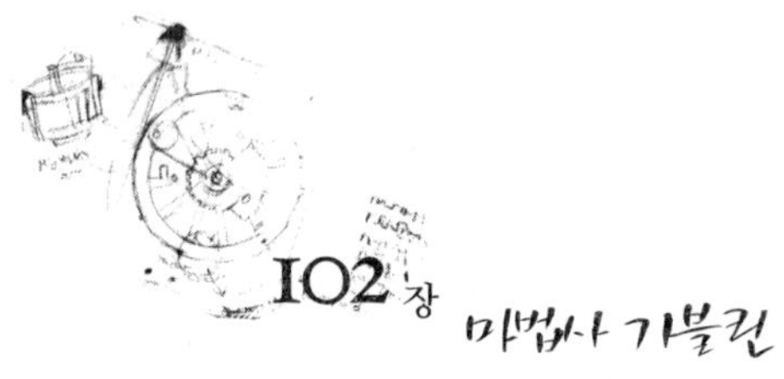

　햇빛조차 힘겹게 닿을 정도로 호수의 깊은 곳에서부터 새하얀 포말이 줄을 지어 솟아오르고 있었다. 오랜 세월을 침묵으로 일관해 오던 호수로서는 이것이 작지 않은 소란이었는지 여유롭게 유영을 하던 이름 모를 물고기들은 익숙치 않은 진동을 느끼며 바위 밑으로 몸을 숨겼고, 바닥을 기던 생명체들 역시 서둘러 자신의 보금자리를 향해 뒷걸음질치고 있었다.

　잠수정에 의존해 물속을 이동하던 뮤스와 일행들은 신기한 눈으로 물밑의 세상을 감상하는 중이었다. 물이 맑고 깨끗한 덕분에 맨눈으로도 무리없이 제법 먼 거리를 볼 수 있었던 그들은 난생처음 보는 신기한 형태의 물고기들에서부터 울긋불긋한 색깔을 가진 물고기들까지 꼼꼼히 눈 속에 그려 넣고 있었다.

　뮤스 일행이 입수한 지 십여 분의 시간이 흘렀다. 잠수정의 조종간을 잡고서 헬보네츠의 레어 입구를 찾고 있던 뮤스는 희미하게 눈에 들어오기 시작한 검은 동혈을 발견하며 잠수정의 몸체를 두 번 두들겼다.

텅! 텅!

산소 공급기와 산소 추출기에서 나는 물거품 소리가 전부라고 할 수 있을 만큼 조용한 수중이었기에 뮤스가 만들어낸 둔탁한 소리는 일행들의 고막을 쉽게 자극하고 있었다. 뮤스의 신호에 주목한 일행들 역시 그가 손짓하는 곳으로 시선을 돌리자 검은 동혈을 볼 수 있었다. 내부까지 햇빛이 닿지 않는 수중 동혈은 칠흑같이 어두운 상태였는데, 천천히 아가리를 벌리며 자신들을 향해 다가오는 것처럼 보이고 있었다. 뮤스는 동혈의 내부가 어두울 것을 대비해 잠수정의 앞쪽에 설치된 전뇌등을 켰고, 천천히 조종간을 잡아당기며 잠수정의 속도를 높여 나갔다.

한 치 앞도 분간할 수 없을 정도의 진한 어둠이 가득 차 있었기에 이곳이 어떤 곳인지 알 수는 없었다. 다만 공기 중에 진득한 습기가 포함되어 있다는 점과 가까운 곳으로부터 바위를 때리는 물결 소리가 분명하게 들려오고 있다는 사실만으로 근처에 물이 있음을 알 수 있을 뿐이었다.

철썩! 철썩!

이곳에 있는 변화란 오직 일정한 시간마다 박자를 맞추어 바위를 때리는 물결 소리가 전부였는데, 수만 번, 수억 번을 반복하며 들려왔을 소리는 누구를 위해서인지 지금도 계속되고 있었다.

촤아악!

문득 오랜 세월이 흐르는 동안 한 번도 변하지 않았을 물결 소리가 무슨 이유에서인지 거칠어지고 있었다. 그리고 물이 튀는 소리와 함께 바닥으로부터 강렬한 빛줄기가 허공으로 솟구쳤는데, 수면을 차고 나온 물방울들은 빛줄기에 비춰지며 어지럽게 비산하고 있었다.

"푸아악! 이제야 도착했군."

돌연스럽게 튀어나와 공기를 떨어 울리고 있는 목소리는 바로 뮤스의 것이었고, 이 어두운 장소를 한 부분이나마 밝혀주고 있는 강렬한 빛줄기는 잠수정에 부착된 전뇌등이 발하는 불빛이었다.

뮤스의 뒤를 이어 다른 일행들 역시 수면 밖으로 고개를 내밀기 시작했다. 그들은 각각 입에 물고 있던 산소 공급기와 산소 추출기를 빼내며 그곳에 차 있는 공기를 한껏 들이마시고 있었다. 하지만 산소 추출기에서 공급하는 답답한 산소나 이곳의 공기나 별다를 바가 없다는 것을 알게 된 그들은 불만스러운 얼굴을 하고 있었다.

손을 뻗어 가까운 곳의 바위를 잡은 벌쿤은 그 위로 몸을 끌어 올리며 투덜거렸다.

"여기도 공기가 부족한 것 같군. 쳇! 어서 드래곤의 심장이라는 것을 찾아 돌아가자고. 벌써부터 신선한 공기가 그리워."

그리고 물기를 머금은 머리카락을 손으로 꾹 짜낸 벌쿤은 루스티커가 올라오는 것을 돕기 위해 팔을 뻗었고, 그의 손을 잡은 루스티커는 힘겨운 신음성을 터뜨리며 바위 위로 몸을 올렸다.

"끄응! 아무리 생각해 봐도 괜히 따라온 것 같군. 늙은 몸으로 젊은 이들을 따라간다는 것은 너무나 힘든 일이야."

마지막으로 장영실은 일행들이 서 있는 바위 위로 잠수정을 밀어내며 물 밖으로 나오고 있었다. 그리곤 잠수정의 수납 공간에 들어 있던 물건들을 꺼낸 후 각자의 물건을 나누어 주며 입을 열었다.

"그래도 우리는 손쉽게 올 수 있었던 것입니다. 지금과 같은 장비가 없었던 과거에는 인간이 이곳으로 들어올 수 있는 방법이란 없었을 테니까요."

장영실로부터 자신의 로브를 건네받은 루스티커는 고개를 내저으며 대답했다.

"흠… 방법이 아주 없었던 것은 아닐세. 지금은 유실되어 버린 고대 마법이지만, 워프라는 순간 이동 마법을 쓴다면 우리 같은 고생을 하지 않고서도 이곳에 올 수 있었을 게야. 아! 다들 잠시 서 있어보게나."

일행들을 향해 말을 던진 루스티커는 손을 치켜들며 나지막한 목소리로 중얼거리기 시작했다.

"루디아크… 로바드뇨… 아르도프… 드라이!"

마법 시동어가 외쳐짐과 동시에 일행들의 몸은 노란색의 따뜻한 빛무리에 휩싸이게 되었는데, 아무런 영문도 모른 채 서 있던 벌쿤은 자신의 몸에서 빛이 발해지기 시작하자 크게 놀라며 물었다.

"으악! 몸에서 빛이 나기 시작한다! 우리 몸이 왜 이러는 거야?"

하지만 그에 대한 대답을 듣기도 전에 빛무리는 언제 그랬냐는 듯이 사라졌고, 너무나 놀랐던 벌쿤은 무슨 일이 생겼을지도 모른다고 생각하며 자신의 몸을 꼼꼼히 살펴보기 시작했다. 벌쿤의 반응을 본 루스티커는 순진한 그의 행동에 싱긋 웃어주곤 자신의 로브를 걸치며 도이첸 제국어로 대답했다.

"허헛! 젊은 친구, 그것은 몸을 말리는 간단한 마법일 뿐이라네. 체온이 떨어지기 전에 몸을 말려야 감기에 걸리지 않지."

"우와! 이런 것이 마법이라는 것이군요!"

난생처음 마법이라는 것을 목격한 벌쿤은 자신도 모르는 사이 감탄성을 터뜨리며 바싹 마른 옷을 매만져 보기 시작했다.

가죽 가방을 어깨에 메는 것으로 모든 짐을 챙긴 뮤스는 가방에서 유리관처럼 생긴 휴대용 전뇌등을 하나씩 꺼내 주며 말했다.

"내부가 어두우니 이것을 사용하도록 하세요. 손잡이 부분을 반쯤 돌리면 전뇌등이 켜진답니다."

전뇌등을 건네받은 일행들은 뮤스가 시키는 대로 손잡이 부분을 돌렸다. 그러자 뭔가 걸리는 느낌이 나면서 눈부신 빛이 사방으로 퍼져 나가기 시작했는데, 그들의 생각보다 훨씬 밝은 빛이었기에 눈을 제대로 뜨지 못하고 있었다. 손으로 빛을 가리며 눈에 그림자를 만든 장영실은 그 전뇌등을 알아보며 입을 열었다.

"호오! 나트륨등이었군. 환경에 따라 전압이 변한다는 단점을 가지고 있지만 광원 효율이 높으니 넓은 곳을 밝히기에 적합하지."

"네, 나트륨등 정도는 되어야 이런 곳에서 안전하게 움직일 수 있다고 생각했거든요. 확실히 알지 못하는 곳인만큼 잘 보이기라도 해야죠. 하핫!"

그의 말을 듣고 있던 루스티커와 벌쿤은 부신 눈을 힘겹게 뜨며 주변을 둘러보았다. 과연 뮤스의 말대로 동굴 내부는 대낮처럼 밝아져 있었는데, 바닥의 작은 모래알까지 뚜렷하게 식별할 수 있을 정도였다.

시간이 조금 지나면서 점차 빛에 눈이 적응할 수 있었던 벌쿤은 고개를 이리저리 움직이며 동굴의 내부를 살펴보기 시작했다.

동굴의 크기는 이곳이 드래곤 레어임을 증명하기라도 하듯 엄청난 크기였는데, 높이가 이십 멜리는 훌쩍 넘어 보였고 폭 또한 그와 비슷해 보였다. 즉, 드래곤이 본체의 모습으로 이리저리 움직이기에 충분해 보이는 크기였던 것이다.

바닥은 군데군데 자라나 있는 이끼 때문에 상당히 미끄러워 보였고, 아치 형을 하고 있는 동굴의 벽면은 우윳빛을 띠는 매끈한 석회질의 암석으로 이루어져 있었는데 인공의 흔적은 전혀 찾아볼 수가 없었다. 또 천장의 곳곳에는 보고 있는 것만으로도 살이 떨리게 만드는 날카로운 종유석들이 아슬아슬하게 매달려 있었다. 그것을 보고 있던 벌쿤은 침이 마르는 것을 느꼈는데, 그런 벌쿤을 향해 뮤스는 심술궂은 표정을 지으며 말했다.

"후훗! 벌쿤, 이런 석회 동굴이 어떻게 생기는지 알고 있어?"

"아니, 그냥 만들어지는 거 아니야?"

고개를 내저은 뮤스는 석회질로 이루어진 벽을 매만져 보며 그에 대한 설명을 해주기 시작했다.

"땅속 깊은 곳에서 화산 활동이 일어나게 되면 그로부터 대량의 이산화탄소가 발생하게 되지. 그렇게 발생한 이산화탄소가 석회질의 지각과 만나면 격렬한 화학 반응을 일으키게 되는데, 그 결과로 이런 석회 동굴이 생기게 되는 거야. 이산화탄소는 석회질을 녹이는 작용을 하거든."

"아, 그렇구나. 그런데 그 이야기는 갑자기 왜 꺼내는 거야?"

벌쿤이 되물어오자 뮤스는 자못 심각한 얼굴로 대답했다.

"생각을 해봐. 우리가 숨을 내쉴 때 나오는 것이 바로 이산화탄소라는 것은 너도 알고 있겠지? 그런데 이산화탄소는 석회질을 녹이는 작용을 하잖아. 결국 숨을 많이 쉬게 되면 이 동굴의 암벽이 녹을 것이고, 그렇게 되다 보면 저 위에 매달려 있는 날카로운 종유석들도 녹아서 우리의 머리 위로 떨어질 거라고. 이제 뭐가 문젠지 알아듣겠어?"

뮤스의 이야기를 하나씩 따져 보며 듣던 벌쿤은 화들짝 놀라곤 자신의 입과 코를 단단히 틀어막은 채 불안한 심정을 감추지 못하며 천장의 종유석들을 살피기 시작했다.

"그, 그럼 이러고 있을 때가 아니잖아! 저것들이 떨어지기 전에 어서 움직이자고!"

벌쿤이 말까지 더듬거리며 안절부절못하자 재미있다는 표정으로 그의 행동을 지켜보던 뮤스는 그의 머리를 두들기며 입을 열었다.

"하핫! 장난을 그렇게 쉽게 믿어버리다니… 너도 공부 좀 열심히 해야겠다. 사람의 호흡으로 이 동굴의 종유석을 떨어뜨리려면 적어도 수십 년은 걸릴 거야. 그러니 그렇게 난리 법석 안 부려도 된다고."

뮤스가 진실을 밝히자 벌쿤의 얼굴에는 허탈감이 감돌았고, 이내 얼굴을 붉히며 소리를 고래고래 지르기 시작했다.

"뭐야! 형이 되어가지고 동생에게 그런 거짓말을 해도 되는 거야?! 간 떨어질 뻔했다고! 더러워서 공부를 해야지!"

"너도 아까 카타리나와 짜고 나를 속였으니 할 말 없어!"

"그거와는 별개의 이야기라고! 그건 사적인 자리였고, 여긴 공적인 자리니까!"

그들의 이야기는 끝날 기미를 보이지 않고 계속되고 있었는데, 이렇게 티격거리고 있는 뮤스와 벌쿤을 보며 장영실은 흐뭇한 미소를 떠올리고 있었다. 비록 그들 사이에 오가는 이야기의 내용은 알아들을 수 없었지만 서로 허물없이 대하는 그들을 보는 것만으로도 뮤스에 대한 지금까지의 근심 걱정이 모두 없어지는 것 같았기 때문이다.

뮤스와 일행들은 발 디딜 곳에 유의하며 걸음을 옮기고 있었다. 이끼가 깔려 있는 바닥이었기에 자칫 잘못하다간 넘어지기 일쑤였기 때문이다. 그들이 걸음을 옮기는 곳마다 이끼들은 발자국 모양으로 패이며 바위에서 벗겨져 나가고 있었다.

꽤나 오랜 시간을 이동했음에도 불구하고 이 거대한 동굴의 끝은 보이지 않고 있었다. 하지만 미로와 같이 복잡한 구조가 아니라는 것만으로도 그들은 충분히 안심하고 있는 중이었다.

앞장서서 걸어가고 있던 뮤스는 비슷비슷한 지형의 반복에 긴장감이 풀렸는지 가던 길을 멈추며 일행들을 돌아보았다.

"조금 쉬어가도록 할까요? 이대로 더 가다간 거리 감각까지 잃어버릴 것 같군요. 그리고 루스티커님, 아직도 드래곤의 심장에서 발산되는 마나의 기운이 느껴지지 않습니까?"

뮤스의 말에 일행들은 걸음을 멈추었고, 루스티커는 손을 모아 눈을 지그시 감았다. 그리고 별다른 표정의 변화 없이 눈을 뜨며 고개를 내저었다.

"정말 이상한 일일세. 드래곤의 심장이 방출하는 마나의 존재감이라면 수백 멜리 밖에서도 내가 느낄 수 있을 텐데, 이 동굴이 그렇게나 길게 이어져 있단 말인가?"

그의 말을 들으며 잠시 생각해 보던 장영실은 턱을 매만지며 물었다.

"혹시 다른 이유는 없습니까? 어디에 숨겨져서 마나의 존재감을 느낄 수 없다든지 하는 것 말이죠."

"또 다른 이유라……."

장영실의 되물음에 곰곰이 생각해 보던 루스티커는 무엇인가 떠오르는 것이 있는 듯했지만 이내 고개를 저으며 대답했다.

“흠… 한 가지가 있지만 가능성이 없다네. 설마 이런 곳에…….”

결국은 이대로 동굴을 따라 들어가는 수밖에 없다는 결론이 내려졌고, 일행들은 조금이나마 쉬어갈 겸 이끼가 없는 곳에 엉덩이를 깔며 주저앉았다.

그러던 중 벌쿤은 적당한 자리를 발견했는지 기분 좋게 웃었고, 이끼가 무성히 자라고 있는 바위의 한가운데를 차지하며 앉았다.

“여긴 신기하게도 이끼가 없는걸? 주변에는 이끼가 나 있는데, 나보고 앉으라는 듯이 여기만 이끼가 없어.”

그 모습을 보던 뮤스는 이상했는지 고개를 갸웃거리며 입을 열었다.

“벌쿤, 잠깐만 일어나 볼래? 한번 살펴봐야겠어.”

하지만 벌쿤은 코웃음을 치며 의심스러운 눈빛으로 뮤스를 바라보았다.

“후훗! 형, 또 내 자리 탐나서 그러는구나? 내가 일어나면 형이 차지하려고 그러는 거지!”

벌쿤의 무한한 상상력에 실소를 터뜨린 뮤스는 그의 어깨를 끌어내며 말했다.

“나를 네 수준으로 생각하지는 말라고. 그런 시시껄렁한 짓은 하지 않을 테니 걱정 말고 일어나 봐.”

“쳇, 뭐가 또 이상하다고 그러는 거야.”

어쩔 수 없었던 벌쿤은 투덜거리며 바위에서 일어나 땅으로 내려왔고, 뮤스는 그가 앉아 있던 곳으로 다가가 맨손으로 그곳을 만져 보며 꼼꼼히 살피기 시작했다. 그리곤 장영실에게 들으라는 듯 듀들란 제국어로 입을 열었다.

“음… 수분도 적당하고 그 외의 환경 역시 다른 곳과 전혀 다를 바가 없는데, 이곳에만 이끼가 자라지 않다니 조금 이상하지 않습니까?"

뮤스의 곁으로 다가온 장영실 역시 손으로 바위를 만져 보며 고개를 끄덕였다.

"흠, 그렇군. 그리고 여기 있는 이끼의 끝을 보거라. 누군가에 의해 뜯어진 듯하구나."

"만약 오랜 시간이 흘렀다면 다시 이 자리에 이끼가 자라났겠죠?"

여기까지 생각이 닿자 그것이 무엇을 의미하는지 쉽게 알 수 있었던 일행들은 긴장의 눈빛을 띠었다. 하지만 확신을 가질 수 없었던 뮤스는 다른 바위를 옮겨 다니며 그와 같은 곳이 또 있는지 살펴보기 시작했는데, 아니나 다를까, 이끼가 많이 나 있는 곳이면 어김없이 이끼가 뜯겨 나간 흔적이 보이는 것이었다.

"이 근처에 비슷한 곳이 상당합니다. 아무래도 이곳에 우리보다 먼저 온 사람이 있는 듯……."

뮤스의 결론에 루스티커의 머리 속으로 무엇인가가 번뜩였고, 탄식이 섞인 목소리를 흘리기 시작했다.

"허어… 혹시 그래서 드래곤 심장이……."

나직한 목소리였지만 루스티커가 하는 말을 충분히 들을 수 있었던 장영실은 그를 향해 물어왔다.

"무슨 말씀이시죠? 드래곤의 심장과 무슨 관련이라도?"

"내가 아까 마나의 존재를 느끼지 못할 가능성에 대해서 말하지 않았나. 그것이 떠올라서 그러는 것일세."

뒷짐을 진 루스티커는 동굴의 깊은 곳을 바라보며 이야기를 이어 나갔다.

"드래곤의 심장이 가진 마나의 힘은 인간으로서는 상상치도 못할 정도로 엄청난 것이라네. 그래서 마법사들은 드래곤의 심장을 원하면서도 인간의 육체로서는 그 힘을 직접적으로 감당해 낼 수 없기 때문에 그것을 사용할 수 있는 다른 방법을 강구해 내야만 했지. 그것이 바로 아뮬렛이나 지팡이 또는 목걸이 등에 드래곤의 심장을 봉인하고, 그곳에서 자연스럽게 발산되는 일부분의 마나만을 모아 사용하는 방법이지. 드래곤의 심장이 가진 마나의 양에 비하면 극히 일부분일 뿐이지만 인간의 입장에서는 그것마저도 대단한 것이니까."

장영실은 그의 이야기를 대충이나마 이해할 수 있었기에 침음성을 흘리며 입을 열었다.

"그렇다면 누군가가 이곳에 먼저 와 드래곤의 심장을 봉인했다는 말씀이십니까?"

잠시 딱딱하게 굳은 표정으로 생각에 잠겨 있던 루스티커는 어깨를 으쓱거리며 대답했다.

"그것은 아직 알 수 없는 일이라네. 보통 상당한 수준의 고위 마법사가 아니고서는 드래곤의 심장을 봉인할 수 없다네. 수백 년 전에 있었던 대륙 전쟁에서 수많은 고위 마법사들이 목숨을 잃게 되어 지금은 마법사의 수가 현저하게 줄어 있는 상황이니, 지금에 와서 그만한 능력을 가진 인물은 그야말로 손으로 꼽을 수 있을 정도이지."

수염을 한번 쓸어 내린 그는 손가락을 꼽으며 자신이 알고 있는 마법사의 이름을 나열해 보았다.

"대륙의 동쪽 끝 지혜의 고원에 살고 있는 라모아드, 남쪽 카무어 산의 루파시온, 북해의 피숍 섬에 있는 카투… 이들과 간혹 연락을 주고받았지만 드래곤의 심장에 대한 이야기를 나눈 적은 없었다네."

그들의 이야기를 알아들을 수 없었던 벌쿤은 답답한지 가슴을 두들기며 뮤스를 손가락으로 찔렀다.

"형, 저 할아버지가 뭐라고 그러시는 거야? 난 하나도 못 알아듣겠다고."

잠시 생각을 하고 있던 뮤스는 벌쿤의 물음에 정신을 차리며 장영실과 루스티커 사이에서 오가는 이야기를 하나하나 설명해 주었고, 그 이야기를 모두 들은 벌쿤은 눈을 동그랗게 뜨며 되물었다.

"그럼 이곳에 또 다른 마법사가 있다는 거야? 설마 위험한 일이 일어나는 건 아니겠지?"

벌쿤이 시끄러운 목소리로 되묻고 있을 때였다. 루스티커는 문득 전뇌등의 빛이 닿지 않는 시커먼 동굴의 깊은 곳을 향해 귀를 들이밀며 입을 다물라는 신호를 했고, 조용한 목소리로 일행들을 향해 입을 열었다.

"다들 조용히 저 소리를 들어보게. 무슨 소리가 들리지 않나?"

심상치 않은 루스티커의 목소리에 일행들은 모든 신경을 기울이며 그가 말하는 무엇인가를 듣기 위해 애를 썼다. 그러자 과연 희미하게 전해오고 있는 무거운 목소리를 느낄 수 있었는데, 그것이 무엇인지 알아들을 수 있었던 루스티커는 돌연 안색을 새하얗게 바꾸며 외쳤다.

"이런! 화염 공격 마법이군! 다들 내 주변으로 모이게!"

갑작스러운 루스티커의 말에 깜짝 놀란 뮤스는 급히 벌쿤의 몸을 잡아당기며 루스티커의 옆으로 뛰어들었고, 장영실 역시 땅을 차며 일행들이 있는 곳으로 몸을 날렸다. 이로써 일행들이 가까이 다가왔음을 확인한 루스티커는 빠른 손놀림으로 소매에서 한 장의 양피지를 꺼내었고, 그것을 펼치며 소리쳤다.

"마나 쉴드!"

그의 목소리가 외쳐지고 있을 때 어둡기만 한 동굴의 깊은 곳으로부터 시뻘건 불기둥이 뮤스 일행을 향해 엄청난 속도로 뻗어 나오고 있었다.

화르르르륵!

그것은 가히 만물을 집어삼킬 만큼 강렬한 불길이었는데, 아직 불길이 닿지 않았음에도 불구하고 뮤스와 일행들은 엄청난 열기를 느낄 수 있었다. 이에 놀란 벌쿤은 눈을 질끈 감으며 비명을 지르기 시작했다.

"으아아악! 나는 산 채로 타 죽기는 싫다고!"

눈 깜짝할 사이에 코앞까지 다가온 불길에 일행들은 무의식적으로 얼굴을 가리며 고개를 돌릴 수밖에 없었고, 무심한 불길은 인정사정없이 그들을 집어삼키고 있었다.

잠시 후 벌쿤은 얼굴을 가리고 있던 손을 내리며 주변을 살펴보기 시작했다. 주변의 이끼들은 모두 시커멓게 타버렸고, 폐부로는 축축한 공기 대신 메마르고 메케한 공기만이 들락거리고 있었다. 하지만 자신의 몸에는 별 이상이 없음을 느낀 벌쿤은 안도의 한숨을 내쉬며 가슴을 쓸어내렸다.

"휴우… 살았다. 정말 이 자리에서 죽는 줄 알았어."

벌쿤은 다른 일행들의 얼굴을 살펴보았는데 모두들 그리 밝은 모습은 아니었다. 특히 루스티커의 얼굴은 침중하기 그지없었다. 무색 투명한 빛을 발하고 있는 두 손을 내린 그는 경계심이 가득한 눈초리로 상황을 살피며 입을 열었다.

"방금 들은 것은 분명 파이어 볼의 시동어……. 정녕 이것이 파이어 볼의 위력이란 말인가. 만약 마나 쉴드 스크롤을 가지고 있지 않았다면 모두 생명을 부지하지 못했을 게야. 분명 누군가가 드래곤의 심장을 먼저 손에 넣은 것 같군."

루스티커가 혼잣말을 하고 있을 때였다. 동굴 속으로부터 사람의 발자국 소리가 나면서 정체를 알 수 없는 검은 그림자가 일행들을 향해 다가오고 있었다.

저벅, 스으윽… 저벅, 스으윽…….

옷자락을 땅에 끄는 소리가 일행들의 신경을 자극하고 있었다. 곧 그는 전뇌등의 불빛이 닿는 곳으로 모습을 드러내기 시작했다. 비록 얼굴은 로브에 가려져 알아볼 수 없었지만 곱사등이었는지 허리가 굽어져 있었고, 그런 이유로 그가 입고 있던 로브가 땅에 끌리고 있는 것이었다. 그의 모습을 살피던 루스티커는 안면이 있는 인물이었는지 얼굴이 딱딱하게 굳어졌고 눈동자는 격렬하게 떨리고 있었다.

"가, 가블린……."

루스티커의 입에서 흘러나온 이름을 들은 곱사등의 인물은 고막을 긁는 듯한 웃음소리를 내며 얼굴을 가리고 있던 로브를 뒤로 젖혔다.

"크크키키킥."

그 덕에 뮤스와 일행들은 그의 얼굴을 볼 수 있었는데, 앙상한 얼굴 형태에 머리카락은 모두 빠졌는지 몇 올의 머리카락만이 흔적을 남기고 있었고, 한쪽 눈은 실명한 듯 검은 동공을 찾아볼 수 없었다. 게다가 화상을 입어 일그러진 피부는 고름이 흘러내리며 썩어가고 있는 중이었는데, 이를 본 뮤스와 벌쿤, 그리고 장영실은 입을 막으며 인상을 찡그렸다. 하지만 가블린이라고 불린 괴인은 그들의 반응에 전혀 개의치 않으며 자신의 키보다 훨씬 큰 지팡이에 의지해 발걸음을 옮기고 있었다.

"크크큭… 꽤나 실력 좋은 마법사가 찾아왔길래 누구인가 했더니…

대마법사의 칭호를 받은 루스티커였군. 크클."

들는 것만으로도 소름 끼치는 웃음소리를 내던 그는 걸음을 멈췄고, 흉측한 얼굴을 찌푸리며 말을 이었다.

"라모아드, 루파시온, 카투… 그 친구들도 물론 솜씨 좋은 마법사이긴 하지만 내 이름을 빼먹다니 서운하군 그래. 큭!"

그의 모습을 보며 믿을 수 없다는 얼굴을 한 루스티커는 한 발자국 앞으로 나서며 떨리는 목소리로 말했다.

"지, 지금껏 자네가 대륙 전쟁의 마지막 전투에서 죽은 것으로 알고 있었는데, 그 아비규환의 전장에서 살아 나왔단 말인가? 분명 자네가 적 병사의 손에 목숨을 잃었다고 들었다네."

루스티커와 가블린이라는 마법사 사이에 모종의 일이 있음을 눈치 챈 뮤스와 장영실은 숨을 죽이며 그들의 대화를 듣기 시작했다. 듀들란 제국어를 모르는 벌쿤은 답답하긴 했지만 불만을 털어놓을 상황이 아니라는 것을 느끼며 잠자코 있을 뿐이었다. 가블린의 이야기가 계속되고 있었다.

"큭! 분명 목숨을 잃을 뻔하긴 했지. 우습게도 적병의 손이 아니라 아군의 손에 말일세. 크큭. 그렇게 됐다면 자네를 이런 곳에서 볼 수도 없었을 텐데 말이야."

가블린의 말을 이해할 수 없었던 루스티커는 의아한 표정을 지으며 되물었다.

"아군의 손이라니? 그것은 또 무슨 소리인 겐가?"

그의 되물음에 사이한 웃음을 터뜨린 가블린은 옷깃을 매만지며 이야기를 시작했다.

"키키킥, 자네도 그 시대를 살아온 인물이니 대충은 알겠지만 당시 전쟁의 주축이었던 도이첸 제국과 듀들란 제국은 아무런 소득 없이 양국의 자원과 인력만 낭비하는 소모전 양상으로 변해 버린 전쟁을 그만 끝내야 한다고 생각하게 되었다네. 그런 과정을 거쳐 양국을 비롯해 남부의 군소 국가들은 종전 협약을 맺게 되었던 것이지."

그는 문득 허공을 올려다보며 하던 이야기를 이어 나갔다.

"한데 전쟁이 끝나자 양국의 황실은 전쟁을 통해 보여준 마법사들의 능력에 위협감을 느끼게 되었다네. 비록 당시에는 자신들의 통제 하에 있다곤 하지만, 워낙 자유분방한 마법사들의 성격상 언제 마음을 달리 먹을지 몰랐기 때문이지."

점차 격앙된 목소리로 말을 하던 가블린은 목까지 올라온 분노를 삼켰고, 한쪽만 남은 눈에 핏발을 세우며 떨리는 목소리로 말을 계속했다.

"결국 가증스러운 양측의 황실은 그들에게 위협이 될지도 모른다는 이유로 전투에 참여했던 고위 마법사들을 한 명씩 제거하기 시작했고, 대외적으로는 있지도 않았던 전투를 만들어내곤 그 전투에서 전사한 것처럼 발표를 하기에 이르렀다네. 키키킥. 결국 지금 남게 된 고위 마법사들은 자네처럼 전쟁에 참여하지 않은 유순한 성격의 마법사들뿐이지. 그들은 그냥 내버려 두더라도 대륙의 외딴 곳에 파묻혀 썩어갈 것이 뻔하니 황실은 애써 손을 댈 필요가 없었던 게야. 이것이 제대로 된 진실이라네."

"그, 그런 일이 있었다니……."

가블린의 이야기가 끝나자 루스티커는 한동안 멍한 눈빛을 하고 있었다. 그러한 불미스러운 비사가 있었으리라곤 상상도 못했던 그였기에 그 충격은 더욱 크게 다가온 것이다. 그러한 루스티커를 본 가블린은 로브 밖으로 손을 내밀며 말했다.

"크윽, 나는 겨우 목숨을 부지할 수 있었지만… 내 눈앞에서 억울하게 죽어간 동료들을 아직 잊을 수 없다네. 그렇게 죽기에는 아까운 젊은 마법사들도 수도 없이 많았고 여자 마법사들도 있었지."

화상으로 인해 녹아내린 그의 볼 위로 눈물이 흘러내리고 있었다. 하지만 입술을 깨물며 로브 소매로 눈물을 닦아낸 가블린은 들고 있던 지팡이를 땅에 내리찍으며 스산한 목소리로 말했다.

"키킥, 그래서 나는 동료들의 시신 앞에서 맹세했지! 이 가증스런 세상에 대해 복수를 할 것이라고! 그들의 손에 처참하게 죽어간 동료들의 한을 내 손으로 달래줄 것이라고!"

악의에 찬 가블린의 이야기를 듣고 있던 뮤스는 식은땀을 흘리며 장영실을 향해 속삭였다.

"이거, 생각지도 못한 큰일에 휘말리게 된 것 같네요. 아무래도 저 마법사가 이곳을 나가면 막무가내의 살육을 벌이고 다닐 듯한데… 어떻게 해야 하죠? 게다가 벌쿤이나 아저씨는 마땅한 무기도 없는 상태인데……."

장영실 역시 그에 대한 우려를 하고 있었지만 그라고 뾰족한 수가 있는 것도 아니었기에 고개를 저으며 대답했다.

"너도 저 마법사의 능력을 직접 보지 않았느냐. 우리가 어떻게 할 수 있는 일이 아니니 루스티커님께 맡기는 수밖에 없는 것 같구나."

"설마 루스티커님도 저 마법사의 의견에 동조하고 나서는 것은 아니시겠죠? 아무래도 같은 마법사이시니 걱정되는데……."

"루스티커님께 괴팍한 면이 없잖아 있지만, 설마 그렇게야 하시겠느냐. 잠자코 지켜보자꾸나."

우려의 목소리와 함께 별다른 결론을 내릴 수 없었던 그들은 루스티커의 반응을 살폈고, 한동안 침중한 얼굴을 하고 있던 루스티커는 그제야 혼란스러운 마음을 진정시킨 듯 침착한 목소리로 입을 열기 시작했다.

"그렇다면 자네의 복수에 필요한 힘을 얻기 위해 이곳까지 드래곤의 심장을 찾으러 온 것인가?"

가블린은 루스티커의 물음에 보란 듯이 손에 들고 있던 지팡이를 내밀었다. 그 지팡이의 상단에는 주먹만한 붉은색의 구슬이 박혀 있었는데, 스스로 빛을 내고 있진 않았지만 전뇌등의 빛을 반사하며 눈부신 광채를 뿜고 있었다. 가블린은 그것을 향해 황홀한 눈빛을 보내며 대답했다.

"크크큭! 대륙 전체와 맞서 싸워야 하는 만큼 나는 절대적인 힘이 필요했다네. 그리고 운이 좋게도 헬보네츠가 생명력을 잃었다는 것을 알 수 있었지. 나는 더 이상 생각할 것도 없었다네. 드래곤의 심장을 손에 넣는 것만이 내가 힘을 얻는 유일한 방법이었으니까 말이야. 비록 이 수중 동굴에 들어오기 위해 엄청난 위험을 감수해야 했지만, 결국은 이렇게 드래곤의 심장을 얻었고 완벽하게 봉인까지 시킬 수 있었지."

누구보다 드래곤의 심장이 가진 힘을 잘 알고 있었던 루스티커는 상황이 심각하다는 것을 알았기에 그를 설득하려 했다.

"아무래도 제정신이 아닌 것 같군. 이보게, 가블린. 내 이야기를 좀 들어보게. 지금 자네가 하려는 행동은……."

하지만 가블린은 루스티커가 하려는 이야기를 뻔히 안다는 듯 손을 치켜들며 그의 말을 막았다.

"큭! 자네가 나에게 무슨 이야기를 하려고 하는지 알겠군. 미쳤다고

말해도 좋다네! 하지만 자네가 무슨 말을 하더라도 나의 맹세를 돌릴
수 없음을 알게. 내 머리 속은 오로지 복수심만으로 가득 차 있으니 말
이야. 크크큭! 그리고 자네는 그저 둘 중 하나를 선택하면 되는 것이
야. 나를 도와 억울하게 죽은 동료들의 혼백을 달래주거나, 아니면…
새로운 힘을 얻은 나의 첫 번째 제물이 되는 것일세. 크하하하!"

루스티커는 가블린의 말을 들을 것도 없다고 생각했기에 금세 마음
을 굳혔고, 나지막한 한숨을 내쉬며 등 뒤에 있는 동료들을 향해 조용
한 목소리로 말했다.

"자네들도 단단히 각오하게나. 내 힘으로 어디까지 버틸 수 있을지
는 모르겠으나 최선을 다해볼 테니. 혹시라도 기회를 보다가 틈이 생
기면 서슴없이 그를 베어버리게."

뮤스는 조금 꺼려지는 목소리로 물었다.

"하지만 루스티커님과 친분이 있으신 분인데……."

"후훗, 나는 그저 그의 얼굴과 이름만을 알 뿐이지 저렇게 복수에 눈
먼 미치광이를 친구로 둔 기억이 없다네. 저런 미치광이가 밖으로 나
가게 된다면 무고한 수많은 사람들이 목숨을 잃게 될 것은 뻔하지 않
나? 그것을 막는 것도 한 국가의 수석 마법사로서 해야 할 일일세."

말은 그렇게 냉정히 했지만 루스티커의 눈빛은 유달리 서글퍼 보이
고 있었다. 하지만 루스티커가 힘든 결심을 한 만큼 그의 뜻을 저버릴
수 없었던 일행들은 단검을 손에 쥐며 앞으로 일어날 전투에 대비를
했고, 루스티커는 적대적인 눈빛을 가블린에게 보내기 시작했다.

"애써 물어보지 않더라도 나의 대답을 자네도 잘 알고 있지 않나?
그 따위 말도 안 되는 일에 동참할 수는 없네. 게다가 자네의 말이 사
실이라고 해도 그 일을 저지른 이들은 권력층에 있는 극히 소수의 사

람들일세. 그들은 이미 죽고 없는데 대체 누구에게 복수를 한다는 말인가! 자네의 분노를 풀기 위해 힘을 휘둘러 무고한 사람들을 죽이게 된다면 그 당시 황실의 인물들과 다를 바가 뭐가 있겠나?"

루스티커의 말에도 불구하고 그의 마음에는 아무런 변화가 없는 듯 가블린은 차가운 냉소만을 피워 올렸다.

"크큭… 자네는 옛날부터 고집스럽고 냉랭해 보였지만, 항상 바른길만을 걸었지. 어차피 자네가 나의 제안을 받아들이지 않을 것을 알고 있었다네. 크큭. 그럼 아쉽지만 자네의 목숨을 동료들의 영혼 앞에 바치도록 하지! 어디 한번 나의 힘을 막을 수 있으면 막아보게! 크하하하하!"

그렇게 광소를 터뜨리던 가블린은 웃음을 멈추며 드래곤의 심장이 박혀 있는 지팡이를 번쩍 치켜들었다. 그리고 마법 언어를 캐스팅하기 시작했는데, 이를 본 루스티커는 적절한 방어를 위해 그가 중얼거리고 있는 마법 언어에 귀를 기울였다.

"아무래도 나에게 대인 공격을 퍼부을 듯하니 나에게서 최대한 떨어져 바위 뒤에 몸을 숨기게!"

그의 외침에 고개를 끄덕인 뮤스와 장영실은 급히 몸을 날렸고, 벌쿤 역시 뮤스에게 손목을 잡힌 채 끌려가고 있었다. 하지만 가블린은 제대로 된 무기조차 갖추지 못한 그들을 대수롭지 않게 생각하고 있는지 별다른 움직임을 보이지 않았다.

"아이칼트… 에리바노… 루게자브… 쿠메도즈… 블리자드!"

뮤스와 일행들이 바위 뒤에 막 몸을 숨기고 있을 때 가블린의 마법 시동어가 외쳐지고 있었다. 그와 동시에 엄청난 바람 소리가 나기 시작했는데 날카로운 냉기가 난도질하듯 그들의 몸을 파고들고 있었고,

얇은 옷이 전부였던 그들은 몸을 움츠리며 냉기를 참아낼 수밖에 없었다.

휘이이이잉!

잠시 후 냉기가 사그라들자 루스티커가 걱정이 된 일행들은 바위의 옆으로 목을 빼며 상황을 살폈다. 그들의 시선이 닿은 곳에는 루스티커가 식은땀을 흘리며 서 있었는데, 아까와 같은 마나 쉴드로 가블린이 발현한 냉기 속성의 마법을 막아냈던 것이다.

하지만 이대로 방어만 하고 있을 수 없었던 루스티커는 곧 손을 움직여 도형을 만들기 시작했고, 그의 입에서는 반격을 위한 마법 언어가 읊어지고 있었다. 웬만한 마법으로는 가블린을 감당하기 힘들다고 생각한 루스티커는 상급의 공격 마법을 사용하려는 것이다.

"하노바스… 포라티누… 라고아비크… 카누에드……."

루스티커의 입에서 마법 언어가 흘러나오는 것과 동시에 허공에 그려놓은 도형들이 하얀 빛을 발하고 있었다. 그리고 그것들이 어지럽게 회전하며 루스티커의 주변을 맴돌기 시작하자 가블린의 위치를 포착한 그는 두 손을 힘껏 뻗으며 마법 시동어를 외쳤다.

"라이트닝 슈나이드!"

그와 함께 칼날 모양을 한 순백의 빛은 빠른 속도로 가블린을 향해 날아가기 시작했는데, 보는 것만으로도 그 위력이 대단함을 짐작할 수 있는 모습이었다. 하지만 공격을 받는 당사자인 가블린은 자신에게 다가오는 위협을 느끼지도 못하는지 너무나 느긋한 표정이었고, 노래를 흥얼거리듯 나직한 목소리로 중얼거렸다.

"포스 필드."

마법 언어의 캐스팅도 없는 간단한 마법 시동어였다. 하지만 그에 대한 효과는 보란 듯이 나타났고, 붉은빛을 띠는 벽이 그의 앞에 생기며 가블린을 향해 날아오는 순백의 칼날을 가로막는 것이었다.

"치지지지지직!

그로 인해 루스티커가 발현한 전기 속성의 공격 마법이 허무하게 실패로 돌아가게 되자 루스티커는 그 결과가 믿기지 않는지 두 눈을 부릅뜨며 말했다.

"어떻게 캐스팅없이 방어 마법을!"

루스티커의 물음에 여유로움을 숨기지 않은 가블린은 팔짱을 끼며 대답했다.

"크크큭! 마법사의 가장 취약한 면이 바로 불시의 공격에 대한 방어 능력이지 않나? 그래서 자네가 방어 마법 스크롤을 가지고 다니듯, 나도 이 지팡이에 마법 언어를 새겨 넣어 방어 마법을 최대한 빨리 발현할 수 있도록 했지. 그나저나 라이트닝 슈나이드를 사용하면서 마나가 많이 소모되었을 텐데 아무런 효과도 못 봤으니 어쩌지? 크크크큭!"

가블린은 루스티커의 심기를 집요하게 건들고 있었다. 불리한 상황에서 그의 심리전에 말려들게 되면 안 된다는 것을 잘 알고 있었던 루스티커는 그에 대한 아무런 대답도 하지 않았다. 하지만 가블린의 말대로 방금의 공격으로 많은 마나를 소모해야만 했던 루스티커는 이런 상태로 어떻게 그를 상대해야 할지에 대해 낙감함을 느끼는 중이었다.

바위의 뒤에 몸을 숨긴 채 두 마법사의 격돌을 지켜보던 일행들은 루스티커가 현저히 밀리고 있다는 사실에 안타까움을 금치 못하고 있었다. 그중 걱정스러운 눈빛으로 루스티커를 응시하던 벌쿤은 나직한 한숨을 토하며 입을 열었다.

"후우, 우리가 할 수 있는 일이 없을까? 마법사 할아버지는 목숨을 걸고 싸우고 계시는데 이렇게 구경만 할 수는 없는 일이잖아!"

뮤스 역시 벌쿤과 같은 생각이었기에 고개를 끄덕였다.

"맞아. 보고 있을 수만은 없는 일이지. 하지만 우리가 가지고 있는 무기라곤 근거리 공격 무기인 건틀렛과 단검뿐이야. 분명 저 마법사에게 다가가기도 전에 공격 마법을 얻어맞을걸? 게다가 주변을 둘러봐도 몸을 숨기면서 움직일 만한 엄폐물은 없어."

눈치만으로 그들이 루스티커를 도울 방법에 대해 의논하고 있다는 것을 알 수 있었던 장영실은 책에서 읽었던 내용들을 토대로 가블린을 저지할 방법을 구상해 보기 시작했다.

"음… 나도 책으로만 읽은 내용이라 자세한 것은 모르겠지만, 마법의 가장 큰 약점은 마법 언어를 캐스팅하는 데 시간이 걸리는 것이라더군. 이것을 어떻게 잘 이용할 수 없을까?"

뮤스 역시 그러한 내용을 알고 있었기에 턱을 매만지며 생각을 정리해 보고 있었다.

"네, 아저씨의 말씀대로 마법사들이 캐스팅을 하는 데는 몇 초간의 시간이 필요한데, 그 짧은 순간 공격을 성공시키기 위해서는 굉장히 가까운 거리에 있어야 하죠. 우리와 그와의 거리는 어림잡아도 20멜리 이상이나 되니 그 짧은 시간에 이동해서 공격하는 것은 불가능합니다. 게다가 우리가 가진 단검으로는 공격이 성공한다고 하더라도 한 번으로는 치명상을 줄 수 없고, 그사이 공격 마법으로 공격해 올 테니 너무나 위험한 일이죠. 가장 좋은 방법은… 그에게 접근해 말을 못하게 하는 것인데……."

듀들란 제국어로 오고 가고 있는 대화를 멀뚱한 표정으로 보고 있던 벌쿤은 대화에서 완전히 제외된 사실에 소외감을 느끼고 있었다.

“쳇! 이제는 나를 완전히 빼놓고 이야기하는군. 대체 무슨 이야기를 나누는 거야!”

벌쿤의 물음에 모두 대답할 시간이 없었던 뮤스는 전말을 모두 빼놓고 결론만을 말해 주었다.

“투덜거리지 말고 눈 깜짝할 사이에 저 마법사에게 접근할 수 있는 방법이나 생각해 봐.”

뮤스의 말을 들은 벌쿤은 별것 아니라는 듯이 피식 웃으며 대답했다.

“풋! 보면 볼수록 형이 바보 같다는 생각이 드는군. 형이 만든 추진 발판이 있잖아? 나야 가지고 오지 않았지만 형은 그 가방 안에 넣어놨을 거 아냐. 그걸 사용하면 숨 한 번 쉬기 전에 저기까지 뛰어갈 수 있다고.”

간단하게 해결 방안을 찾아낸 벌쿤을 보며 얼떨떨한 얼굴을 한 뮤스는 그것을 지금까지 생각지 못한 자신을 탓하며 가방에서 추진 발판을 꺼내었다.

“벌쿤! 오늘 아주 제값을 제대로 하는구나. 다급한 나머지 추진 발판까지는 미처 생각지도 못했는데……..”

뮤스의 칭찬에 벌쿤은 쑥스러운 듯 머리를 긁적였다. 장영실은 뮤스가 꺼낸 추진 발판을 보며 고개를 갸웃거렸다.

“흠… 처음 보는 것인데 그것은 어디에 사용하는 물건인 게냐?”

그의 물음에 가볍게 웃은 뮤스는 추진 발판에 대한 설명을 간단하게 해주었고, 장영실은 감탄사를 터뜨리며 혀를 내두르고 있었다.

“호오, 그렇다면 마법 언어를 캐스팅하기 전에 마법사의 코앞까지 닿을 수가 있겠구나. 그럼 그의 입을 막을 방법만 생각해 내면 되는 것인데… 가, 가만!"

추진 발판을 보며 놀라움을 나타내다 말고 무엇인가가 떠오른 장영실은 급히 자신의 품을 살피기 시작했다. 가슴을 더듬어보던 그는 작은 가죽 주머니가 느껴지자 만면에 희색을 띠며 그것을 꺼내 들었다.

"이것이면 되겠구나!"

장영실은 가죽 주머니를 손바닥 위에 놓고 털기 시작했다. 그러자 그들이 구바닌 산맥을 넘으며 식량 대용으로 사용했던 빵 조각들이 나오기 시작했는데, 그것을 뮤스에게 내밀며 말했다.

"이것을 마법사의 입에 넣거라. 그러면 제아무리 날고 기는 마법사라도 꿀 먹은 벙어리가 되어버릴 테니. 자, 그럼 시간이 없으니 어서 서두르자꾸나!"

뮤스는 그 빵 조각이 어떠한 작용을 하는지 궁금했지만 시간을 끌수록 루스티커가 위험에 처하게 된다는 사실을 알았기에 질문을 다음으로 미루며 빵 조각을 받아 들었다.

그들이 의견을 나누고 있을 때도 루스티커와 가블린은 엄청난 위력의 공격 마법을 주고받고 있었다. 하지만 공격의 횟수가 더해감에 따라 루스티커는 눈에 띄게 지쳐 갔고, 그의 마법 역시 점차 힘을 잃어가고 있었다. 그에 반해 가블린은 처음과 다를 바 없이 강맹한 공격을 펼치고 있었는데, 드래곤의 심장으로부터 무한에 가까운 마나를 공급받고 있었기 때문이다.

또 한 번의 화염 마법을 루스티커에게 퍼부은 가블린은 자신의 공격을 힘겹게 막아내고 있는 그를 보며 스산한 웃음을 지었다.

"키키킥… 이제는 제대로 된 공격 마법조차 사용하지 못할 지경이된 겐가? 보아하니 자네의 생명도 이제 얼마 남지 않은 것 같은데, 기

도나 하고 있게나. 크크크… 어디 보자, 이제 어떤 마법을 자네에게 선
사해 줘야 할지 모르겠군."

가블린이 유유자적하게 턱을 매만지며 다음 공격 마법을 고르고 있
을 때, 서 있는 것조차 힘들어 보일 정도의 안쓰러운 모습을 한 루스티
커는 가빠오는 숨을 헐떡이며 일행들을 향해 낮은 목소리로 말했다.

"하악… 하악… 다들 어서 이곳을 피하게. 더 늦기 전에 어서."

자신의 목숨이 위태로운 상황에서 일행들을 걱정하고 있는 루스티
커를 본 장영실은 다급한 목소리로 뮤스를 재촉하기 시작했다.

"루스티커님이 위험해졌으니 어서 서두르거라! 이번 공격 마법을 막
아내시기가 힘들어 보이는구나!"

마침 모든 준비를 끝마친 뮤스는 추진 발판의 부착 상태를 한 번 더
살피며 몸을 일으켰고, 바위에 기대며 가블린이 있는 곳을 살펴보았다.

"준비는 모두 끝났어요. 이제 캐스팅이 시작되기를 기다리기만 하면
되죠. 제발 성공해야 할 텐데……."

두 손을 부비며 긴장을 풀고 있는 뮤스에게 별달리 해줄 말이 없었
던 장영실은 격려의 말 대신 그의 어깨를 두드려 주고 있었다. 하지만
뮤스에게는 다른 이의 백 마디 말보다 더욱 힘을 주는 격려로 느껴지
고 있었다.

더 이상 마법을 사용할 수 없는 루스티커의 상태를 확인하며 여유로
운 고민에 빠져 있던 가블린은 금세 마지막을 장식할 만한 마법을 찾
은 듯 눈에 이채를 띠었고, 다물고 있던 입을 열며 말했다.

"그래, 그것이 좋겠군! 자네의 마지막 마법이 뇌격 마법이었으니 나
도 비슷한 마법을 선사해 주겠네. 고통스럽긴 하겠지만 그리 오래 지
속되지는 않을 게야."

그의 두 손에 쥐여진 지팡이는 붉은 빛을 발산하기 시작했고, 가블린은 마법 언어를 캐스팅하기 위해 입을 열고 있었다.

"마두실트……."

그때까지 가블린이 캐스팅하기를 기다려 오던 장영실은 그의 입에서 마법 언어가 흘러나오는 것을 듣곤 급히 뮤스의 등을 두드려 신호했다. 뮤스 역시 가블린의 행동을 주시하고 있었기에 지금이 기회임을 알 수 있었고, 때를 놓칠세라 추진 발판을 구르며 몸을 날렸다.

"하아앗!"

뮤스의 몸은 불과 두어 번의 발구름만으로 마치 화살과 같은 속도를 내며 가블린을 향해 쏘아져 가고 있었다. 그야말로 물을 차고 나는 한 마리 제비와 같은 모습이었는데, 너무나 깔끔한 움직임인지라 차라리 아름답다고 표현할 수 있을 정도였다.

캐스팅하고 있던 가블린 또한 뮤스가 자신을 향해 달려오고 있음을 모를 수 없었다. 이에 놀란 가블린은 헛바람을 들이키며 마법 언어 캐스팅을 중단할 수밖에 없었는데, 루스티커를 공격하는 것보다 방어가 시급하다고 판단했기 때문이었다.

"크압! 포스필드!"

가블린의 입에서 마법 시동어가 외쳐지면서 그가 자랑하던 방어 마법이 발현되었다. 하지만 아쉽게도 상식을 뛰어넘는 뮤스의 몸놀림이 방어 마법보다 조금 더 빨랐는데, 붉은 빛을 발산하는 벽이 완전히 형성되었을 때는 이미 뮤스가 방어벽 안으로 진입한 이후였다.

간발의 차이로 그의 방어 마법을 피할 수 있었던 뮤스는 입가에 가벼운 미소를 걸었고, 금세 가블린의 코앞까지 닿을 수 있었던 뮤스는 그의 턱을 덥석 잡아 벌리며 말했다.

"지금까지 애썼으니 뭔진 모르겠지만 이거나 물고 조용히 입을 다무시죠."

그리곤 장영실이 건네준 빵 조각을 가블린의 입 안으로 밀어 넣으며 그로부터 조금 떨어져 나왔다. 이때 당사자인 가블린은 의아한 눈빛을 뮤스에게 보내는 중이었는데, 최소한 단검이라도 휘둘렀어야 했던 상황에서 작은 빵 부스러기를 입에 넣곤 물러나는 그의 행동을 이해할 수가 없었던 것이다.

"크크큭… 지금 내게 작은 빵 조각으로 아부라도……."

하지만 그렇게 웃으며 이야기하던 가블린은 하던 말을 끝낼 수가 없었다. 바로 입 안에 들어간 빵 조각이 그의 타액과 혼합되며 급속한 속도로 부풀기 시작했기 때문이다.

목까지 막아버린 빵덩어리 때문에 말은커녕 숨을 쉬는 것조차 불가능했던 가블린은 괴로운 듯 얼굴을 흉측하게 일그러뜨리고 있었다.

"어어억! 억! 어억!"

그렇게 목을 부여잡고 한참을 비틀거리던 그는 결국 정신이 혼미해지는 듯 중심을 잡지 못하고 땅 위로 쓰러져 버렸다. 그러한 가블린의 모습을 지켜보던 뮤스 역시 생각지도 못한 현상에 놀라는 표정을 감추지 못하고 있었다.

"대, 대체… 어찌 된 일이지?"

그에 대한 대답은 등 뒤로 다가오고 있던 장영실이 해주었다.

"저 빵 조각은 타액과 닿으면 20배 이상으로 부피가 늘어나게 된단다. 그저 식량 대용으로 사용하기 위해 만들어온 것인데, 이런 일에 쓰게 될 줄은 정말이지 꿈에도 몰랐군."

"역시 보통 물건은 아닐 것이라고 생각했지만 정말 놀랍군요."

뮤스와 장영실이 이야기를 주고받고 있을 때 벌쿤은 축 늘어진 루스티커를 부축하며 그들 곁으로 다가오고 있었다. 언어의 차이 때문에 장영실의 설명을 알아듣지 못한 벌쿤은 땅에 쓰러져 괴로워하고 있는 가블린에게 시선을 보내며 아직도 이해할 수 없다는 얼굴을 하는 중이었다.

"뭐, 뭐야. 빵이 목에 걸려서 저러고 있는 거야? 아무리 나쁜 짓을 하려 했지만 이대로 죽는 모습을 보고 있는 건 영 찜찜한걸?"

하지만 루스티커는 안타까운 눈빛으로 고개를 내저으며 말했다.

"지금 상태로는 어떻게 손을 쓴다 해도 그의 목숨을 구할 수 없다네. 그의 몰골을 보게나. 사실 보통 사람이었다면 이대로 살아 있지 못했을 것일세. 지금껏 마나의 힘에만 의존하여 목숨을 유지하고 있는 상태였는데, 그에 대한 통제 능력을 잃은 지금은 오히려 마나의 힘에 몸이 잠식되어 가고 있는 게지."

벌쿤에게 부축을 받고 있던 루스티커는 그에게 기대어 있던 몸을 힘겹게 세우며 가블린에게 다가갔다. 그는 호흡 곤란으로 괴로워하는 와중에도 드래곤의 심장이 봉인된 지팡이를 몸에 꼭 끌어안고 있었는데, 그것은 그의 집착이 얼마나 강했는지를 알 수 있는 장면이었다. 그러한 가블린을 보며 나직이 혀를 찬 루스티커는 지팡이를 쥐고 있는 그의 손을 쓰다듬으며 입을 열었다.

"쯔쯧… 황실의 배신에 대한 자네의 분노를 내 모르는 바는 아니지만, 자네나 자네의 동료들이나 누구를 위해 전쟁터에서 목숨을 걸고 싸웠었는지를 생각해 보게. 모두 국민들을 지키기 위해서가 아니었던가? 한데 이제 와서 아무런 잘못도 없는 사람들에게 그 분풀이를 하려 하다니 그것이 어디 말이나 되는 이야기란 말인가?"

루스티커는 점차 생명력을 잃어가는 가블린의 이마를 쓸어주며 말을 이어갔다.

"그 비극적인 결말을 떠나 생각해 보면 자네와 동료들은 스스로 지키고자 했던 소중한 가치를 훌륭하게 지켜낸 것이라네. 그래서 지금과 같은 평화로운 세상이 오게 되지 않았나? 듀들란 제국의 모든 국민들은 자네들의 희생에 대해 마음 깊이 감사해할 것일세."

그의 말을 듣고 있던 가블린은 허망한 표정을 지으며 허공을 응시했다. 이제는 그 어떤 고통도 느껴지지 않는 듯 편안한 모습이었는데, 방금 전까지만 해도 증오심만이 가득했던 눈동자에는 맑은 물기가 고여 있었다.

"이제 편안히 눈을 감게나. 그 순간 자네는 동료들과 함께 듀들란 국민들의 영웅으로 남게 될 것이라네."

루스티커의 말을 마지막으로 가블린의 외눈은 천천히 감겨졌고 눈가에 고였던 눈물은 고난의 흔적이 고스란히 남은 얼굴을 타고 땅으로 떨어지고 있었다.

그렇게 가블린의 생명력이 다하게 되자 그의 가슴팍에 놓여 있던 지팡이로부터 불길이 치솟으며 시신을 뒤덮었다. 이에 놀란 뮤스와 벌쿤, 그리고 장영실은 황급히 몸을 피하고 있었지만 루스티커만은 그 일을 예견하고 있었던 듯 담담한 표정으로 지켜볼 뿐이었다. 아무런 열기 없이 이글거리며 타오르고 있는 불꽃은 서서히 가블린의 육체를 소멸시키고 있었다.

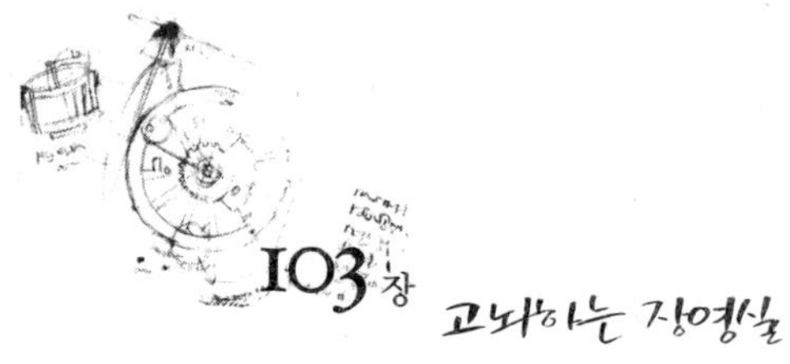

I03장 고뇌하는 장영실

 가블린의 육신이 타오르던 불길과 함께 완전히 사라지자 뮤스와 일행들의 사이에서는 무거운 침묵이 흐르고 있었다. 일행들은 착잡하게 가라앉은 얼굴로 가블린의 영혼을 달래는 루스티커를 바라보고 있었는데, 이런 상황에서 딱히 그를 위로할 만한 말이 떠오르지 않았기 때문이다. 그러한 일행들의 심정을 충분히 헤아릴 수 있었던 루스티커는 그들에게 시선을 돌리며 분위기를 바꾸기 위해 입을 열었다.

 "원래 보물이란 그 가치가 지나치면 사람에게 해가 되는 법일세. 가블린, 그 친구도 결국 자신의 육신을 드래곤의 심장에게 빼앗길 것이라는 것을 알고 있었겠지만, 생명을 내놓을 만큼 그 힘을 간절히 원했던 것이겠지. 허헛! 오래 살다 보니 너무나 많은 사람이 떠나는 모습을 보게 되는군. 결코 좋은 것이 아닐세."

 말을 멈춘 루스티커는 땅에 떨어져 있는 지팡이를 집어 들며 말을 이었다.

"후훗. 죽은 사람은 죽은 사람이고, 산 사람은 산 사람이니 언제까지 이러고 있을 수는 없겠지? 이제 드래곤의 심장을 어떻게 해야 할지에 대해서 상의해 보세나."

루스티커의 이야기 덕에 화제를 돌릴 수 있었던 장영실은 고개를 끄덕이며 말했다.

"그렇다면 이제 이 봉인된 드래곤의 심장은 어떻게 해야 하는 것입니까? 다시 그 봉인을 풀고 우리가 원하는 방향으로 사용할 수 있는 겁니까?"

루스티커는 찬찬히 지팡이를 매만져 보며 대답했다.

"흠… 마법사마다 봉인의 방법이 다르다네. 똑같은 문제를 해결하는 데도 사람마다 나름대로의 방법이 있듯이 말이야. 하지만 시간이 조금 주어진다면 불가능한 것도 아닐세. 더욱 다행스러운 것은 내가 가블린의 봉인 방법에 대해서 조금 알고 있다는 것이니……."

그리고 뮤스를 바라보며 말을 이었다.

"하지만 그보다 더 시급한 문제는 이 드래곤의 심장을 어떤 방식으로 양국이 공동으로 소유하느냐 하는 것일세. 반으로 나누어 가질 수도 없는 일이고."

루스티커의 고민에 뮤스와 장영실은 미소를 지었고, 뮤스가 먼저 말을 꺼내었다.

"그에 대한 이야기 역시 장영실 아저씨와 나눈 바 있는데, 가능할지는 모르겠지만 적당한 방법을 찾았습니다. 바로 마나 융합 발전소를 세운다는 것인데, 양국이 공동 지원을 하고 그로부터 생산되는 전뇌력을 공유하는 것이죠."

뮤스의 말에 이어 장영실 역시 거들며 나섰다.

"비록 양국이 경쟁 관계에 있다고는 하지만 상황이 그러하니 양국의 황실도 받아들일 수밖에 없을 것입니다. 도이첸 제국의 황실을 설득하는 것은 명신이 할 수 있을 것 같다고 하니, 듀들란 제국의 황실을 설득하는 것은 루스티커님께서 힘을 써주셨으면 합니다."

루스티커는 뭔가 그들에게 휘둘리고 있다는 기분에 떨떠름한 표정을 지었지만 그것이 가장 최선의 방법이라는 점은 납득할 수 있었기에 이내 고개를 끄덕였다.

"흠, 잘될지는 모르겠지만 한번 노력해 보겠네. 아마도 결과가 나쁘지는 않을 것 같구먼. 양국의 황실이 공학 기술에 많은 신경을 쓰고 있는 듯하니."

"하하핫! 그럼 부탁드리겠습니다."

"그렇다면 그때까지 드래곤의 심장은 어떻게 보관하는 것이 좋을 것 같은가?"

그의 물음에 잠시 생각해 보던 뮤스가 먼저 말했다.

"아무래도 드래곤의 심장에 걸려 있는 봉인을 풀 수 있는 분은 루스티커님밖에 없는 듯하니 듀들란 제국에서 맡아주셨으면 합니다."

루스티커는 뮤스의 말에 감동스런 표정을 지었다. 드래곤의 심장이라는 중요한 물건을 거리낌없이 맡길 만큼 뮤스가 자신을 신용하고 있다는 말과 같은 뜻이었기 때문이다. 하지만 그는 이내 고개를 내저었다.

"자네가 우리를 믿는 것은 고마운 일이나 그것이 그리 좋은 방법 같지는 않네. 장영실 경이나 내가 다른 마음을 품을 리는 없겠지만 황실이란 곳은 사심을 가진 사람들이 득실거리는 곳이라네. 그들이 만약 우리가 드래곤의 심장을 가져왔다는 사실을 알게 된다면 자네와 우리 사이에 있었던 협약에는 신경조차 쓰지 않고 집어삼키려 할 것임을 보지 않아도 알 수 있네. 또 그렇게 된다면 양국 간의 분쟁으로 이어질 가능성도 크고 말이야. 그러니 우리가 가지고 가는 것은 마땅치 않다고 생각하네."

뮤스 역시 지난날 황실에서 겪은 일이 있었기에 루스티커의 이야기에 쉽게 수긍할 수 있었다.

"저희가 가지고 간다 해도 비슷한 일이 일어날 것입니다. 현 도이첸 제국의 황제 폐하야 믿을 수 있겠지만, 국가의 권력은 황제 폐하에게만 있는 것이 아니니 루스티커님께서 말씀하신 일이 도이첸 제국이라고 일어나지 않으리란 법은 없겠죠."

별다른 결론을 내리지 못하자 뮤스, 장영실, 그리고 루스티커는 더욱 고심을 하기 시작했고, 대화에 끼어들 수 없었던 벌쿤은 불쌍하게도 동굴을 둘러보며 혼자서 시간을 때우고 있었다.

잠시 수염을 쓸어 내리며 생각에 잠겨 있던 루스티커는 문득 그럴싸한 생각이 난 듯 뮤스와 장영실을 바라보며 말했다.

"흠, 드래곤의 심장을 이곳에 두고 돌아가는 것이 어떻겠나? 생각해 보니 양국의 손을 타지 않을 곳은 이곳밖에 없는 것 같군. 아직도 세상에서는 이곳에 헬보네츠가 살고 있는 것으로 알 테니 함부로 접근하려 하지 않을 것이고, 양측 황실에는 상대 측이 드래곤의 심장을 가지고 있는 것으로 말해 두면 서로 자신들의 입장이 불리하다고 느끼게 될 테니 합의를 끌어내는 데 더욱 유리할 것이야."

루스티커의 이야기를 하나하나 따져 보던 뮤스는 명쾌한 답에 손뼉을 치며 대답했다.

"아! 정말 명쾌한 방법이군요. 사실 드래곤의 심장을 밖으로 반출하게 되면 황실의 인물들 말고도 노리는 사람들이 많을 텐데 이곳에 둔다면 안심할 수 있겠습니다. 그야말로 천연의 금고라고 할 수 있으니."

의견이 모아졌다고 생각한 장영실은 품 안에서 시계를 꺼내며 루스티커를 향해 말했다.

"이곳에 들어온 지 벌써 여섯 시간이 지났습니다. 일행들이 걱정하고 있을 테니 서둘러 마무리 짓고 나가는 것이 좋겠군요."

"흠, 그렇다면 드래곤의 심장을 놓아둘 적당한 장소를 물색해 보세."

애써 직접 움직일 필요가 없다고 생각한 뮤스는 궁색한 모양새로 동굴의 깊은 곳까지 드나들며 레어를 살피던 벌쿤을 향해 손짓하면서 외쳤다.

"벌쿤! 안쪽에 지팡이를 놔둘 만한 적당한 공간이 있어?"

전뇌등을 들고서 이리저리 비춰보고 있던 벌쿤은 머리를 갸웃거리며 대답했다.

"응? 지팡이는 왜?"

"마나 융합 발전소를 세우기 전까지 이곳에 그냥 놔두기로 했어. 그러니까 지팡이를 둘 만한 적당한 장소가 있으면 말해 봐!"

머리를 긁적이며 잠시 생각해 보던 벌쿤은 손을 흔들며 따라오라는 신호를 했다.

"아아, 적당한 곳이 있었던 것 같아. 이쪽으로 따라 들어와 봐!"

벌쿤의 말에 서로의 얼굴을 한 번씩 바라본 일행들은 드래곤의 심장이 봉인된 지팡이를 가지고 그의 뒤를 따르기 시작했다.

벌쿤을 따라 동굴 깊은 곳으로 들어가게 된 일행들은 그제야 동굴의 끝을 볼 수 있게 되었다. 천장의 높이는 처음에 비해 반밖에 되지 않았고, 폭 역시 눈에 띄게 좁아져 있었다. 한눈에 보기에도 드래곤의 본체가 들어오기에는 좁다는 것을 알 수 있었던 루스티커는 동굴을 둘러보던 시선을 멈추며 입을 열었다.

"헬보네츠가 폴리모프한 상태에서 지내던 곳인 것 같군. 그나저나 적당하다고 했던 곳이 어디인가?"

루스티커의 물음에 벌쿤은 손가락으로 동굴의 한쪽을 가리켰다. 그곳에는 암석을 깎아 만든 작은 단상이 있었고, 그 위로 사슴 뿔과 같은 모양의 거치대가 놓여 있었다. 그것을 본 루스티커는 나직한 한숨을 내쉬며 말했다.

"아무래도 가블린이 지팡이를 올려놓기 위해 만든 것인 듯하군. 함부로 다루기에는 너무나 소중한 물건이었을 테니."

말을 하며 그곳으로 다가간 루스티커는 손에 들고 있던 지팡이를 거치대에 올려놓았다. 그러자 과연 지팡이의 모양을 따서 만든 듯 꼭 들어맞았고, 제법 그럴싸한 모양새를 보이고 있었다.

"흠… 이제 되었군. 그래도 혹시 모르니 결계라도 하나 쳐놔야 하지 않겠나? 장영실 경과 뮤스 원장은 이쪽으로 와보게."

루스티커의 부름에 뮤스와 장영실은 그의 곁으로 다가갔다. 그들이 다가옴을 확인한 루스티커는 손을 움직여 거치대에 놓여 있는 지팡이 주변으로 크고 작은 원을 그리며 입을 열었다.

"설혹 누군가가 이곳에 와서 이 지팡이를 찾게 되더라도 손대지 못하도록 결계를 쳐놓을 생각일세. 결계의 열쇠가 되는 것은 자네 둘의 목소리로 해두도록 하지. 내가 신호를 하면 하고 싶은 말을 하게나. 대신 한 글자라도 틀리면 안 되니 잘 기억할 수 있는 말을 선택하는 것이 좋을 게야."

그의 설명을 들은 뮤스와 장영실은 고개를 끄덕였고, 루스티커는 원을 그리던 손을 모으며 중얼거렸다.

"로란투가로아… 라미게부트… 쟈스티노크… 보이스레코딩!"

마법의 시동어를 외친 루스티커는 뮤스와 장영실에게 눈길을 주며 신호를 보냈고, 그 신호에 의해 장영실이 먼저 입을 열었다.

"대조선 공학자 장영실."

장영실의 말을 들은 뮤스 역시 미소를 띠며 말했다.

"대조선 공학자 한명신."

그들의 목소리가 멈추었을 때 루스티커의 손바닥에서는 물결이 일렁이는 듯한 푸른 빛이 생성되고 있었고, 결계의 마법 언어를 캐스팅하는 소리가 그의 입으로부터 흘러나왔다.

"카르테미오… 하크로바네… 로란투가로아… 락 어 세이프!"

마법 시동어와 함께 그의 손에서 일렁이던 푸른 빛이 지팡이가 얹혀 있는 거치대를 향해 날아갔고, 곧 그 주변을 감싸며 서서히 좁혀 들어가기 시작했다. 마지막으로 지팡이로 스며들듯 푸른 빛이 사라지는 것을 확인한 루스티커는 한숨을 내쉬며 말했다.

"후우, 이제 결계를 해지하지 않고 저 지팡이에 손을 댔다간 그 자리에서 타 죽을 것일세. 조금 과격한 방법이긴 하지만 중요한 물건이니만큼 어쩔 수 없지."

루스티커가 결계를 형성하는 과정을 지켜보던 벌쿤은 침을 꿀꺽 삼키며 지팡이가 있는 곳으로 다가갔다. 그리곤 호기심 어린 눈빛을 떠올리며 물었다.

"호오, 방금 전만 해도 거의 쓰러지기 일보 직전이셨던 분이 무슨 힘으로 이런 마법을 또 쓰시는 거죠?"

벌쿤의 말에 피식 웃은 루스티커는 천천히 몸을 돌리며 대답했다.

"허헛, 그 결계는 내가 가진 마나로 형성한 게 아닐세. 바로 그 지팡이가 뿜어내고 있는 마나를 이용해서 결계를 쳐놓은 것이지. 그만큼 강력한 동시에 지속해서 결계를 형성할 수 있는 게야. 아마도 드래곤이 직접 오지 않는 한 그 결계를 깰 수 있는 존재는 이 세상에 없을 것일세. 자, 그럼 이제 돌아가 볼까?"

"아무튼 대단한 할아버지시라니까."

루스티커가 걸음을 옮기자 벌쿤은 급히 그의 팔을 부축하며 나섰고, 드래곤의 심장이 봉인된 지팡이를 바라보고 있던 뮤스와 장영실 역시 시선을 떼며 그들의 뒤를 따르기 시작했다. 그렇게 헬보네츠의 레어는 다시금 어둠에 묻혀가고 있었다.

날이 어두워져 가는 시간, 호숫가에서는 저녁 식사를 준비하기 위한 흰색의 연기가 피어오르고 있었다. 일행들은 모두 그 주변에 둘러앉아 나뭇가지에 꽂힌 물고기를 불 위에 이리저리 돌리며 익히는 중이었는데, 그것이 그들의 저녁 식사였다. 또 케미렌은 얕은 물가에 서서 날카로운 눈길로 물고기들의 움직임을 좇고 있었다. 그는 단검 하나로 훌륭하게 물고기를 잡고 있는 중이었던 것이다. 이내 눈을 번뜩인 케미렌은 들고 있던 단검을 재빠르게 물속으로 던졌다.

촤악!

그렇게 물속으로 파고든 단검이 케미렌의 기대에 어긋나지 않게 목표를 정확하게 꿰뚫자 잠시 후 어른 팔뚝만큼이나 큼직한 물고기 한 마리가 배에 단검을 꽂은 채 수면으로 둥둥 떠오르고 있었다. 그렇게

또 한 마리의 물고기를 멋지게 잡은 케미렌은 무릎까지 올라오는 높이
의 물을 헤치며 호수 밖으로 걸어나오고 있었다.

"크큭, 이제 충분히 먹을 만큼 잡은 건가? 맛이야 어떨지는 모르겠
지만 이런 곳에서 식사를 한다는 것 자체가 식욕을 돋우는 일이지."

케미렌의 말을 들은 쇼메트가 거의 동시 통역으로 드워프들과 카타
리나에게 전해주고 있었는데, 그간 제법 친해진 모습들이었다. 켈트는
잘 익은 물고기 하나를 불에서 꺼내 그에게 들이밀었는데, 평소 남에게
먹을 것을 양보하지 않는 켈트로서는 이례적인 일이었다.

"거참, 젊은 친구가 대단한 능력을 가지고 있군. 수고했으니 어서 식
기 전에 들게나!"

비록 카밀턴은 도이첸 제국어를 알지는 못했지만 호의적인 목소리
라는 것은 충분히 알 수 있었기에 웃음 지으며 그가 건네준 물고기를
받아 들고 있었다.

카타리나는 먹는 둥 마는 둥 하는 모습으로 호수를 바라보며 한숨짓
고 있었다. 바로 뮤스와 일행들이 헬보네츠의 레어로 떠난 지 오랜 시
간이 흘렀음에도 아직 아무런 기별이 없자 초조함을 느끼는 중이었던
것이다. 다시 한 번 깊은 한숨을 내쉰 카타리나는 먹고 있던 물고기를
내려놓으며 말했다.

"뮤스가 늦어지는 것 같은데 설마 무슨 일이 일어난 것은 아니겠죠?
다른 괴물이 살고 있거나……."

그런 카타리나의 물음에 카밀턴이 고개를 내저으며 도이첸 제국어
로 대답해 주었다.

"별다른 일은 없을 것입니다. 설령 위험한 일이 생겼다고 해도, 어떠
한 상황에서도 충분히 빠져나올 수 있는 능력을 가지고 있는 분들이니

안심하셔도 될 것입니다."

"네, 제발 그래야 할 텐데……."

카밀턴의 이야기가 위안이 되긴 했지만 불안한 감정을 완전히 떨쳐 버리지는 못하고 있었다.

브라이덴은 물고기를 한입에 넣고 뼈만 발라내는 묘기를 부리고 있었다. 드워프들 사이에서도 단연 눈부신 실력이었는데, 그것마저도 귀찮았던 레딘은 뼈째 씹어 먹고 있는 중이었다. 점차 줄어가는 물고기의 수에 아쉬운 표정을 지으며 다 익은 물고기를 찾고 있던 레딘은 문득 고개를 갸웃거리며 호수 쪽을 바라보았다. 그리곤 입에 남아 있는 음식물을 삼키며 입을 열었다.

"다들 저쪽을 보라고! 물방울이 올라오기 시작하는데?"

레딘이 가리키는 방향으로 일행들이 모두 고개를 돌렸고, 그들은 과연 석양을 받아 붉게 변한 호수 한가운데서 흰색의 물방울들이 떠오르는 것을 볼 수 있었다.

"이제 일행들이 돌아오는 모양이군요!"

그것을 보고 뮤스와 일행들이 돌아오고 있는 것임을 확신한 카밀턴은 몸을 일으키며 물가로 뛰어갔고, 다른 일행들 역시 하던 일을 멈추며 그곳으로 향했다.

그들이 물가에 닿았을 때 수면으로 올라오는 물거품의 양이 점차 많아지며 검은 그림자가 물밑에서 올라오고 있었다. 이어 잔잔하기만 하던 수면에 요란한 물보라를 만들어내며 유선형의 잠수정이 허공으로 솟구쳤는데, 물 위로 뛰어오르는 한 마리의 돌고래와 같은 모습이었다.

촤아악!

그 뒤를 이어 뮤스와 함께 헬보네츠의 레어로 갔던 일행들이 한 명씩 수면 밖으로 얼굴을 내밀기 시작했다. 장영실과 루스티커도 산소 추출기를 입에서 떼어내며 입 안에 고인 물을 뱉어내고 있었다. 그들이 모두 무사하자 물가에서 기다리던 일행들은 반갑게 손을 흔들며 그들을 맞이해 주었고, 뮤스와 일행들 역시 손을 흔들어 답하고 있었다.

또로로로록…….

따끈하게 끓어 연기가 피어오르는 우윳빛의 수프가 나무 그릇에 따라지고 있었다. 뮤스와 벌쿤, 장영실과 루스티커는 새 옷으로 갈아입고서 체온을 유지하기 위해 몸에 담요를 걸치고 있는 모습이었다.

따뜻한 수프 그릇을 두 손으로 받쳐 든 그들은 쌀쌀한 저녁 바람에 몸을 움츠리며 동료들이 비켜준 모닥불 앞 자리에 앉아 불을 쬐고 있었다. 그리고 그들은 돌아가며 헬보네츠의 레어에서 일어난 일들을 동료들에게 이야기해 주고 있었는데, 그것을 듣고 있던 동료들은 한참 이야기에 도취된 듯 수시로 표정을 바꾸고 있었다.

마지막으로 뮤스가 이야기를 이어받으며 드래곤의 심장에 대한 결정을 일행들에게 전하고 있었다.

“결국 양국 황실의 허가를 위해서 드래곤의 심장은 헬보네츠의 레어에 두고 나왔습니다. 물론 다른 이의 손에 들어가지 않도록 루스티커 님께서 마법으로 결계를 쳐놓으셨으니 안심해도 될 것이고요.”

조용히 일행들의 이야기를 듣고 있던 켈트 역시 그들의 결정이 옳았다고 생각하는지 고개를 끄덕이며 입을 열었다.

“역시 루스티커 저 친구가 나이를 헛먹은 것은 아니군. 아주 현명한 판단이었어. 인간들의 국가는 자신들의 욕심을 위해서 신의를 저버리는 일이 자주 있으니 아주 잘한 일이야. 허헛! 처음에는 잘난 척하는 인간 마법사라고 느꼈는데, 이야기를 들어보니 아주 마음에 드는구 먼!"

켈트의 이야기를 듣고 있던 루스티커는 그의 말투가 투박하고 직설적이긴 했지만 그것이 드워프들의 특성임을 충분히 알았고, 자신을 인정해 준다는 사실에 전에 있었던 좋지 못한 감정까지 눈 녹듯 사그라들고 있었다. 또한 켈트의 배분이 자신보다 높은 것을 인정했기에 공손한 말투까지 쓰고 있었다.

"허허헛! 그렇게 말씀해 주시니 기분이 아주 좋군요. 아까의 무례는 용서해 주시기 바랍니다."

"용서라고 할 게 무엇이 있겠나? 대마법사라는 칭호를 받은 인물에게 막 대한 내가 잘못이지. 흐흣, 내심 공격 마법이라도 날리지 않을까 바짝 긴장하고 있었는데, 자네가 그냥 참고 넘기니 속으론 아주 고마웠다네. 후후훗!"

"마법을 개인적인 감정에 쓰지는 않는답니다. 그렇지 않다면 대마법사라는 칭호를 받을 만한 자격도 없는 것이니까요."

그렇게 조금씩 마음을 맞춰간 둘 사이에는 긴 이야기가 오고 가기 시작했다. 한동안 젊은 사람들의 틈바구니에서만 지냈던 루스티커로서는 오랜만에 얘기가 통할 만한 비슷한 연배의 상대를 만났다는 점에서 마음 놓고 대화를 즐길 수 있게 된 것이다.

카타리나는 뮤스의 옆에 앉아 거의 비워진 그의 나무 그릇에 수프를 더 부어주고 있었다. 수프가 식지 않도록 신경 쓴 듯 아직도 따끈한 김이 피어났다. 뮤스는 제법 배가 부른 상태였지만 그녀가 주는 것을 마다할 수 없었기에 가볍게 미소 지으며 수프를 받고 있었다. 그릇에 흐르지 않도록 조심스럽게 따른 카타리나는 냄비를 다시 불 위에 올려놓으며 말했다.

"이야기를 들어보니까 정말 위험했었구나. 별일없이 다녀와서 정말 다행이야."

입에서 수프 그릇을 떼어낸 뮤스 역시 그때의 기억을 되살리며 고개를 끄덕이곤 대답했다.

"응, 가블린이라는 마법사, 아주 굉장했어. 루스티커님께서 막아주지 않으셨다면 모두들 정말 큰일 날 뻔했지. 하지만 그 마법사도 참 불쌍하다는 생각이 들어. 믿고 따르던 사람들에게 배신을 당한 심정은 말로 표현할 수가 없을 테니까 말이야."

"하긴… 그랬을 거야. 사람에게 배신감이 가장 큰 충격이라고 하더라고."

카타리나 역시 그런 생각을 했는지 수긍하는 모습이었고, 뮤스는 수프를 한 모금 더 마시며 하루 동안 신경 써주지 못한 그녀를 위해 여러 가지 이야기를 꺼내기 시작했다.

장영실은 손에 들고 있던 나무 그릇을 내려놓으며 복잡한 눈빛으로 뮤스와 카타리나를 바라보고 있었다. 비록 도이첸 제국어를 알 수 없었기에 둘 사이에 어떠한 대화가 오가고 있는지 알 수는 없었다. 하지만 뮤스의 얼굴에 지금껏 본 적 없는 행복함이 떠올라 있다는 것을 그로서도 충분히 알 수 있었고, 뮤스와 카타리나의 관계가 간단하지 않다는 것 역시 눈치 채고 있었던 것이다.

"흠… 보아하니 이곳에서 사귀게 된 아가씨인 듯하군. 서로에게 마음이 있는 것 같은데 훗날 큰 상처가 되지 않을지. 흐음."

어두운 안색으로 혼잣말을 중얼거리던 장영실은 뮤스와 그의 주변 인물들을 한 번씩 살펴보기 시작했다. 뮤스를 위해 모든 일을 접어두고 그를 돕고 있는 드워프들과 뮤스를 친형처럼 따르며 집을 떠나온 벌쿤, 그리고 그에게 정을 주고 있는 카타리나. 또 직접 만나보지는 못했지만 그 외의 많은 친구들과 사람들이 뮤스의 주변에 있음을 떠올렸다.

"으음… 명신에게는 오히려 이곳에서의 생활이 조선에 있을 때보다 더욱 행복할지도 모르겠어. 모자라는 자질 때문에 부모로부터 사랑조차 제대로 받지 못하고 자랐을 테니……."

여기까지 생각이 닿은 장영실은 지금껏 느끼지 못한 죄책감이 가슴을 조여오는 것을 느끼고 있었다. 문득 자신의 사적인 생각과 조선의 국익만을 앞세워 그의 행복을 짓밟으려 한다는 생각이 들었기 때문이다.

'지금까지 오직 사명만을 최우선으로 모든 행동을 해왔을 뿐, 명신의 입장을 생각해 본 적이 없었구나. 과연 내가, 그리고 조선이 지금 명신에게 주어져 있는 모든 행복을 포기하라 말할 수 있는 자격이 되는 것일까? 아무것도 알지 못했던 아이에게 지식이전술을 펼치고, 그에 대한 요구를 한다는 것이 과연 옳은 일이란 말인가?'

이렇게 스스로를 향해 질문을 던져 보았지만 그에 대한 대답은 나오지 않았고, 그럴수록 그의 신념은 더욱 흔들릴 뿐이었다.

한참 동안 두 가지의 상반된 가치 사이에서 고심하던 장영실은 카타리나와 대화를 나누고 있는 뮤스에게 다가가 그의 어깨를 두들겼다.

"명신아, 잠시 나와 이야기 좀 할 수 있겠느냐?"

장영실의 부름에 고개를 돌린 뮤스는 카타리나에게 양해를 구하며 몸을 일으켰다. 그리고 잠시 장영실의 안색을 살핀 뮤스는 고개를 갸웃거리며 물었다.

“아저씨, 표정이 밝지 못하신데 어디 불편하신 데라도?”

뮤스의 물음에 피식 웃은 장영실은 고개를 내저으며 대답했다.

“몸은 멀쩡하단다. 괜찮다면 좀 걸으면서 이야기를 하자꾸나.”

장영실의 태도가 조금 이상하다고 생각한 뮤스였지만 아무런 말 없이 장영실을 따라나섰다. 자리에 남은 카타리나는 어디론가 사라지는 뮤스와 장영실의 뒷모습을 보며 궁금함을 금치 못하고 있었다.

비록 일행의 수가 늘었다곤 하지만 어두운 밤인만큼 안심하고 돌아다닐 수는 없는 곳이었기에 뮤스와 장영실은 일행들로부터 그리 멀리 떨어지지 않은 곳에서 발걸음을 멈추었다. 그들 사이에서는 잠시간의 침묵이 흐르고 있었는데, 잠시 주변을 둘러보던 장영실은 풀을 깔고 앉으며 입을 열었다.

“너도 옆에 앉거라. 이야기가 길어질 듯한데 서서 이야기를 나눌 수는 없지 않느냐?”

“네, 그리도록 하죠.”

그들은 마주 보고 앉아서 볼 때마다 감탄성을 절로 발하게 만드는 호수의 풍경을 잠시 감상하고 있었다.

완전하지는 못했지만 보름달에 가까운 모양을 한 달이 호수 안에 모습을 드러냈고, 그 주변에서 반짝이는 별 조각들과 하늘의 반이나 가리고 있는 구바닌 산맥의 그림자 역시 호수 속에 비춰지고 있었다. 세상의 모든 것을 포용하기에는 호수가 너무나 좁았지만, 세상의 가장 아름다운 부분만은 놓치지 않으려는 모습이 한 폭의 그림을 완성하려는 화가와 닮아 있었다.

시선을 잠시 돌려 뮤스의 옆얼굴을 바라본 장영실은 한숨을 내쉬며 입을 열었다.

"후우… 네 옆에 있던 아가씨의 이름이 카타리나라고 했느냐? 이런 험한 곳까지 너를 따라오다니 대단한 결심을 했겠구나."

카타리나의 이야기가 나오자 얼굴을 붉힌 뮤스는 머리를 긁적이며 대답했다.

"네, 카타리나로서는 대단한 결심을 한 것이죠. 제가 추방당하는 바람에 3년이나 떨어져 있어야 했으니, 이제 더 이상은 떨어져 있을 수가 없다고 하더군요. 그래서 이곳까지 따라오게 되었고요."

눈을 반짝이며 이야기를 늘어놓고 있는 뮤스를 본 장영실은 씁쓸한 얼굴로 물었다.

"네 표정을 보아하니 그 아가씨를 많이 좋아하고 있는 모양이구나. 그렇지 않느냐?"

뮤스는 쑥스러움을 느끼며 직접적인 대답은 하지 못했지만, 그러한 그의 태도가 더욱 긍정의 뜻임을 장영실은 알고 있었다. 잠시 말을 멈추었던 장영실은 더욱 조심스러운 목소리로 뮤스를 향해 묻기 시작했다.

"한데… 우리가 이곳에서의 일을 마치는 대로 조선으로 돌아가야 한다는 사실을 저 아가씨도 알고 있느냐? 비단 저 아가씨뿐만 아니라 지금 네 주변에 있는 모든 이들에게 해당되는 이야기겠구나."

뮤스는 장영실이 하려는 이야기의 속뜻이 무엇인지 대충 알 수 있었다. 하지만 그러한 이야기가 오고 가게 될 것이라는 사실을 이미 짐작이라도 한 듯 별다른 표정의 변화가 없이 비교적 차분한 목소리로 대답하기 시작했다.

"장영실 아저씨도 잘 아시겠지만 저는 인생의 가장 중요한 시기라고 할 수 있는 청년기를 이곳에서 보내게 되었습니다. 그에 비한다면 조선에서의 삶은 한낱 백치에 불과했던 저였기에 그 기억조차 희미할 뿐이죠."

뮤스는 초조한지 작은 돌 조각을 연신 만지작거렸다. 그리고 나직한 한숨을 내쉬며 이야기를 이어 나갔다.

"후우… 솔직히 말씀드리자면, 정상적인 사고를 가질 수 있게 된 이후를 제대로 된 삶이라고 볼 수 있으니 오히려 이곳이 조선보다는 제 고향과 같은 느낌입니다. 그만큼 지금 제 주변의 사람들과 제가 하고 있는 일은 소중한 것이 되어버린 것이죠. 사실, 지난날 아저씨께서 보내주신 편지를 받은 이후로 많은 갈등을 해야 했습니다. 이미 말씀드렸던 것과 같이 지금의 제 삶이 더없이 소중하긴 하지만, 아저씨와 조선의 왕실에서 제게 걸고 있는 기대가 얼마나 큰지도 잘 알고 있기 때문이죠. 게다가 지식이전술을 통해 제가 사람 구실을 할 수 있도록 만들어주신 은혜는 더 더욱 외면할 수가 없었습니다."

점점 모호해져 가는 뮤스의 이야기를 듣고 있던 장영실은 잔뜩 긴장한 얼굴을 하고 있었다. 지금까지 장영실이 간과하고 있었던 사실이 지금 이 순간 그의 뇌리로 파고들었기 때문인데, 그것은 바로 더 이상 뮤스가 과거의 어수룩한 소년이 아니라 이 대륙 내에서 손에 꼽을 만한 지혜와 능력을 가진 인물이 되었다는 점이었다. 즉, 지금의 뮤스는 장영실의 의지와 별개로 자신의 확고한 의지를 가진 인물로 성장해 있다는 것이었다.

생각지도 못하게 앞으로의 일을 전적으로 그의 결정에 맡길 수밖에 없는 상황으로 흐르게 되자 장영실은 마른침을 삼키며 조심스럽게 물었다.

"그렇다면 벌써 앞으로의 일에 대해서 결정을 내렸다는 말인 게냐?"

그의 물음에 뮤스는 천천히 고개를 끄덕이며 대답했다.

"네. 계속 미룰 수도, 피할 수도 없는 일이니까요."

장영실은 침중한 얼굴로 뮤스를 마주 봤고, 조바심이 나는 마음을 억누르며 뮤스의 결정을 듣기 위해 귀를 기울였다. 잠시 후 머뭇거리던 뮤스의 목소리가 그의 귀를 파고들기 시작했다.

"저는… 조선으로 돌아가지 않겠습니다. 이곳에 남아 하고자 하는 일을 계속할 생각입니다."

어쩌면 이미 짐작하고 있었던 뮤스의 대답이었고, 그것에 대해 충분한 각오를 하고 있었던 장영실이다. 하지만 막상 뮤스의 입을 통해 직접 대답을 듣게 되자 장영실은 잠시 멍한 상태가 되어버렸다. 그리고 무슨 말을 그에게 해야 할 것인지에 대해 생각해 보았지만 별달리 떠오르는 것은 없었다.

아무런 말도 하지 못하는 장영실을 바라보던 뮤스는 그것이 다가 아닌 듯 하던 이야기를 이었다.

"하지만 그렇다고 해서 결코 본분을 저버리겠다는 것은 아닙니다. 저의 본분은 제게 이전된 공학 기술을 조선의 후대에게 전하는 것! 그것만 이행할 수 있다면 제 거취는 어떻게 되어도 상관없는 것 아니겠습니까?"

장영실은 그런 말을 하고 있는 뮤스의 심중을 알 수 없었기에 의아한 표정으로 되물었다.

"그, 그것이 가능하다면 꼭 네가 돌아가지 않겠다고 히더리도 네기 말릴 순 없겠지. 정녕 네가 돌아가지 않더라도 후대에 공학 기술을 전할 방법이 있다는 말인 게냐? 대체 그 방법이 무엇이길래……."

그의 물음에 가볍게 미소를 지어 보인 뮤스는 호수의 너머로 시선을 옮겼다. 그리곤 확신에 찬 목소리로 또박또박 대답했다.

"지금은 말씀드리지 않겠습니다. 훗날 아저씨께서 조선으로 돌아가실 날이 되면 아시게 될 것입니다. 어쩌면 제가 직접 돌아가는 것보다 확실한 방법이 될지도 모르는 일이죠. 그러니 부디 저를 믿어주십시오.”

“흐음… 어쩌려는 것인지 도무지 알 수는 없지만 네 말을 꼭 믿고 싶구나.”

“반드시 제 공학 지식을 후대에 전할 수 있게 될 것입니다. 반드시.”

장영실은 아무리 생각해 봐도 뮤스가 생각하는 바를 알 수가 없었다. 하지만 지금의 그로서는 뮤스를 믿을 수밖에 없었고, 한편으로는 양쪽 모두 만족할 만한 결정일 수도 있다는 점을 긍정적으로 생각하고 있었다.

어쨌든 예민한 부분의 이야기를 좋은 방향으로 끝맺으며 한숨을 돌릴 수 있었던 뮤스와 장영실은 내일이면 다시 헤어져야 한다는 아쉬움을 달래기라도 하듯 아직 못다 한 이야기를 나누기 시작했다. 덕분에 뮤스는 다음날에도 카타리나에게 적지 않은 불평을 들어야만 했다.

다음날 아침, 양측의 일행들은 자신의 짐을 꾸리고 있었다. 듀들란 제국 측 일행들은 워낙 짐의 양이 많지 않았기에 금세 마칠 수 있었다. 도이첸 측의 뮤스 일행들 또한 능숙한 솜씨로 짐을 꾸리는 중이었는데, 이곳에서 해야 할 일을 마침으로써 더 이상 머물 이유가 없었던 그들은 돌아가는 일 역시 만만치 않음을 알았기에 최대한 서두르고 있는 것이었다.

배낭의 끈을 단단히 묶는 것으로 짐 정리를 끝낸 드워프들과 벌쿤은 듀들란 측 일행들과 작별 인사를 나누기 시작했다. 그들은 짧은 시간 동안 꽤나 정이 든 듯 이별을 아쉬워하고 있었는데, 특히 루스티커와 친해지게 되었던 켈트는 그의 손을 잡고서 놓으려 하지 않고 있었다.

"루스티커, 오랜만에 말이 잘 통하는 상대를 만난 것 같은데 이렇게 헤어져야 하다니 정말이지 아쉽구먼. 우리 언제쯤 다시 만나게 될 수 있겠나?"

루스티커 역시 켈트와 헤어지는 것이 상당히 서운한 듯 씁쓸한 미소를 띠며 대답했다.

"아무래도 내년 초에 쟈트란에서 만날 수 있게 되지 않겠습니까? 아실지는 모르겠지만, 제국 개발 사업 발표회를 하게 될 테니 틀림없이 도이첸 제국의 공학원에도 초대장을 발송하게 될 것입니다."

그의 말에 켈트는 희색을 띠며 대답했다.

"껄껄! 그렇다면 정말 다행이군 그래! 사실 그런 딱딱한 자리에는 잘 참여하지 않는 성격인데 자네를 만나기 위해서라도 꼭 가야겠구먼. 그럼 그때 다시 만나기로 하세! 내 아주 기가 막힌 술을 준비해 가겠네."

"허허헛! 그렇게 하도록 하지요! 그날을 기대하고 있겠습니다."

켈트의 표정은 눈에 띄게 밝아졌고, 루스티커 역시 웃으며 대해주고 있었다.

뮤스와 장영실 역시 다가온 이별의 순간을 맞이해야만 했다. 비록 다시 헤어져야 한다는 사실이 장영실의 가슴을 아프게 만들긴 했지만, 그간의 여러 가지 일을 통해 뮤스가 자신의 기대보다 더 훌륭하게 자랐음을 확인했기에 더 이상의 걱정은 없었다. 장영실은 뮤스의 머리를 쓰다듬어 주며 말했다.

"이제 다시 헤어져야겠구나. 비록 짧은 시간이었지만, 이렇게라도 너를 만날 수 있게 되어서 기쁘기 그지없었단다. 앞으로도 건강하고, 네가 맡은 일에 최선을 다하도록 하거라."

뮤스는 장영실의 손길을 느끼며 가볍게 웃어 보였다.

"네. 다음번에는 쟈트란에서 만나게 되겠군요. 아저씨도 그때까지 몸 건강히 잘 지내세요."

"후훗, 그때는 잔뜩 기대를 하고 오거라. 내가 듀들란 제국에서 이루어놓은 것들을 모두 보여줄 테니 말이다."

"하핫! 저희도 그냥 보고만 있지는 않을 겁니다."

그리고 잠시 카타리나 쪽으로 시선을 돌린 장영실은 고개를 갸웃거리며 물었다.

"한데 네 여자 친구 안색이 안 좋아 보이는데 둘 사이에 무슨 일이라도 있었던 게냐?"

머리를 긁적거린 뮤스는 난처한 기색으로 대답했다.

"사실 어제도 아저씨와 대화를 나눈다고 신경을 못 써줬더니 그새 심술이 난 모양입니다. 어떻게 달래줘야 할지 난감하기만 하군요."

장영실은 그제야 카타리나의 행동이 이해가 되는 듯 무릎을 치며 웃었다.

"하하핫! 그런 일이 있었던 것이군! 그렇지만 그것이 다 너희가 젊다는 증거가 아니겠느냐. 후훗, 어쨌든 잘 해결을 보도록 하거라."

"하하… 최선을 다해봐야죠."

뮤스와 장영실이 작별 인사를 나누고 있을 때 뮤스를 부르는 켈트의 목소리가 들려왔다.

"뮤스! 이제 그만 출발하자꾸나! 이별의 시간은 짧을수록 좋은 것이란다."

켈트의 목소리에 돌아보니 일행들은 떠날 채비를 모두 끝마친 듯 배낭을 메고 있었다. 그들을 기다리게 할 수 없었던 뮤스는 어깨를 으쓱거리며 마지막으로 장영실과 그의 일행들에게 인사를 건넸다.

"그럼 저희들부터 출발하도록 하겠습니다. 루스티커님, 카밀턴 대장님, 쇼메트 씨, 그리고 케미렌 씨 모두 조심해서 돌아가십시오!"

뮤스가 장영실 등에게 손을 흔들곤 일행들이 기다리는 곳으로 걸음을 옮기기 시작하자 장영실과 그 일행들 역시 자신들을 향해 손을 흔들어주는 뮤스를 지켜보며 가벼운 손짓을 해주었다. 이어 추진 발판의 소리와 함께 뮤스와 일행들의 모습이 사라져 갔고, 곧 그 소리마저 점차 멀어져 갔다.

뮤스와 그 일행들이 사라진 이후에도 장영실이 그곳에서 시선을 떼지 못하고 있자 루스티커는 그런 장영실의 어깨를 두드려 주며 말했다.

"이제 우리도 출발해야 한다네. 저 징그러운 구바닌 산맥을 다시 넘을 생각을 하니 아주 등골이 싸늘해지는구면."

그제야 정신을 차리게 된 장영실 역시 구바닌 산맥을 다시 넘어야 한다는 생각을 떠올리며 인상을 찌푸렸다.

"이것 참, 느긋하게 이별의 아쉬움을 느끼고 있을 때가 아니었군요. 그럼 빨리 출발하도록 하죠. 조금이라도 빨리 구바닌 산맥을 넘고 싶으니."

장영실이 작은 가방을 어깨에 메며 먼저 걸음을 옮기자 다른 일행들 역시 그의 뒤를 따라 자리를 뜨기 시작했다.

이렇게 모든 이들이 떠나 버린 흑룡의 호수에는 맑고 시원한 바람이 불어오기 시작했고, 나뭇가지에 매달려 있던 색색의 나뭇잎들은 회러하게 날리고 있었다. 마치 3대 마역 중 한 곳이라는 오명을 씻을 수 있게 된 것에 대한 자축을 하는 것처럼.

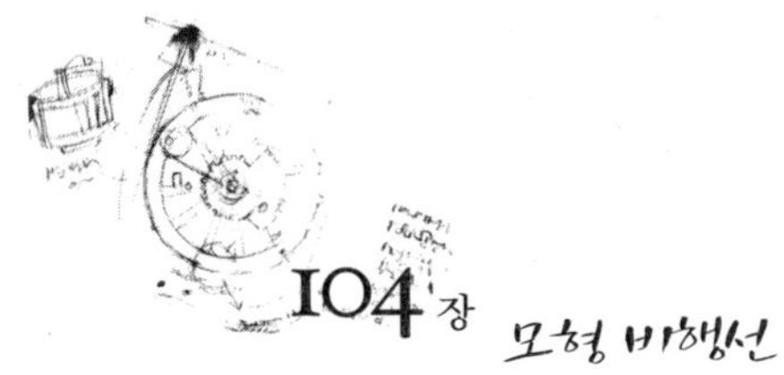

104장 모형 비행선

　드래곤의 심장 사건이 있은 후 한 달의 시간이 흘렀다. 환절기의 한 달이라는 시간은 세상을 변화시키기에 충분한 시간이었다. 훈훈하던 바람은 차갑게 식어 있었고, 푸른빛이었던 나무와 풀잎들은 이제 금빛에 가까운 옅은 갈색으로 변해 있었다. 이 세상의 만물이 휴식을 취하기 시작하는 계절인 가을이 찾아온 것이다.

　뮤스는 나른한 오후의 햇살을 맞으며 공학원의 뒤뜰에 앉아 있었다. 그는 자신의 앉은키만큼이나 쌓인 서류들을 하나씩 확인하며 나름대로 느긋한 시간을 보내는 중이었는데, 이것 역시 일의 일부분이었지만 그나마 편안한 축에 드는 일이었기에 여유로웠다.

　"으음… 조금 늦어졌지만 다음 주쯤이면 전파축의 설치가 끝날 테니 이제 도이첸 제국의 모든 공학원들이 실시간으로 연결된 것이군. 하지만 여러 번의 시험을 거쳐야 하고, 전파축이 훼손될 가능성이 있으니 여분의 예산을 편성해야겠어."

손에 들고 있던 한 뭉치의 서류를 정리하여 옆으로 내려놓은 뮤스는 다시 그만큼의 서류를 빼내어 한 장씩 넘기기 시작했다.

"흠, 이 정도 투자 금액이라면 충분히 수긍할 만할 거야. 공학원에서 반을 투자하는 만큼 황실의 부담도 줄어들게 될 테니 별다른 불만을 가지지는 않겠지. 이제 세부 계획을 세우고 설계에 들어가는 일만 남은 건가?"

턱을 매만지며 잠시 생각해 보던 뮤스는 뭔가 잘못되었다고 생각했는지 손에 든 서류 중 몇 장을 옆으로 던져 놓으며 고개를 내저었다.

"아냐, 설계 쪽은 장영실 아저씨와 직접 만나서 하는 것이 좋을 것 같아. 그러니 이 서류는 보류해 놓고……."

뮤스는 손에 들린 나머지 서류를 계속해서 검토하기 시작했다. 그는 마치 서류를 넘기는 일에만 전념한 듯 빠른 속도로 종잇장을 넘기고 있었지만, 그 내용은 한 치의 착오 없이 뮤스의 뇌리 속에 뚜렷하게 새겨지는 중이었다.

뮤스가 그렇게 시간을 보내고 있을 때 그를 부르는 히안의 목소리가 먼발치에서부터 들려오고 있었다.

"이봐, 뮤스! 지금까지 찾고 있었는데 이런 데서 뭘 하고 있는 거야?"

발자국 소리로 보아 그 외의 친구들도 함께 뮤스가 있는 곳으로 오고 있는 듯했는데, 고개를 들어 보니 그의 뒤로 카타리나와 폴린, 그리고 세이즈가 함께 따라오고 있었다. 이윽고 뮤스가 있는 곳까지 다가온 히안은 가쁜 숨을 몰아쉬며 불만스러운 목소리로 입을 열었다.

"헤엑… 헤엑… 정말 운동 부족이라니까. 겨우 이 정도 뛰었다고 숨이 차다니……. 제발 어디로 가려면 쪽지라도 남기고서 가란 말이야. 그렇지 않아도 공학원이 넓어지는 바람에 길 찾아다니기도 버거운데 이렇게 외딴 곳에 있으면 찾을 수가 없잖아!"

그녀의 말에 피식 웃은 뮤스는 들고 있던 서류를 대충 마무리 지으며 입을 열었다.

"훗! 그러니까 너무 연구실에만 있지 말라고. 가끔은 바람 좀 쐬면서 운동을 하는 것도 괜찮잖아? 내가 쪽지를 남기지 않고 숨어 있는 이유 중에는 너희들에게 운동을 시키려는 의도 또한 들어 있다고."

"쳇, 우리는 누구처럼 천재가 아니라서 부단히 노력하지 않으면 발전할 수가 없다고. 네가 만들어놓은 책들의 내용을 머리 속에 구겨 넣는 것만도 얼마나 힘든 줄 아냐? 천재가 아니라 아주 괴물같이 보인다고. 어떻게 그 짧은 시간 동안 그렇게 많은 책을 쓸 수가 있는지……."

히안의 말에 어깨를 으쓱거린 뮤스는 볼을 긁적이며 대답했다.

"그나저나 어쩌지? 화공학과 수학에 관한 책들이 다섯 권 더 늘었으니. 그래도 아직 갈 길이 멀다고."

뮤스의 암담한 말에 카타리나와 세이즈의 표정 또한 어두워지고 있었다. 세이즈는 자신의 손을 꼽으며 앞으로 자신이 봐야 할 남은 책들을 세어보기 시작했는데, 손가락이 하나씩 접힐 때마다 평소 별다른 표정 변화를 보이지 않던 그녀의 얼굴이 조금씩 일그러지고 있었다.

"기계 공학 기초 원론에 대한 책이 다섯 권, 물리학 기초 원론이 아홉 권, 화공학 기초 원론이 세 권이었는데, 오늘로 화공학과 수학까지 더해져서 다섯 권 늘었으니… 뭐야, 스물두 권이나 남은 거잖아! 이래서는 하루 종일 공부만 하더라도 언제 다 끝날지 몰라."

카타리나 역시 그녀와 별반 다를 것 없는 반응이었다.

"거짓말 하나 보태지 않고, 내가 지금까지 봤던 책들의 수를 다 합해도 이곳에 와서 본 책보다는 적을 거야. 나름대로 대학에서 상당한 공부를 했다고 생각했는데, 정작 보니 아무런 필요도 없는 공부였잖아."

친구들의 불만에 뮤스는 미소를 지어 보이며 말했다.

"후훗, 그래도 너희들은 아주 잘하고 있잖아. 오히려 대학에서 교수직을 맡고 있다가 이곳에 온 사람들보다 훨씬 지식 습득 속도가 빠르다고. 지금 너희들에게는 다른 일보다 최대한 많은 지식 습득이 중요하니 조금만 참고 노력해 줘. 그런데 무슨 일로 날 찾은 거야?"

뮤스의 물음에는 폴린이 대답했다.

"아! 다른 게 아니라 듀들란 제국에서 제국 개발 사업 발표회 초청장이 날아왔어. 크라이츠님께서 그 일로 내일 아침 일찍 좀 보자고 하시던걸? 그리고 드워프 아저씨들도 모형 비행선 뼈대 조립이 끝났다고 오늘 일이 끝나는 대로 연구실로 찾아오라고 전해달라 하셨어."

폴린은 다른 친구들에 비해 아주 느긋한 모습이었는데, 연구직이 아닌 덕에 친구들의 고충은 그녀와 전혀 상관없었기 때문이다. 그렇게 뮤스에게 초청장 소식을 전하던 폴린은 허리에 손을 얹으며 기대감 서린 눈빛으로 물어왔다.

"그런데 말이야, 뮤스. 듀들란 제국에 갈 때 누가 동행하는 거니?"

폴린의 질문에 다른 친구들까지 눈동자를 반짝이며 대답을 기다리고 있자 뮤스는 고개를 갸웃거리며 대답했다.

"글쎄… 그것까지는 생각해 보지 않았는걸? 그냥 가고 싶은 사람이 가는 거지 뭐. 어차피 초청장에 동반 인원의 수까지 언급하지는 않았을 테니까. 그런데 그건 왜?"

뮤스의 대답에 친구들의 얼굴에는 희색이 떠오르고 있었고, 가장 얼굴이 두꺼웠던 폴린이 친구들을 대표해서 자신들의 의견을 말하기 시작했다.

"뮤스, 우리들도 그때 듀들란 제국에 따라가면 안 되겠니? 응? 사실 학교 다닐 때부터 듀들란 제국의 수도인 쟈트란에 굉장히 가보고 싶어 했었거든! 비록 경쟁 관계에 있는 국가의 수도지만 이곳의 학생들은 꼭 쟈트란에 가보고 싶어해! 문화와 예술의 도시인만큼 엄청 아름답다고 하거든! 남자들도 모두 세련되었고 말이야!"

폴린의 입에서 남자 이야기가 나오자 히안의 눈썹이 꿈틀거렸다.

"뭐야! 그럼 폴린, 너는 듀들란 제국의 남자들을 구경하고 싶어서 가려는 거냐?"

"흥! 그게 뭐 어때서 그러니? 남자 친구 있다고 해서 다른 남자 구경하면 안 된다는 법이라도 있니? 하긴 그곳에 가면 네가 더 초라해 보일까 봐 불안하기도 하겠구나."

"뭐야? 말 다 했어?"

히안이 열을 내려 할 때 세이즈가 담담한 목소리로 끼어들며 말했다.

"둘 다 그만 하렴. 그리고 히안, 너는 별다른 걱정 하지 않아도 괜찮을 거야. 설령 폴린의 눈에 멋진 남자가 들어왔다고 해도 말이 통하지 않는데 뭘 어쩌겠니. 너도 알겠지만 폴린은 듀들란 제국어 과목에서 항상 낙제였잖아."

세이즈의 허를 찌르는 말에 폴린의 얼굴은 금세 붉게 달아올랐고, 친구들은 입을 가리며 킥킥거리기 시작했다. 어쨌든 그제야 친구들이 무슨 말을 하려는지 알게 된 뮤스는 실소를 터뜨리며 말했다.

"하하, 그 이야기를 하려고 이렇게 찾아온 거야? 훗, 너희들이 원한

다면 아무런 상관 없어. 지금까지 매일 공학원에 나와 일하느라 수고
했는데, 가끔은 머리를 식혀야지.”

뮤스의 허락이 떨어지자 그의 친구들은 뛸 듯이 기뻐했고, 카타리나
는 너무나 기쁜 나머지 뮤스를 와락 껴안고 있었다.

“호호호! 고마워, 뮤스! 내가 쟈트란에 여행 갈 수 있을 거라곤 생각
지도 못했는걸!”

뮤스 역시 친구들이 이렇게 좋아하는 이유를 알 수 있었다. 도이첸
제국과 듀들란 제국 사이에는 구바닌 산맥이 가로막고 있기에 양 국가
를 오고 가기 위해서는 대륙 남부의 중소국가들을 경유해야 하는 어려
움이 있었던 것이다. 그런 만큼 듀들란 제국은 그들의 입장에서 먼 나
라였고, 대륙에서 가장 아름답다고 소문난 쟈트란은 그들에게 꿈의 도
시였던 것이다.

“하하! 그렇다고 너무 좋아하지는 말라고. 우리는 즐기기 위한 여행
을 가는 것이 아니라 공적인 일 때문에 가는 것이니까.”

그의 말에 히안이 고개를 내저으며 말했다.

“그렇게 뻣뻣하게 굴지 말라고, 뮤스. 평생에 한 번 가볼까 말까 한
곳에 가게 되어서 기분이 좋다는데 그렇게 흥을 깨야겠나!”

히안의 말에 뮤스는 가볍게 웃으며 손을 내저을 수밖에 없었다. 그
리고 친구들을 한번 둘러본 뮤스는 몇 명이 빠져 있다는 것을 깨달으
며 물었다.

“그나저나 벌쿤이나 다른 애들은 안 보이는데 무슨 일이라도 하는
중인 거야?”

“아! 벌쿤이랑 헤밀턴은 드워프 아저씨들과 함께 있고, 바르키엘과
가이엔은 요즘 바쁜가 봐. 소문에는 결혼 준비를 하고 있다던걸?”

그 이야기는 다른 친구들 역시 처음 듣는 얘긴 듯 놀란 표정으로 되물었다.

"뭐? 나는 처음 듣는 이야기인데 어디서 들은 거니?"

"뭐야! 요즘 잘 보이지 않더니 그랬던 거야?"

친구들의 물음에 고개를 끄덕인 히안은 팔짱을 끼며 자못 진지하게 대답했다.

"하긴… 3년 이상 교제를 한 데다 결혼할 나이도 되었지. 너희들도 알다시피 양가 모두 명문 귀족가잖냐. 그래서 부모님들이 결혼을 서두르고 있나 봐."

히안의 이야기를 들으며 곰곰이 생각해 보던 세이즈는 친구들을 둘러보며 물었다.

"그런데 히안, 폴린, 너희들도 그렇고 뮤스, 카타리나 너희들은 언제쯤 결혼할 생각이니? 하긴… 뮤스와 카타리나야 3년 이상 떨어져 있었고 교제 기간도 짧으니 아직 시간이 더 필요할지 모르겠지만, 히안이랑 폴린은 충분히 사귈 만큼 사귀었으니 이제 결혼할 때가 되지 않았니?"

세이즈의 돌발적인 질문에 지금껏 희희낙락하던 히안과 폴린은 입에 아교를 바른 사람마냥 아무런 말도 못하며 얼굴을 붉혔다. 그리고 그들의 모습을 살펴보던 뮤스 역시 궁금하다는 듯 그들을 향해 물었다.

"흠, 그러고 보니 너희들 무려 4년 동안이나 티격태격하면서도 아직 헤어지지 않고 있는 것을 보니 아주 마음이 없는 것도 아닌 것 같은데, 정말 언제쯤 결혼할 생각이냐?"

뮤스마저 얼굴을 들이밀며 물어오자 폴린이 당황한 표정으로 더듬거리며 소리를 지르기 시작했다.

"누, 누가 히안과 결혼을 한다는 거니! 이렇게 어정쩡한 얼굴에 남자

답지 못한 녀석과 평생을 살 수는 없다고!"

그녀의 말에 질 수 없었던 히안 역시 더듬거리는 목소리로 소리를 질렀다.

"누, 누구는 네가 좋은 줄 아냐! 나도 마땅한 여자만 나타나면 너 같은 왈가닥이랑은 만나지도 않는다고!"

그리고 서로를 잡아먹을 듯이 째려본 히안과 폴린은 상대에게 콧방귀를 뀌어주곤 서로 반대 방향으로 성큼성큼 걸음을 옮기기 시작했다.

"흥! 너희들은 나중에 보자! 나 먼저 갈게!"

"흥! 나도 바쁜 일이 있어서 먼저 가야겠다!"

그렇게 사라져 가는 두 친구들을 바라보던 세이즈는 고개를 갸웃거리며 한마디 던졌다.

"음… 쟤들 저렇게 가면 나가는 길이 없지 않니? 둘 다 양쪽 담으로 걸어가고 있는걸?"

상황과 동떨어진, 어찌 보면 냉철하기까지 한 세이즈의 말에 뮤스와 카타리나는 가볍게 웃을 뿐이었다. 그리고 금세 히안과 폴린이 진심으로 던진 말이 아니라는 것을 알 수 있었는데, 만약 진심이었다면 나가는 길도 생각지 못할 만큼 긴장하지는 않았을 것이기 때문이다.

더 이상 그들에 대해 신경 쓰지 않기로 한 카타리나는 뮤스를 향해 물었다.

"지금부터는 스케줄이 어떻게 되니?"

그녀의 물음에 잠시 스케줄을 정리해 보던 뮤스는 쓸쓸한 웃음을 지으며 대답했다.

"조금 있다가 기계 공학부의 공학자들을 지도하러 가야 해. 대부분이 나이가 상당히 있으신 분들인데도 학구열이 대단들하시거든. 세 시간쯤 걸릴 것 같아. 카타리나, 너는 이제 뭘 할 생각인데?"

세이즈와 시선을 주고받은 카타리나는 밝은 미소를 지으며 말했다.

"호홋. 이제 쟈트란에 갈 수 있게 되었으니 세이즈와 함께 쇼핑하러 갈 생각이야. 멀리 가는 여행인만큼 준비를 철저히 해야 하지 않겠니? 그러고 보니 쇼핑하는 것도 정말 오래간만인 것 같아."

"하지만 아직 다섯 달 이상이나 남았는걸? 벌써 준비를 한단 말이야?"

뮤스의 질문에 가볍게 웃은 카타리나는 세이즈의 팔짱을 끼며 대답했다.

"풋! 원래 여자들은 그런 것이란다. 혹시 필요한 것 있으면 말하렴, 시내에 나가는 길에 사다 줄게."

자신의 지식으로서도 이해할 수 없는 여자들의 행동에 고개를 내저은 뮤스는 가방에 손을 넣어 금빛의 편지 봉투를 꺼내었고, 그것을 카타리나에게 전해주며 말했다.

"혹시 본관 쪽으로 나간다면 이 편지 좀 대외사업부에 전해줄래? 황제 폐하 앞으로 최대한 빨리 보내달라고 말해 줘."

그것을 받아 든 카타리나는 이리저리 살펴보며 고개를 끄덕였고, 손을 흔들어주며 걸음을 떼기 시작했다.

"응, 그렇게 할게. 그럼 나중에 봐, 뮤스!"

"그럼 부탁할게. 즐거운 시간 보내고 와."

뮤스 역시 손을 흔들어주며 자리를 떠나는 카타리나와 세이즈를 배웅했다. 그녀들이 시야에서 사라지자 뻐근함이 느껴지는 허리를 한번 쭉 펴본 뮤스는 자신의 옆에 쌓여 있던 서류를 정리하며 일어날 채비를 하기 시작했다.

하루의 일과를 마친 뮤스는 드워프들을 도와줄 일이 있었기에 저녁 식사를 마치는 대로 드워프들의 연구실로 걸음을 옮기고 있었다.

겨울을 향해 치달리고 있는 계절이었던 만큼 해는 짧아져 있었는데, 이제 막 저녁 식사를 마친 초저녁이었음에도 창밖의 세상은 깜깜했고, 복도의 천장에 줄을 지어 매달려 있던 전뇌등은 모두 불을 밝히고 있는 상태였다.

뮤스는 복도를 지나는 동안 여러 명의 공학자들을 만나게 되었고, 그들은 그때마다 깍듯한 인사를 뮤스에게 건네곤 했다. 비록 뮤스가 자신들보다 어리긴 했지만 진심으로 존경받을 만한 인물이라고 인정하고 있는 데다 뮤스 역시 항상 겸손한 자세로 대해주었기에 서로 존중하는 분위기였던 것이다.

잠시 후 드워프들의 연구실에 도착한 뮤스는 노크를 생략하고 문을 열었다. 네 명이 함께 사용하는 연구실인만큼 넓었기에 노크를 한다고 해도 안에서는 듣지 못할 가능성이 컸기 때문이다.

끼익—

양 옆으로 달린 큰 문이 열리자 실내의 여기저기서 나뒹굴고 있는 연장들과 온갖 기계의 부속들이 그의 시야에 들어왔다. 정리 정돈을 싫어하는 드워프들의 작업실은 항상 그와 같은 모양새였는데, 특히 이 떠한 작업이라도 하는 중에는 그 정도가 더욱 심했다.

조금 더 안쪽으로 들어가자 귀에 익숙한 드워프들의 목소리가 들려왔다. 또 드워프들뿐만 아니라 벌쿤과 헤밀턴의 목소리 역시 그 사이에 섞여 있었는데, 그중 헤밀턴이 뭔가 기대에 부풀어 있는 듯한 목소리로 말하고 있었다.

　"이제 모형 비행선의 뼈대는 모두 완성된 거죠? 그런데 뮤스 선배는 왜 이렇게 안 오시는 거죠? 선배가 와야 마무리 작업을 할 수가 있을 텐데……."

　이어 짜증스러움이 묻어 있는 켈트의 말소리가 들려왔는데, 평소에도 성격이 급한 편이었지만 오늘따라 더욱 서두르고 있는 듯했다.

　"그러게 말이다! 내가 얼마나 완성을 기다리고 있는지 알고 있는 녀석이 이렇게나 늦다니……."

　켈트의 행동을 지켜보고만 있던 레딘은 오늘따라 예민해 보이는 그의 모습에 의아함을 느끼며 물었다.

　"한데 오늘따라 왜 그렇게 서두르시는 거유? 평소에는 뮤스가 조금 늦더라도 별말씀 안 하시던 분이. 무슨 일이라도 있는 것이유?"

　레딘의 돌연한 물음에 놀란 듯 헛기침을 몇 번 한 켈트는 애써 그의 시선을 회피하며 대답했다.

　"흠흠! 그, 그야 약속 시간이 너무 늦어져서 그런 것이지 별다른 이유는 없어! 그나저나 뮤스 이 녀석은 왜 이렇게 늦는 거야?"

　켈트가 투정에 가까운 목소리로 투덜거리고 있을 때 그의 등 뒤로 다가간 뮤스는 웃으며 그들의 대화에 끼어들었다.

　"하핫, 늦어서 미안해요. 식사 준비가 생각보다 오래 걸리는 바람에 늦어졌어요."

　등 뒤로부터 들려오는 뮤스의 목소리에 금방 희색을 띤 켈트는 급히 고개를 돌리며 그를 반기기 시작했다.

　"어엇? 이 녀석, 드디어 왔군! 지금 늦은 사정 같은 것을 따질 시간은 없으니까 어서 모형 비행선이나 빨리 완성시켜 다오! 정말이지 너를 기다리다가 눈이 빠지는 줄 알았단다."

정신없이 떠들고 있는 것은 켈트 하나였지만 그 자리에 모여 있는 드워프 형제들과 벌쿤, 그리고 헤밀턴의 심정 역시 별반 달라 보이지 않았다. 모두들 기대감이 넘실거리는 눈빛으로 뮤스를 바라보고 있었다. 그리고 뮤스에게 들어올 수 있도록 자리를 내준 켈트는 이제 나긋나긋해진 목소리로 말했다.

"이쪽으로 들어오거라. 네가 그려준 설계도대로 제작은 모두 끝내놓았단다. 기체의 무게를 줄이기 위해서 뼈대 작업에 멜라늄 합금을 사용하느라 꽤나 신경을 써야 했지만, 빠른 시간 내에 그럭저럭 끝낼 수 있었지. 한데 네가 맡기로 한 무선 조종기는 완성된 게냐?"

켈트의 물음에 씨익 미소를 지은 뮤스는 가방을 뒤적이기 시작했고, 이내 한 손에 잡을 수 있을 만한 크기의 검은색 막대를 꺼내어 켈트에게 건네주었다. 그 막대의 표면으로는 몇 개의 버튼이 달려 있었는데, 엄지손가락과 검지손가락이 닿는 부위에는 조그마한 돌출 부위가 있어 상하로 움직일 수 있는 모양이었다.

"그럼요. 무선 조종기는 이미 완성이 되어 있었죠. 바로 이건데, 모형 비행선의 고도와 방향, 그리고 운행 속도를 조절할 수 있어요."

"호오, 그렇구나."

뮤스는 무선 조종기를 손에 들고 이리저리 살펴보고 있는 켈트를 지나 작업대로 다가갔다. 그 위에는 드워프들과 벌쿤, 그리고 헤밀틴이 함께 제작한 모형 비행선이라는 것이 올려져 있었다.

길이가 70셀리, 높이가 35셀리, 그리고 폭이 30셀리 내외 정도 크기의 모형 비행선은 보는 것만으로도 놀라움을 금치 못할 정도로 그 정교함이 대단했는데, 눈부신 은빛의 멜라늄 합금으로 만들어진 뼈대가 복잡하게 얽히며 앞뒤로 길쭉한 타원형의 공 모양을 이루었고, 그 하단

부의 양 옆과 뒤쪽, 총 세 군데 역시 멜라늄 합금으로 만들어진 회전날개 형태의 추진 장치가 붙어 있는 모습이었다.

언제나 봐도 놀랍기만 한 드워프들의 솜씨에 감탄스런 표정을 지은 뮤스는 뼈대 내부에 보이는 소형 마나구와 추진 장치를 돌리기 위한 동력기, 공기를 주입하거나 방출할 때 사용될 공기 펌프, 그리고 무선 조종기의 신호를 받아 모형 비행선의 움직임을 제어할 전자기판의 위치를 꼼꼼히 살펴보며 고개를 끄덕였다.

"역시 아저씨들의 솜씨는 여전하군요. 제가 드린 설계도와 한 치의 오차도 없이 만들어졌는걸요?"

뮤스의 말에 드워프들은 우쭐한 기분을 느끼며 밝은 표정을 지어 보였고, 반면 입을 삐죽 내민 벌쿤은 무슨 불만이라도 있는 듯 팔짱을 끼며 말했다.

"형, 그걸 만드는 데 나와 헤밀턴도 도왔는데 왜 우리한테는 아무런 말도 해주지 않는 거야?"

그에 대한 대답은 오히려 헤밀턴의 입을 통해 흘러나오고 있었다.

"그거야 저쪽에 쌓여 있는 고철덩이들을 보면 이해할 수 있지 않을까? 벌쿤 오빠와 내가 망쳐 놓은 모형 비행선 뼈대만 전부 제대로 조립한다 해도 모형 비행선을 하나 더 만들 수 있을 거야. 게다가 동력기를 두 개나 태워먹고 전자기판을 세 개나 부러뜨렸잖아. 어차피 이렇게 될 걸 뮤스 선배도 뻔히 알고 있을 테니 칭찬해 줄 수가 없었던 것 아니겠어? 그러니까 나처럼 그냥 조용하게 있으면 미움이나 받지 않는다고."

"그, 그건 말이지… 우연한 실수였다고! 그리고 헤밀턴, 너도 함께 그런 건데 꼭 그렇게 자랑하듯이 떠들어야 하는 거냐?"

"흥! 나는 다른 건 몰라도 양심은 있으니까 그런 거야. 내가 저질러 놓은 잘못이 있으니 칭찬 같은 건 받을 생각이 없다고. 잔소리 안 듣는 것만 해도 다행인 거지 뭐."

결국 벌쿤은 입을 다물 수밖에 없었다. 뮤스는 시무룩한 표정을 짓고 있는 벌쿤의 어깨를 두드려 주며 그를 위로했다.

"뭐, 처음에는 다 그런 거지. 그리고 너는 손이 커서 이렇게 정교한 기계보다는 좀 더 대형의 기계를 만지는 것이 더 어울려. 사람에게는 각자 적당한 일이라는 게 있는 법이니까."

"하하하! 역시 형은 나를 알아주는군! 역시 나에겐 이런 조잡한 기계는 어울리지 않아! 뭔가 대규모의 기계를 만져야 한다고!"

뮤스의 말에 위안을 얻은 벌쿤은 다시금 기분이 살아난 듯했고, 뮤스는 알게 모르게 고개를 내저으며 혼잣말을 중얼거렸다.

"그래도 동력기 두 개에 전자기판 세 개를 못 쓰게 만들다니… 그건 좀 심한걸."

하지만 벌쿤은 그의 혼잣말을 듣지 못한 듯 얼굴에 미소를 머금고 있는 중이었다. 다시금 모형 비행선으로 시선을 돌린 뮤스는 가방에서 보기 좋게 접혀 있는 천들을 꺼내었다. 하나같이 흰색의 광택이 나는 재질로 만들어져 있었는데, 그중 가장 큰 천이 펼쳐지자 타원형의 모양이 나타났고, 얼핏 보더라도 비행선의 뼈대와 비슷한 크기임을 일 수 있었다. 또 작은 천들은 주둥이가 좁은 주머니 모양을 하고 있었는데, 모형 비행선을 이루고 있는 뼈대 사이의 공간과 비슷한 크기였다. 주머니 모양을 한 작은 천의 주둥이에 입김을 불어 바람을 넣은 뮤스는 그것을 모형 비행선 뼈대 사이의 공간에 밀어 넣으며 입을 열었다.

"이중 다섯 개의 기체 주머니들을 뼈대와 뼈대 사이의 공간에 넣고 안쪽으로 공기보다 가벼운 기체를 주입시키는 거죠. 하지만 기체 주머니에 주입된 기체가 밖으로 빠져나가면 모형 비행선이 추락하게 되니 최대한 기체가 빠져나가지 않도록 고밀도로 재직된 천을 사용해야 했어요. 게다가 비행 도중 기체 주머니가 찢겨지거나 하면 곤란하니 화학 섬유로 재직된 가볍고도 질긴 천으로 만들어야만 했죠. 그리고 나머지 두 개의 기체 주머니는 공기 펌프에 연결을 하는데 공기를 주입하고 방출함으로써 비행선의 고도를 조절할 수 있게 된답니다."

설명을 잠시 멈춘 뮤스는 손에 들린 기체 주머니들을 모형 비행선의 뼈대 사이에 있는 공간으로 하나씩 밀어 넣기 시작했다. 그의 손놀림은 오랜 시간에 걸쳐 숙련된 듯 능숙했는데, 좁디좁은 모형 비행선의 뼈대 사이로 손을 자유롭게 움직이며 기체 주머니들을 뼈대에 고정시켰고, 조금의 시간이 지나자 앙상하기만 하던 모형 비행선 뼈대 사이에는 기체 주머니들이 빈틈없이 들어차 있었다.

잠시 고개를 이리저리 움직여 목의 근육을 푼 뮤스는 자신이 꺼내놓은 가장 큰 천을 모형 비행선의 뼈대 위에 걸치며 입을 열었다.

"외부 천은 내부의 기체 주머니를 보호하는 동시에 비행 중 공기의 저항을 줄여주는 역할을 해요. 이것만 뼈대 위에 덮어씌우면 모형 비행선의 제작은 끝나게 되는 거예요."

얼마 후 뮤스의 손놀림이 멈추어지자 드워프들과 벌쿤, 그리고 헤밀턴의 눈앞에는 완성된 모양의 비행선이 놓여 있었다. 겉으로는 흰색의 광택을 띠는 천이 깔끔하게 씌워져 있어 날렵하게 보이기까지 했고 양옆과 뒤쪽으로 돌출되어 있는 은색의 추진기는 조명의 빛을 받아 더욱 빛나며 자태를 뽐내는 중이었다.

모두들 모형 비행선이 하늘을 나는 상상을 하고 있는지 그들의 얼굴에는 설레임이 그대로 드러나고 있었다.

그들 중 유달리 모형 비행선의 완성에 흥분된 모습을 감추지 못하고 있던 켈트는 그것을 마치 귀한 보물인 양 조심스럽게 만져 보며 기쁨에 찬 웃음을 터뜨렸다.

"껄껄껄! 드디어 나의 사랑스러운 비행선이 완성되었구나! 하늘을 날 수 있는 모형 비행선이야말로 내가 어려서부터 가지고 싶었던 장난감이었지! 몇백 년이나 지난 오늘에야 내 소원을 이루게 되다니 정말 꿈만 같은걸!"

잠시 설레임에 빠져 있던 드워프 형제들은 켈트의 말에 뭔가 이상함을 느낀 듯 고개를 갸웃거리며 한마디씩 던지기 시작했다.

"잠깐! 장난감이라니 그게 무슨 말씀이오, 형님? 이건 뭔가 말이 다르잖수? 분명 우리는 뮤스의 부탁을 받은 것이라고 알고 있는데, 고작 형님이 가지고 놀고 싶어서 만든 것이었단 말이오?"

"그러게 말일세! 듀들란 제국의 공학원에 지지 않기 위해서 만드는 것인 줄로만 알았더니 한낱 켈트 형님을 위한 장난감이었다니!"

"에구! 형님, 대체 언제쯤 철이 드시려고 그러시우? 고작 장난감 하나 만들려고 이 아우들의 바쁜 시간을 빼앗았단 말이오? 그래서 오늘따라 더욱 조바심 내면서 뮤스를 기다린 게군."

너무나 기쁜 나머지 자신도 모르게 외친 말에 형제들이 반빌하며 나오자 켈트는 당혹스러운 표정을 지으며 자신의 주책스러운 입을 원망했다. 하지만 여기서 약한 모습을 보인다면 더욱 우습게 될 것이라고 생각한 켈트는 애써 슬픈 표정을 지으며 아우들을 향해 탄식을 퍼붓기 시작했다.

"이럴 수가! 자네들이 그러고도 나의 아우들이라고 말할 수 있는 것인가? 지난 오랜 세월 동안 날아다니는 장난감 하나 가지고 싶어 밤잠을 설친 일이 몇 날이나 되는지 셀 수도 없거늘, 이제 와서 이 형님이 그 작은 소원을 이루는 데 조금 도움을 준 것이 그렇게 억울하단 말인가? 허허… 심히 슬프구나. 세상에서 가장 나를 잘 이해해 줄 수 있는 아우들이라고 믿었거늘……."

켈트의 행동을 지켜보던 뮤스는 실소를 터뜨릴 수밖에 없었는데, 너무나 궁색한 말돌림과 한눈에도 과장된 연기임을 알아볼 수 있을 정도로 어색한 그의 행동에 드워프 형제들이 속을 리가 없다고 생각했기 때문이다.

하지만 항상 드워프들은 뮤스의 상식 밖이었고, 이번 역시 그의 상식을 뛰어넘고 있었다. 믿을 수 없게도 켈트의 궁색한 말돌림을 듣고 있던 드워프 형제들은 그의 말에 죄책감을 느끼게 되었는지 자신들의 잘못을 뉘우치는 표정으로 눈물을 글썽이기 시작하는 것이었다.

"형님, 우리가 잘못했소! 우리가 형님의 아픔을 지금까지 모르고 있었구려!"

"앞으로는 그냥 말만 해주슈! 형님을 위해서라면 이런 것쯤이야 백 개라도 즐겁게 만들어 줄 테니!"

"형님의 속내를 생각해 보지 않은 이 아우들의 불찰을 용서해 주시오."

자신의 생각보다 더욱 쉽게 상황이 종료된 듯하자 잠시 얼떨떨한 표정을 짓던 켈트는 속으로 안도의 한숨을 내쉬며 겉으로는 그들의 손을 마주 잡고 아름다운(?) 화해극을 벌이기 시작했다.

"역시 진심으로 나를 이해해 주는 드워프들은 우리 아우들밖에 없었어! 자네들도 모형 비행선을 가지고 놀게 해주겠네!"

유치하기 짝이 없는 말을 주고받으며 서로 부둥켜안고 있는 드워프들의 모습을 지켜보던 헤밀턴은 자신이 가진 상식으로는 도저히 이해할 수 없는 그들의 행동에 고개를 가로저으며 벌쿤을 향해 입을 열었다.

"벌쿤 오빠, 드워프 아저씨들 지금 농담 따먹기 하고 있는 거 맞지? 그렇지 않고서야 어떻게 저리 쉽게… 오빠?"

"……."

자신의 물음에 벌쿤이 아무런 대답도 하지 않자 헤밀턴은 고개를 돌렸다. 그러자 또 한 번 믿을 수 없는 장면을 목격할 수 있었는데, 드워프들을 지켜보고 있던 벌쿤의 볼을 타고 뜨거운 눈물이 흐르고 있었던 것이다. 헤밀턴의 시선에 놀라 얼른 소매로 눈물을 훔친 벌쿤은 감정이 벅차오르는 목소리로 뮤스에게 말했다.

"뮤스 형! 정말 아름다운 모습이지? 우리도 꼭 저렇게 아름다운 우애를 나누도록 하자! 사랑해, 형!"

부담스러운 벌쿤의 시선을 받은 뮤스는 답답한 한숨을 내쉬며 눈살을 찌푸렸다.

"에휴… 저런 우애는 나누기 싫으니까 하고 싶으면 너 혼자 나누도록 해라. 아무래도 너를 더 이상 드워프 아저씨들과 함께 지내도록 하면 안 될 것 같아. 네가 인간인지 드워프인지 헷갈릴 때가 종종 있으니원."

드워프들로 인해 점차 나쁜 쪽으로 물들어가는 벌쿤을 향해 안타까운 눈빛을 던져 준 뮤스는 작업대를 몇 번 두드리며 드워프들의 주의를 끌기 위해 말을 이었다.

"아저씨들! 모형 비행선을 지금 띄울까요? 아니면 그냥 방에 가서 잠이나 잘까요? 계속 그러고 계실 거면 저는 이만 갈게요."

뮤스의 말에 귀가 번쩍 뜨인 켈트는 급히 뮤스를 바라보았고 큰일이라도 날 듯 손을 내저으며 외쳤다.

"아, 아니다! 어서 모형 비행선을 띄워다오! 누구 애가 타서 죽는 모습 보고 싶은 게냐?"

다른 드워프들 역시 감정을 가다듬었는지 입을 다물며 뮤스를 향해 시선을 돌리고 있었다. 그제야 분위기가 본래대로 돌아오자 고개를 끄덕인 뮤스는 끊어졌던 부분부터 설명을 이어 나가기 시작했다.

"이제 남은 일은 기체 주머니에 공기보다 가벼운 기체인 수소 또는 헬륨을 주입하는 것인데, 오늘은 수소를 주입하도록 하겠어요. 물론 수소가 폭발성 기체이기 때문에 위험하긴 하지만, 어차피 모형 비행선에는 주입되는 양이 얼마 안 되니 크게 위험하지는 않을 거예요."

설명을 잠시 멈춘 뮤스는 자신의 가방에서 소형의 수소통을 꺼내어 들었고, 모형 비행선의 아래로 나와 있는 다섯 개의 기체 주머니 중 하나에 수소통을 연결하며 밸브를 열었다.

쉬이이이익…….

그러자 수소가 흘러나오는 소리와 함께 호스로 연결된 기체 주머니는 빠른 속도로 부풀기 시작했고, 그 겉을 덮고 있는 외부 천까지 눈에 띄게 팽팽해지고 있었다. 같은 방식으로 나머지의 기체 주머니를 모두 수소로 채우게 되자 모형 비행선의 겉을 덮었던 외부 천까지 함께 부풀어 올라 마치 복어와 같은 모양새가 되었다.

손가락으로 모형 비행선의 외부 천을 살짝 눌러보며 수소의 주입 상태를 살펴보던 뮤스는 만족한 미소를 띠며 켈트를 향해 말했다.

"이제 다 된 것 같네요. 그러면 손에 들고 계시는 무선 조종기의 전원을 넣어보시겠어요?"

그의 말에 마른침을 꼴깍 삼킨 켈트는 고개를 끄덕이며 들고 있던 무선 조종기의 전원 스위치를 올렸다. 그것을 확인한 뮤스는 손으로 누르고 있던 모형 비행선을 놓아주었고, 곧 모형 비행선은 조금 기우뚱거리며 두둥실 공중으로 떠오르기 시작했다.

모형 비행선이 떠오르는 모습을 보고 있던 일행들의 입은 자신들도 모르는 사이에 벌어지며 감탄사가 흘러나오고 있었다. 이미 알고 있는 사실이었지만 상상하는 것과 직접 보는 것의 차이는 큰 것이었다.

"와! 정말 떠오르고 있어……."

"이거야 원, 직접 보고 있으니 더욱 믿기지가 않는군."

일행들의 나직한 중얼거림을 듣고 있던 뮤스는 모형 비행선이 가슴 높이까지 떠오르자 멍하니 비행선을 바라보고 있는 켈트를 향해 말했다.

"켈트 아저씨, 이제 고도 조절을 하셔야 해요. 그렇지 않으면 어디까지 올라갈지 모르니까요. 엄지손가락이 닿는 스위치를 아래로 내리면 모형 비행선의 공기 펌프와 연결된 기체 주머니에 공기가 주입되면서 현재의 고도가 유지되죠."

뮤스의 설명에 고개를 끄덕인 켈트는 그의 말대로 엄지손가락에 걸린 스위치를 아래로 내렸다. 그러자 소형 공기 펌프가 가동되는 소리가 나직이 들리기 시작하면서 점차 공중으로 올라가던 모형 비행선이 그 자리에 멈추었다. 이에 탄성을 내지른 켈트는 벅차오르는 표정을 지으며 물었다.

"그렇다면 앞으로 나가려면 어찌해야 하는 것이냐? 보아하니 이 검지손가락에 있는 스위치 같은데……."

　팔짱을 낀 채 모형 비행선이 허공에 멈춘 것을 확인한 뮤스는 자신의 검지손가락을 까딱이며 대답했다.
　"네, 이런 식으로 잡아당기면 모형 비행선의 양 옆에 장착된 추진기의 회전날개가 돌면서 전진하게 돼요. 얼마나 잡아당기느냐에 따라 속도 조절도 가능하죠. 또 고도 조절 스위치의 아래에 붙은 스위치를 좌우로 돌리면 방향 조절을 할 수 있어요."
　"오오! 정말 놀랍구나!"
　탄성을 터뜨린 켈트는 기다릴 것도 없이 검지손가락에 걸린 스위치를 잡아당겼다. 그러자 소형 동력기의 진동 소리와 함께 양 옆에 붙은 회전날개가 점차 빠르게 회전하기 시작했고, 모형 비행선의 기체는 천천히 앞으로 나아가기 시작했다. 마치 느긋한 모습으로 유영을 하는 한 마리의 물고기와 같은 모습이었는데 일행들은 넋이 나간 모습으로 그것을 바라볼 뿐이었고, 켈트는 신이 난 표정으로 이리저리 방향을 바꾸어보며 즐기고 있었다.
　"내 마음대로 움직이게 할 수 있다니 정말 굉장한걸? 생각했던 것보다 훨씬 재미있군!"
　그러한 켈트의 모습을 부러운 눈빛으로 바라보던 벌쿤은 다정다감한 표정으로 그의 옆구리를 찌르며 말을 걸었다.
　"아저씨! 재미있어요? 저도 한 번만 해보면 안 될까요?"
　벌쿤의 부탁에 냉정한 표정을 지은 켈트는 아무런 대답도 하지 않은 채 모형 비행선 조종에만 열중했다. 하지만 이내 벌쿤뿐만 아니라 다른 드워프 형제들과 헤밀턴 역시 모형 비행선을 한 번 조종해 보고 싶은 마음에 한마디씩 던지기 시작했다.
　"형님, 보는 것만으로는 성에 안 차는데 우리들도 좀 만져 보면 안 되겠수?"

"방금 전까지만 해도 함께 가지고 놀자고 했잖소."

"이번에는 우리도 좀 해봅시다! 형님 혼자서 만든 것도 아닌데."

"켈트 아저씨, 저도 만져 보고 싶어요. 우리도 얼마나 기다렸는데 혼자만 가지고 노시면 안 되죠!"

그들의 원성이 계속되자 켈트는 손가락으로 자신의 입을 가리며 조용히 하라는 신호를 했다. 그리곤 자못 진지한 표정을 지으며 허공을 가로지르고 있는 모형 비행선을 가리켰는데, 그것은 방향을 유연하게 바꾸며 연구실의 입구 쪽으로 향하고 있었다.

잠시 후 비행선이 문 앞에 멈추게 되자 켈트는 비행선에 시선을 빼앗겨 있는 일행들을 향해 나직한 목소리로 말했다.

"이 비행선은… 내 거다! 넘볼 생각은 하지도 말라고!"

그렇게 짧은 한마디를 던진 켈트는 쏜살같이 연구실의 문 쪽으로 달려나가기 시작했고, 문 앞에 멈춰 있는 비행선을 급히 옆구리에 끼곤 문을 박차고 도망치는 것이었다.

콰당!

그제야 모형 비행선을 빼돌리기 위한 켈트의 계략에 속았다는 것을 알게 된 일행들은 어이없는 표정을 지었다.

"뭐야! 그대로 도망가 버리셨잖아!"

"나도 오기가 있지, 이대로 가만히 있지는 않을 거야! 서두르자, 벌쿤 오빠!"

"우리도 어서 형님을 잡자고! 며칠에 걸친 노력의 산물을 이렇게 손 놓고 빼앗길 수는 없지!"

일행들은 뒤늦게나마 허겁지겁 켈트를 쫓기 위해 연구실 밖으로 달려나가기 시작했다.

후다다다닥!

그들이 모두 사라지게 되자 연구실에는 결국 뮤스만이 남아 웃음을 터뜨리고 있었다.

"후훗, 아무튼 처음 만났을 때나 지금이나 말릴 수가 없는 분이라니까. 흠흠, 이제 나도 숙소로 돌아가 볼까? 잠을 못 잔 지가 벌써 삼 일째니……."

어깨를 으쓱거린 뮤스는 꺼내놓은 수소통을 다시 챙겨 넣고 전뇌등의 전원을 내렸다. 그리고 어두워진 연구실을 다시 한 번 둘러본 그는 문 쪽으로 걸음을 옮긴 후 문을 닫으며 사라지고 있었다.

105장 크라이츠의 억지

공학원의 저택은 요란스러운 아침을 맞이하고 있었다. 이른 아침부터 많은 사람들이 새로운 물건들을 저택 안으로 나르는 중이었는데, 큰 가구에서부터 옷가지들까지 각양각색이었다. 그리고 그 중심에는 크라이츠가 밝은 웃음을 지으며 서 있었다.

"호호홋! 그 옷들은 2층 복도의 끝 방으로 옮겨주세요. 그리고 그 가구들은 응접실로 가지고 가고, 원래 있던 가구들은 가지고 가서야 해요. 아! 도자기 인형들은 서재에 놔두면 좋겠네요. 아주 어렵게 구한 것이니 조심해 주세요."

크라이츠는 팔짱 낀 모습으로 물건을 배달하기 위해 찾아온 일꾼들을 직접 부리고 있는 중이었다. 크라이츠로부터 상당한 보수를 받게 된 일꾼들은 시원한 아침임에도 불구하고 땀을 뻘뻘 흘릴 정도로 열심히 일하고 있었는데, 까다로운 그녀의 요구에 부응하기가 여간 힘든 것이 아니었던 것이다.

사람들이 일하는 모습을 바라보고 있던 크라이츠에게 집사인 바이멀이 다가오며 말했다.

"크라이츠님, 뮤스 도련님께서 내려오고 계십니다. 아침 식사는 어디에 마련하면 되겠습니까?"

그의 물음에 잠시 생각해 보던 크라이츠는 실내와 창밖을 번갈아 보며 입을 열었다.

"음… 아무래도 실내는 복잡하니 오랜만에 정원으로 나가서 아침 식사를 하도록 하죠. 마침 날씨도 좋으니 괜찮겠군요."

"네, 그럼 정원에 아침 식사를 마련해 놓도록 하겠습니다."

다시 한 번 그녀의 요구를 확인한 바이멀은 가볍게 고개를 숙여 보이며 자리를 옮겼다. 바이멀이 사라지는 모습을 보던 크라이츠는 2층으로 통하는 계단 쪽으로 시선을 돌렸다. 그곳에서는 소매 단추를 잠그며 걸어 내려오고 있는 뮤스가 보이고 있었다. 그를 만난 지 사흘이나 지났다는 사실을 떠올린 크라이츠는 반가움을 느끼며 계단 가까이로 다가갔고, 밝은 미소를 입가에 그리며 뮤스를 맞아주었다.

"호홋! 잘 잤니, 뮤스? 요즘 얼굴 한번 보기도 힘든 것을 보니 많이 바쁜 모양이구나. 그동안 이 누님이 보고 싶지도 않았던 거니?"

뮤스는 가볍게 웃으며 그녀의 물음에 답했다.

"후훗, 설마 그럴 리가요. 다만 연구실에 쌓여 있는 서류 뭉치들과 싸움하고 있다 보니 누님을 찾아뵐 시간도 없었어요. 대체 며칠 만에 잠을 잔 것인지도 모를 지경이니까요."

"쯔쯧, 젊은 나이에 즐기지도 못하는 것을 보니 정말 안타깝구나. 흑룡의 호수에 다녀오자마자 쉬지도 않고 일에 매달리고 있으니…… 그러다가 젊어서 즐기지 못한 것을 늙어서 후회하게 될지도 모른단다."

걱정스러움이 담겨 있는 크라이츠의 말을 듣고 있던 뮤스는 사람들이 오가며 부산스러운 거실을 둘러보며 물었다.

"흠, 이번에는 꽤나 많은 물건들을 구입하셨군요. 뭔가 기분 나쁜 일이라도 있으셨던 건가요?"

크라이츠는 기분이 좋지 않을 때 주로 쇼핑으로 기분 전환을 하곤 했는데, 오늘따라 그 양이 평소에 비해 유달리 많아 보였기에 뮤스가 그러한 질문을 던진 것이다. 아니나 다를까, 나직한 한숨을 내쉰 크라이츠는 뮤스의 어깨에 팔을 걸치며 대답해 주었다.

"헤유~ 그렇지 않아도 그 일 때문에 아침 일찍 너를 보자고 한 것이란다. 이런 곳에서 긴 이야기를 하는 것은 마땅치 않은 것 같으니 아침 식사나 하면서 이야기하는 것이 어떻겠니? 식사는 정원에 미리 준비해 두었단다."

"무슨 일인지는 모르겠지만 그렇게 하도록 하죠. 누님과 아침 식사를 함께하는 것도 정말 오래간만인걸요?"

"호홋, 정말 그렇구나."

뮤스와 크라이츠는 거실을 오가고 있는 일꾼들 사이를 통과하여 정원으로 나가기 시작했고, 일꾼들은 그들과는 상관없이 계속해서 분주히 몸을 움직이고 있었다.

뮤스와 크라이츠는 부드러운 가을의 햇살을 맞으며 아침 식사가 준비된 탁자에 마주 앉아 있었다.

흰색의 탁자보가 덮여 있는 탁자 위로는 모락모락 따뜻한 김이 나는 빵들이 바구니에 담겨 있었으며 반숙으로 삶아진 계란은 크리스털로

만들어진 계란 잔에 올려져 있었다. 그리고 과일로 만든 몇 가지의 맛
깔스러운 잼 역시 준비되어 있었다.

그들의 주위엔 한 명의 시녀가 시중을 들고 있었는데, 식사와 함께
마실 차를 준비하는 중이었다. 시녀가 조심스러운 손길로 잘 우려낸
차를 찻잔에 따르고 물러나자 크라이츠는 천천히 차 향기를 음미하며
하려던 이야기를 꺼냈다.

"어제 네 친구들에게 들어서 알겠지만, 듀들란 제국에서 초청장이
도착했단다. 그야말로 기고만장한 초청장이더구나. 감히 대륙 최고의
공학원이라는 말을 서슴없이 붙이다니 말이야. 그래서 아주 기분이 불
쾌했던 것이란다."

고개를 끄덕이면서 그녀의 말을 듣고 있던 뮤스는 바구니에 담긴 빵
을 한 조각 뜯으며 말했다.

"원래 큰 행사의 초청장에는 자신을 과시하려는 성향이 나타나는 것
이죠. 그러니 크게 신경 쓰지 않아도 괜찮지 않을까요?"

하지만 크라이츠는 그렇게 생각하지 않는 듯 고개를 내저으며 대꾸
했다.

"물론 편하게 생각하자면 그렇지만, 뮤스, 너도 내 성격을 잘 알지
않니. 남에게 지고는 못산다는 것을 말이야. 녀석들이 잘난 척하기 위
해 초청하는 자리임이 뻔한데 우리라고 멍하니 구경만 하고 올 수는
없는 일이잖니? 어떻게 해서든 듀들란 제국 녀석들의 콧대를 꺾어놓고
싶은데 뭔가 방법이 없을까?"

크라이츠의 성격을 누구보다 잘 아는 뮤스로서는 그녀가 어떤 것을
원하는지 대충 눈치 챌 수 있었다. 하지만 그녀의 말을 무작정 받아들
이기에는 문제점도 있었기에 신중한 표정을 지으며 대답했다.

"누님의 기분은 이해하지만, 그것은 조금 어려운 문제예요. 왜냐하면 공학 기술이라는 것은 꼼꼼히 내용을 살펴보기 전에는 어떤 것이 우위에 있는 것인지 알기 힘든 것이기 때문이죠. 그렇다고 해서 우리가 새롭게 개발한 기기들을 남의 잔치에서 홍보할 수는 없는 일이니까요. 즉, 사람들의 눈길을 완전히 끌 수 있는 것이 아니면 누님께서 원하는 효과를 얻기란 쉬운 일이 아니라는 것이죠."

잠시 생각에 잠겨 있다 나직한 한숨을 내쉰 뮤스는 어깨를 으쓱거리며 말을 이었다.

"후우… 아무리 생각해 봐도 지금 당장은 딱히 떠오르는 것이 없군요."

평소라면 이렇다 할 대답을 하지 못한 뮤스를 닦달하고 나설 크라이츠였지만 별다른 반응이 없자 이상함을 느낀 뮤스는 그녀의 얼굴을 살폈다. 그녀의 시선은 지금 하늘 위를 향하고 있었는데, 뭔가 보는 것만으로도 불안한 미소가 그녀의 얼굴에 그려져 있었다. 자신의 시선이 닿아 있는 곳을 손으로 가리킨 크라이츠는 신기함이 가득 담긴 목소리로 물었다.

"뮤스, 지금 저 위에 날고 있는 것이 대체 뭐니? 분명 새는 아닌 것 같은데 혹시 네가 만든 거니?"

그녀가 가리킨 곳으로 고개를 돌린 뮤스는 그녀가 발견한 것이 보형 비행선임을 한눈에 알아볼 수 있었다. 오늘은 꽤나 높은 곳을 날고 있었는데, 그 바로 밑에선 무선 조종기를 든 켈트가 부지런히 도망치는 중이었고 그 뒤를 아직도 드워프들과 벌쿤이 쫓고 있었다. 그들의 쓸데없는 오기에 어이없음을 느끼며 실소를 터뜨린 뮤스는 크라이츠를 향해 시선을 돌려 대답해 주었다.

"풋! 저것은 어제 만든 켈트 아저씨의 장난감이에요. 모형 비행선이라고 하는 것인데, 땅 위에서 그 움직임을 직접 조종할 수 있죠."

뮤스는 간단한 설명과 함께 손에 든 빵을 입에 넣어 씹으며 차를 한 모금 마셨다. 그리고 차 향이 마음에 든다고 느낄 때 크라이츠의 목소리가 그의 귀를 파고들고 있었다.

"호오! 모형 비행선이라… 상당히 마음에 드는데? 혹시 저것을 크게 만들 수는 없는 거니? 사람들이 직접 탈 수 있을 만큼의 크기로 말이야."

"프홋!"

뒤늦게서야 그녀의 머리 속에 들어 있는 꿍꿍이를 눈치 챌 수 있었던 뮤스는 입에 든 찻물을 뿜어낼 정도로 놀라게 되었고, 급히 냅킨으로 입 주변을 닦아낸 뮤스는 자신의 귀를 의심하듯 되물었다.

"설마… 진짜 비행선을 만들라고 하는 건 아니시겠죠?"

안타깝게도 뮤스의 귀는 지극히 정상이었고 크라이츠는 당연하다는 듯 고개를 끄덕이며 자신이 한 말을 다시금 뮤스의 머리에 심어주고 있었다.

"왜, 잘 못 들었니? 나는 분명히 진짜 비행선을 만들라고 한 것이란다. 무슨 안 될 일이라도 있는 것이니? 음… 설혹 안 된다 하더라도 꼭 되도록 해주었으면 좋겠는걸."

하지만 비행선을 만드는 것은 크라이츠가 생각하는 것만큼 만만한 일이 아니었기에 뮤스는 고개를 내저으며 그녀를 설득하려 했다.

"비행선을 만든다는 것이 생각만큼 쉬운 일이 아니라는 말을 하고 싶어요. 비행선을 만들기 위해서는 많은 수의 전문 인력을 필요로 하는데, 드워프 아저씨들을 제외한 공학자 분들의 수준으로는 복잡한 비행선의 설계도조차 이해할 수 없는 상황이에요. 게다가 듀들란 제국에 가기 전까지 비행선을 완성하라는 말씀이신데, 단시일 내에 비행선을 완성하기 위해서는 엄청난 수의 인력과 상상을 뛰어넘는 비용을 필요로 한단 말이에요. 그러니 생각을 달리하시는 게 좋을 것 같네요."

크라이츠는 뮤스의 이야기를 들으며 느긋한 모습으로 차를 마시고 있었다. 그리고 찻잔을 내려놓으며 은근한 눈빛으로 뮤스를 바라보았다.

"네 말을 듣자 하니 어려움이 있다는 것이지 불가능하다는 말은 아닌 것 같구나. 세상에 어렵지 않은 일은 없는 것이지. 아무튼 나는 비행선을 제작하는 것으로 알고 있도록 하마. 그럼 수고해 주렴."

언제나 그래 왔듯이 자기 마음대로 결정을 내려 버린 크라이츠의 행동에 뮤스는 당황해하며 급히 손을 내저었다.

"이, 이건 누님이 정한다고 해서 되는 일과는 차원이 전혀 다른 것이에요. 제 마음이야 누님이 원하는 대로 해드리고 싶지만, 이미 말씀드렸듯이 현재의 상황으로서는……."

뮤스가 말을 하는 도중 미간을 찌푸린 크라이츠는 그의 말허리를 자르며 말을 꺼내었다.

"설마 이 누님을 위해 고작 그런 일도 못한다고 말하지는 않겠지, 뮤스?"

크라이츠의 기분이 언짢아지려 하자 뮤스는 입을 다물 수밖에 없었고, 그녀의 고집을 잘 알고 있던 뮤스로서는 더 이상 그녀의 뜻을 서부해 봐야 별다른 도움이 되지 않는다는 결론을 내릴 수 있었기에 답답한 한숨과 함께 고개를 끄덕일 수밖에 없었다.

"헤유~ 네, 힘들겠지만 최선을 다해 보도록 할게요."

결국 뮤스가 자신의 요청을 수락하자 금세 밝은 표정을 지은 크라이츠는 특유의 웃음을 터뜨리기 시작했다.

"호호홋! 역시 이 누님의 마음을 잘 알아주는 건 뮤스 너밖에 없구나. 호홋! 정말 기대가 되는걸? 마법을 쓰지 않고서도 하늘을 날 수 있게 되다니."

"어떻게 될지 장담할 순 없는 일이니 너무 기대하지 않는 편이 좋을 거예요."

"호홋! 라이델베르크 공학원의 원장님이 못하는 게 세상에 어디 있겠니? 분명 멋지게 해낼 것이라고 믿는단다!"

크라이츠가 부담을 줄수록 뮤스는 앞으로의 일에 암담함을 느꼈고 인상을 찌푸리며 지끈거려 오는 머리를 매만지기 시작했다.

뮤스와 크라이츠는 못다 한 아침 식사를 마저 하고 있었다. 뮤스는 비행선 제작에 대한 걱정으로 인해 소화조차 잘 안 되는 모습이었는데 반해 크라이츠는 기분 좋은 모습으로 평소보다 많은 양을 먹고 있는 중이었다.

대조적인 모습으로 식사를 하고 있을 때, 켈트가 정원 쪽으로 달려오고 있었다. 그는 수시로 뒤를 돌아보며 자신을 쫓는 드워프 형제들과 벌쿤을 견제하는 중이었는데, 안색이 어두운 것이 상당히 피곤한 모습에 얼굴은 땀으로 흥건하게 젖어 있는 상태였다. 헥헥거리며 거친 숨을 내쉰 켈트는 뮤스와 크라이츠 앞에 멈춰 서며 투덜거렸다.

"헥헥! 크라이츠님, 좋은 아침입니다. 그리고 뮤스야! 저 끈질긴 녀석들 좀 어떻게 해줄 수 없겠냐? 지독하게도 어젯밤부터 모형 비행선의 조종기를 빼앗기 위해 저렇게 따라다니는구나! 그렇지 않아도 달리는 걸 싫어하는데… 쳇!"

다시금 뒤를 돌아보자 드워프 형제들과 벌쿤은 이미 코앞까지 다가와 있었고, 이에 놀란 켈트는 다시금 걸음을 옮겨 도망치려 했다.

그 순간 크라이츠는 식사를 하다 말고 호기심 가득한 얼굴로 자리에서 일어나 켈트의 앞을 가로막고 나서며 그를 향해 손가락을 까닥였다.

"켈트 씨의 손에 들려 있는 것이 바로 저 모형 비행선을 조종할 수 있는 물건인가 보죠? 제가 잠시 만져 봐도 될까요?"

그녀의 말에 겁먹은 얼굴을 한 켈트는 천천히 뒷걸음질치기 시작했다. 늑대를 피하려다 호랑이를 만난 꼴이 되어버렸기 때문이다. 무선 조종기를 품에 감춘 켈트는 도리질 치며 말을 더듬거렸다.

"제, 제발 이것만은 안 됩니다, 크라이츠님!"

이제 켈트의 뒤쪽으로 드워프 형제들과 벌쿤까지 도착하게 되었다.

"헥헥! 더럽게 힘드네! 이제 형님도 도망갈 곳이 없으니 어서 무선 조종기를 내놓으슈!"

"흑룡의 호수에 갔을 때 이렇게 달렸더라면 아마 두 배는 빨리 다녀왔을 거예요! 어서 내놓으세요, 아저씨!"

그리하여 앞에서는 크라이츠가, 뒤에서는 형제들과 벌쿤이 포위하며 잡아먹을 듯한 눈길을 그에게 보내게 되었다. 이에 복잡한 눈빛으로 앞뒤를 살피던 켈트는 더 이상 무선 조종기를 사수할 수 없는 상황임을 깨달으며 슬픈 표정을 지었고, 어쩔 수 없었던 켈트는 품에 숨겼던 무선 조종기를 그중 최강자(?)인 크라이츠를 향해 내밀었다.

"흐윽… 여기 있습니다, 크라이츠님. 제발 조심해서 다뤄주십시오."

켈트의 무선 조송기를 받아 든 크라이츠는 그의 말을 귓가로 흘린 듯 아무런 대답 없이 스위치들을 하나씩 만져 보기 시작했고, 그 모습을 본 켈트는 불안함에 떨고 있었다.

"이게 뭐지? 이렇게 당기면 앞으로 가는 건가? 아! 맞구나! 그리고 이 스위치는… 에이, 몰라! 당겨보면 알겠지 뭐."

크라이츠의 연구 정신에 힘입어 하늘에 떠 있던 모형 비행선은 정신 없이 기우뚱거리는 동시에 금방이라도 추락할 듯 오르락내리락하고 있었다. 그 모습을 도저히 눈 뜨고 볼 수 없었던 켈트는 눈물을 머금으며 고개를 돌려 버렸고, 다른 형제들과 벌쿤은 닭 쫓던 개 지붕 쳐다보듯이 크라이츠가 하는 양을 아무 말 못하고 보고 있을 수밖에 없었다.

그리고 시간이 조금 지나자 크라이츠는 마음대로 움직이는 모형 비행선을 따라 어디론가 달려가기 시작했는데, 크라이츠가 모형 비행선을 조종하는지, 모형 비행선이 크라이츠를 끌고 가는지 모를 지경이었다.

"어머! 어머! 어디로 가는 거니! 기다려!"

그렇게 크라이츠가 어디론가 사라져 버리자 드워프들과 벌쿤은 바닥에 주저앉아 버렸는데, 모형 비행선을 만져 보기 위해 밤새 뛰어다닌 일이 허사로 돌아간 허무함 때문이었다.

넋이 나간 얼굴로 멍하니 하늘을 바라보고 있던 켈트는 크라이츠를 원망하며 투덜거렸다.

"내 보물 같은 모형 비행선을 이렇게 허무하게 빼앗아 가버리시다니… 크라이츠님도 너무하시는군. 역시 원래의 버릇이 사라진 것이 아니었어!"

켈트의 말을 듣던 형제들은 비아냥거리는 말투로 한마디씩 던졌다.

"그래도 형님은 만져 보기라도 했지 않수? 우리는 구경만 하다 끝나 버렸구만. 그 정도라도 행복한 줄 아슈!"

"하필이면 그 많고 많은 곳 중에 크라이츠님 앞으로 와서 이런 우스운 일을 당해 버린 것이우? 에휴… 이제 모형 비행선 돌려받기는 다 틀렸네."

"돌려받는 것은 생각지도 않는다네. 과연 얼마나 오랫동안 모형 비행선이 멀쩡할 수 있을지가 더 기대되는군.”

벌쿤 역시 그의 이야기를 거들고 있었다.

“누님께서 모형 비행선 조종하는 모습을 보아하니, 오늘 해 떨어질 때쯤 되면 어디 나뭇가지에 걸려 있을 것 같은걸요? 에휴, 아까워라.”

그렇지 않아도 심기가 크게 상해 있던 켈트는 드워프 형제들과 벌쿤이 신경을 건들자 목소리를 높이며 그들을 나무라기 시작했다.

“이게 다 너희들 때문에 그런 것이 아니냐! 내 모형 비행선을 탐내지만 않았으면 크라이츠님 앞까지 오지도 않았을 것을!”

분위기가 심각하게 흐르려 하자 그들의 행동을 보고만 있던 뮤스가 그들 사이에 끼어들며 만류하기 시작했다.

“다들 그만 하시라고요! 저런 모형 비행선이야 다시 만들면 되잖아요? 지금은 그것보다 더 큰 문제가 생겼단 말이에요!”

뮤스의 외침에 드워프들과 벌쿤의 시선은 그의 얼굴에 집중되었고, 잠시 흥분한 감정을 다스린 켈트가 궁금함을 느끼며 되물었다.

“큰 문제라니, 무슨 일이 생겼단 말이냐?”

그들이 진정하게 되자 그나마 안도할 수 있었던 뮤스는 나직한 한숨을 내쉬며 입을 열었다.

“후우… 크라이츠 누님께서 사람이 탈 수 있는 비행선을 만들라는 주문을 하셨어요. 그것도 듀들란 제국의 발표회가 시작되기 전까지요.”

선혀 생각지도 못한 소식에 이곳에 모인 이들은 모두 눈을 휘둥그렇게 떴고, 당황한 표정을 역력히 드러낸 켈트는 놀란 가슴을 진정시키며 차근히 물었다.

“자세히 좀 이야기해 보거라. 비행선을 만들라고 하시다니, 대체 그게 무슨 이야기인 게냐?”

　뮤스는 그때부터 크라이츠와 주고받은 이야기와 그에 대한 어려운 점, 자신이 생각하고 있는 비행선의 규모에 대한 설명을 드워프들과 벌쿤에게 해주기 시작했는데, 뮤스의 이야기가 계속될수록 그것이 보통 일이 아니라는 것을 알게 된 그들은 얼굴을 딱딱하게 굳히고 있었다.

　"…그러니 전체적인 원리는 지금의 모형 비행선과 같겠지만, 비행선 내부에 추진 장치를 비롯한 대형 기기들을 장치해야 하기 때문에 그보다 수십 배나 복잡한 설계 과정을 거쳐야 할 거예요. 또, 설계에 오차라도 생긴다면 비행선이 추락하게 되는 위험 부담까지 가지고 있으니 더욱 부담이 가는 것이 사실이에요. 하지만 크라이츠 누님의 고집을 꺾을 수가 없으니……."

　뮤스의 이야기가 끝나자 그들 사이에는 잠시간의 침묵이 흘렀다. 그리고 무염의 드워프라는 별명에 걸맞게 매끈하게 면도된 턱을 매만지던 켈트가 어깨를 으쓱이며 먼저 입을 열었다.

　"쩝, 말이 씨가 된다고 했던가. 내가 아우들에게 했던 거짓말이 현실이 되어 다가와 버렸군. 하지만 어차피 크라이츠님께서 한번 마음을 정하신 이상 무슨 일이 있더라도 비행선 제작을 추진하려 할 것 아니겠냐? 상식적으로 생각해서 아무리 그것이 어렵더라도 결국 우리가 해야 하는 일이고, 그런 만큼 더 이상의 고민은 불필요한 것이라고 생각한다. 솔직히 나는 비행선의 제작이 쉽고, 어렵고를 떠나 대륙 최초로 하늘을 날 수 있게 해주는 기계를 만들 수 있다는 사실에 가슴까지 두근거리는구나. 물론 높은 곳을 별로 좋아하진 않지만, 하늘을 날고 싶다는 생각은 항상 했었지."

　켈트의 이야기를 듣고 있던 드워프들 역시 그와 비슷한 생각인 듯 고개를 끄덕였고, 벌쿤은 설레이는 목소리로 입을 열었다.

"켈트 아저씨 말대로 비행선이 만들어지면 우리가 하늘을 직접 날 수 있는 거잖아? 우와! 나도 비행선이 완성되는 것을 꼭 보고 싶어, 형!"

자신을 향해 시선을 모으고 있는 동료들을 잠시 둘러본 뮤스는 어쩔 수 없다는 듯 가볍게 웃으며 대답했다.

"훗! 아저씨들께서도 좋으시다면 더 이상 생각할 것도 없죠 뭐. 어차피 기왕 이렇게 된 이상 세상 사람들을 깜짝 놀래킬 멋진 비행선을 만들어보자구요! 그리고 목표는 비행선을 타고 듀들란 제국까지 가는 거예요!"

결국 뮤스의 결심을 통해 비행선 제작이 결정되어지자 드워프들과 벌쿤은 의욕에 불을 당기는 환호성을 내질렀다.

"좋아! 비행선 제작에 우리의 총력을 기울여 보자고!"

"헛! 우리가 모두 모여서 만들지 못할 것이 어디 있겠나? 듀들란의 발표회에 찬물을 끼얹어주는 거야!"

"그럼, 그럼. 우리 공학원을 따라올 수 없음을 보여줘야겠지!"

이어 시간이 촉박한 만큼 한시라도 낭비할 수 없었던 그들은 비행선 제작에 필요한 준비를 하기 위해 서둘러 연구실로 향했다. 그때부터 라이델베르크의 공학원은 오랜만에 활기를 띠기 시작했다.

며칠 후, 공학원의 본관 건물에 위치한 기획실에는 뮤스와 드워프들, 그리고 뮤스의 친구들이 모두 모여 있었다. 지금은 본격적인 작업을 시작하기에 앞서 작업에 관한 전체적인 이해도를 높이기 위한 임시적인 모임으로, 이 자리에 모인 동료들은 널찍한 탁자를 중심으로 둘러서서 뮤스의 설명에 귀를 기울이는 중이었다.

탁자의 위쪽에는 가로, 세로 2멜리 이상은 족히 됨 직한 여러 장의 대형 설계도가 올려져 있었다. 바로 지난 며칠간 밤을 새며 뮤스가 작성한 비행선의 설계도로서, 비행선의 정면과 좌우, 그리고 후면을 그린 설계도 두 장과 기관실과 기체 주머니, 조종실과 여객실 등의 중요 부분들을 세밀하게 그려놓은 설계도 일곱 장이었다.

뮤스는 길쭉한 지휘봉으로 설계도를 한 곳씩 짚으며 동료들을 향해 중요한 내용들을 설명하는 중이었는데, 한눈에 보더라도 그의 얼굴에는 근심이 가득 서려 있는 모습이었다.

"우리가 제작하려는 비행선은 총길이 240멜리, 폭 40멜리, 높이 50멜리 달하는 초대형 비행선으로 최대 시속 100켈리를 낼 수 있습니다. 전체적인 골격은 고강도, 초경량의 금속인 멜라늄 합금으로 제작되며 모형 비행선과 같이 총 세 개의 대형 동력기와 추진기를 부착하게 될 것입니다. 또 비행선의 부양과 고도 조절을 위한 기체 주머니와 기체 주머니를 보호하기 위한 외피는 질기고 경량인 합성수지를 사용할 예정이고, 기체 주머니에 주입되는 기체는 폭발성인 수소 대신 헬륨을 사용하게 될 것입니다."

이어 위에 놓여 있던 설계도를 옆으로 당긴 뮤스는 아래쪽에 있는 설계도를 하나씩 설명해 나갔다.

"이 비행선은 이번 여행이 끝난 이후에도 듀들란 제국과 왕복하기 위한 여객용으로 사용할 예정인데, 2층으로 이루어진 초대형 곤돌라에는—기체 주머니 아랫부분의 사람이 탑승하는 곳—최대 60명의 사람을 태울 수 있고, 내부에는 2인용 객실 24칸이 들어갈 것입니다. 이 외에도 식당, 사교실, 샤워 시설 등의 편의시설을 마련하여 오랜 여행에도 편안히 지낼 수 있는 환경을 조성할 생각입니다."

뮤스의 설명이 길어짐에 따라 드워프들과 친구들은 중요한 이야기를 메모하기에 바쁘긴 했지만 그럴수록 사람들의 눈은 더욱 생동감이 넘치고 있었는데, 뭔가 역사적인 일에 동참을 하고 있다는 사실 하나만으로도 그들은 가슴 뿌듯함을 느끼고 있었기 때문이다.

한동안 이어지던 비행선에 대한 대략적인 설명이 끝나자 뮤스는 동료들을 한 명씩 둘러보며 각자 맡아야 할 파트에 대해 이야기하기 시작했다.

"우선 제가 임의대로 각자의 파트에 대해 정리해 봤습니다. 혹시라도 이의가 있으면 말씀해 주세요. 우선 가장 중요한 자재 수급, 관리 파트는 레딘 아저씨와 세이즈가 담당해 주세요. 이번에 완성된 광역통신기를 사용해 도이첸 제국 전역에 위치한 공학원에 필요한 자재를 요청하고 수급, 관리하는 일을 담당하시는 겁니다."

"맡겨만 달라고! 자재 관리만큼은 내가 확실하지!"

뮤스의 말에 레딘은 자신의 가슴을 두드려 보이며 자신감을 표현했고, 뮤스는 가벼운 웃음으로 답해주며 말을 이었다.

"다음으로 블뤼안 아저씨께서는 카타리나와 함께 비행선의 심장 역할을 하게 되는 동력기와 추진 장치, 그리고 고도 조절에 사용될 공기펌프 제작을 담당해 주세요. 전뇌거보다 수배나 강력한 동력기가 필요한 만큼 성능과 안정성에 대해 신경을 많이 쓰셔야 할 거예요."

"껄껄! 동력기 제작은 누구보다 자신있으니 걱정 말거라! 모형 비행선의 소형 동력기부터 대형 동력기까지 모두 자신있단다!"

뮤스는 자부심이 가득한 블뤼안의 태도에 믿음직스러움을 느끼며 다음 부분으로 넘어갔다.

"이번에는 비행선의 뼈대를 만드는 골격의 가공과 조립 작업 부분입니다. 누가 뭐래도 골격을 제작하는 데에 가장 많은 인원과 자재가 투입될 예정인데, 켈트 아저씨와 브라이덴 아저씨, 그리고 벌쿤과 히안이 골격 가공, 조립 부분을 맡아야 할 것 같습니다. 만약 공정 과정에서 설계에 기입된 수치와 작은 오차라도 생긴다면 나중에 큰 사고로 이어지게 될 테니 유의해서 작업을 지도, 관리해 주시기 바랍니다. 그리고 마지막으로 저는 헤밀턴과 함께 기체 주머니와 외피에 사용될 화학 섬유 제작을 담당할 것입니다."

대충 각자에게 해야 할 일을 모두 말해 준 뮤스는 다시금 동료들의 얼굴을 둘러보며 말을 이었다.

"지금까지 말한 내용은 내년 1월까지 마쳐야 할 1차적인 작업이고 그 이후에는 다시금 작업 부분을 나누어 비행선 조립 작업에 들어가게 될 것입니다. 각자 맡은 부분의 인력은 공학원 내의 분야별 공학자들로 적당히 뽑도록 하고, 그 외의 적합한 인력들이 필요할 시에는 직접 영입하시면 됩니다. 며칠 후 세밀한 작업 계획안이 완성되면 그 작업 계획안에 따라 본격적인 작업이 시작될 테니, 그전까지 각 부분별로 설계도를 완전히 숙지하고 필요한 인력, 자재의 종류와 수량, 그리고 예산 등을 서류로 꾸며서 재무부 쪽으로 넘겨주시기 바랍니다. 이것으로 회의를 마치도록 하죠."

준비했던 모든 내용을 마치고서야 한숨을 돌릴 수 있었던 뮤스는 지금까지의 사무적인 딱딱한 표정을 접으며 말했다.

"휴우… 막상 욕심을 가지고 시작을 하긴 했는데 정말 앞으로 해야 할 일들을 생각하니 앞이 깜깜하네요. 이번 비행선 제작의 성패는 과연 얼마나 인력을 효율적으로 관리하느냐에 관건이 달려 있는데……."

근심이 담겨 있는 뮤스의 말에 켈트는 그가 이번 일에 얼마나 신경을 쓰고 있는지 잘 알고 있었기에 위로하듯이 그의 등을 두드려 주며 말했다.

"껄껄! 그것은 걱정 말거라. 우리 드워프들은 대규모의 공사를 할 때마다 엄청난 수의 인력을 관리해야 했단다. 그만큼 인력 관리는 우리에게 자신있는 부분이지. 그러니 너는 전체적인 진척 상황을 잘 점검하면서 조율해 주는 역할만 해주면 되는 게야."

카타리나 역시 지난 며칠간 일에만 매달려 있던 뮤스를 바로 옆에서 봐왔기에 그가 느끼고 있는 부담을 이해할 수 있었고, 조금이나마 그의 부담을 덜어주기 위해 따뜻한 목소리로 말을 건넸다.

"드워프 아저씨들과 친구들, 그리고 뮤스, 너. 이렇게 모든 사람들이 최선을 다할 테니까 꼭 좋은 성과가 있을 거야. 이번 일은 너 혼자 하는 것이 아니라 우리 모두가 하는 일이잖니."

이어 벌쿤은 싱글벙글하며 들뜬 표정을 하고 있었는데, 주먹을 움켜쥐곤 기합성을 내지르며 자신감에 찬 목소리로 외쳤다.

"하압! 드디어 이 벌쿤의 실력을 보여줄 때가 왔구나! 모형 비행선을 만들 때 구겨진 체면을 반듯하게 세우고야 말겠어!"

그런 벌쿤을 보며 고개를 설레설레 내저은 헤밀턴은 전혀 미덥지 못하다는 표정을 지으며 말했다.

"뮤스 선배, 벌쿤 오빠는 이번 작업에서 빼면 안 될까요? 아무리 좋게 생각하려 해도 미덥지가 못한걸요. 아니면 조금 덜 중요한 곳으로 옮기든지 해주세요!"

"뭐야? 대체 너는 내 어디가 그렇게 마음에 안 드는 거냐? 세이즈, 네가 이 녀석 선배니까 뭐라고 말 좀 해줘! 감히 동생 주제에 자꾸 기어오르네!"

하지만 세이즈는 아무런 말 없이 벌쿤의 시선을 의도적으로 피하고 있었다. 비록 그녀가 벌쿤의 여자 친구이긴 했지만 헤밀턴의 생각에 동의하고 있는 듯했다.

벌쿤과 헤밀턴이 티격태격하는 모습을 보고 있던 뮤스는 조금이나마 마음의 안정을 찾을 수 있었다. 항상 곁에서 자신을 걱정해 주는 동료들이 있다는 사실과 그들이 나누어준 따뜻한 격려의 말 한마디가 뮤스의 마음을 짓누르고 있던 부담감을 조금이나마 덜어내 주었기 때문이다.

*　　　　*　　　　*

해가 언덕 너머에 걸릴 저녁 무렵, 그리 넓지도 화려하지도 않은 집무실에 고귀한 기품이 흐르는 한 명의 젊은 청년과 장년의 인물이 들어왔다. 청년은 먼저 들어와 집무실 한 켠에 놓인 책상 의자에 편안히 몸을 기대며 앉았고, 장년의 인물은 다소곳이 문을 닫으며 그의 뒤를 따라 들어오고 있었다. 오랜 업무에 시달린 듯 피부가 퍼석해 보이는 청년은 앉은 채로 몸을 이리저리 움직여 보았다. 그리고 결리는 어깨의 근육을 주무르며 자신 앞에 시립해 있는 장년인을 향해 걱정스러운 목소리로 입을 열었다.

"후우, 오늘 회의는 생각보다 길어졌군요. 대부분의 귀족들이 공학 기술의 중요성을 이해하긴 하지만, 막대한 예산을 들이는 일에 대해서는 생각보다 소극적이더군요. 아무래도 듀들란 제국에서 있을 발표회가 지난 후에 자극을 받아야 본격적으로 투자할 것 같습니다. 아! 가비르 재상도 많이 피곤하실 텐데 그곳에 앉으시죠."

대화를 통해 알 수 있듯이 이 장년인이 도이첸 제국의 재상직을 맡고 있는 가비르였고, 그가 공손한 자세로 대하고 있는 눈앞의 청년은 바로 도이첸 제국의 젊은 황제인 카로이트 4세였다. 자신을 걱정해 주는 황제의 따스한 말에 고개를 내저은 가비르는 눈웃음을 지으며 대답했다.

"허헛! 저는 항상 이런 생활을 해온 만큼 적응이 되어 괜찮습니다. 오히려 황제 폐하께서 요즘 과도한 업무에 건강을 해치지 않으실까 걱정스럽군요."

가비르의 말에 마주 보며 웃은 황제 역시 고개를 가로저었다.

"하하핫! 젊은 사람이 고작 이런 일로 힘들어한다면 오히려 부끄러운 일인 거죠. 게다가 뮤스 원장이 제게 주었던 강화체갑 덕분에 이제는 체력 역시 남 못지않습니다."

"뮤스 원장에게는 참으로 큰 빚을 진 것 같습니다. 이렇게 황제 폐하의 건강이 날로 좋아지시니 그 보답을 어떻게 해야 할지……."

"훗! 그러게 말입니다. 갈수록 뮤스 원장에게 도움만 받고 있으니. 나중에 보답할 날이 오겠죠."

과거에 비해 한층 듬직해진 황제를 보며 가비르 재상은 흐뭇한 미소를 지었다. 그것도 잠시 뮤스의 이야기가 나오자 잊고 있던 것을 떠올린 가비르 재상은 자신의 품에서 편지 한 통을 꺼내며 말했다.

"아차! 그러고 보니 회의가 끝나는 대로 황제 폐하께 드린다는 걸 깜빡하고 있었습니다. 오늘 아침 라이델베르크의 공학원으로부터 도착한 편지입니다. 뮤스 원장의 이름으로 보내온 것인데, 봉투가 금빛인 것을 보니 공적인 내용 같습니다."

"오! 뮤스 원장이 이제야 편지를 보냈군요!"

뮤스의 편지라는 말에 황제는 반가운 표정을 만면에 띠며 가비르가 내민 편지를 받아 들었고, 서둘러 편지 칼을 이용해 봉투를 열었다. 그 속에는 제법 두터운 편지와 십여 장에 달하는 서류들이 들어 있었는데, 그것을 펼친 황제는 차근히 읽어 내려가기 시작했다.

편지에는 그동안 뮤스가 겪었던 일들을 중심으로 긴 이야기가 쓰여 있었다. 흑룡의 호수로 가게 된 까닭과 그곳에서 듀들란 제국의 사람들을 만난 사실, 그리고 마나 융합 발전소와 드래곤의 심장에 대한 이야기를 자세하고도 차근차근 적어놓은 것이었는데, 사적인 내용을 포함하는 동시에 마나 융합 발전소의 공유에 대한 황제의 의향을 묻기 위해 보낸 편지였던 것이다. 그와 함께 들어 있던 서류에는 마나 융합 발전소의 건설에 필요한 물량과 비용, 그리고 그로 인해 얻어지는 직, 간접적인 이익에 대한 내용이 빼곡히 기입되어 있었다.

편지를 찬찬히 읽어 내려가고 있는 황제의 눈에서는 마치 영웅담을 보기라도 하듯 동경의 빛이 일렁이고 있었다. 자신과는 다른 환경에서 자유스럽게 여행을 하며 신기한 일들을 경험하는 뮤스가 부럽게 느껴졌기 때문이다. 그렇게 내용을 모두 읽은 황제는 가비르 재상에게 편지와 함께 포함된 서류를 건네주며 입을 열었다.

"후우… 보면 볼수록 뮤스 원장은 대단한 것 같습니다. 편지를 한번 읽어보시죠. 뮤스 원장이 제국 전체에 전뇌력을 공급하기 위해 마나 융합 발전소라는 것을 구바닌 산맥에 건설할 생각인 것 같습니다. 비록 듀들란 제국과 공유를 해야 하긴 하지만 어느 쪽에도 불리한 것 같지는 않으니 괜찮을 듯하군요."

뮤스의 편지와 서류를 비교하며 읽어본 가비르 재상은 그 치밀함에 감탄사를 터뜨렸고, 역시 황제와 같은 생각인 듯 고개를 끄덕이며 대답했다.

"흠, 뮤스 원장이 작성한 서류인지는 모르지만 정말 자세하고도 빈틈없는 서류입니다. 또, 저 역시 공학원에서 나오는 공학 기술에 대한 책자를 지금까지 꾸준히 읽어봄으로써 조금이나마 공학에 대한 지식을 쌓을 수 있었는데, 전뇌력이라는 것은 기기를 움직이는 데 꼭 필요한 힘이라고 하더군요. 그런 만큼 마나 융합 발전소의 필요성이 커질 듯합니다. 우리 측에서 독점적으로 마나 융합 발전소를 확보할 수 있으면 더없이 좋겠지만, 편지에 적힌 상황이었다면 상대 측에 빼앗기지 않은 것만으로도 다행으로 생각해야 할 것 같습니다."

그들의 의견이 일치하자 빙그레 웃은 황제는 다시금 편지를 받아 들며 말했다.

"그렇다면 내년 초 듀들란 제국에서 있을 발표회 때에 듀들란 측과 만나 협의를 하면 되겠군요. 제가 직접 갈 수는 없는 일이니 가비르 재상께서 잘 처리해 주시기 바랍니다."

"네, 좋은 결과를 전해 올릴 수 있도록 최선을 다하겠습니다."

이어 어두워진 창밖을 보며 시간을 가늠한 황제는 벌써 시간이 많이 늦어졌음을 깨달으며 가비르 재상에게 말했다.

"그럼 오늘 할 일은 모두 마친 것 같으니 가비르 재상도 이제 돌아가서도 좋습니다. 내일도 해야 할 일들이 많을 테니 푹 쉬어야지요."

"그럼 물러가도록 하겠습니다. 편안한 밤 되십시오, 황제 폐하."

황제를 향해 깍듯이 고개 숙여 인사를 건넨 가비르는 집무실을 나섰다.

잠시 후 집무실에 혼자 남게 된 황제는 뮤스의 편지를 다시 한 번 찬찬히 읽어 내려가기 시작했는데, 다시 읽는 내용임에도 기분이 좋은 듯 환한 미소를 띠올리고 있었다.

검은색 커튼이 빈틈없이 창을 가리고 있는 어두운 실내, 작은 전뇌등의 미약한 빛을 받으며 뮤스는 지난 5개월간 그래 왔던 것처럼 오늘도 작업에 열중하고 있었다. 뮤스의 머리카락은 한동안 신경을 쓰지 못한 듯 지저분하게 헝클어져 있었고, 턱에는 까칠한 수염이 지저분하게 자라나 초췌한 얼굴이었다. 하지만 주변의 사람들은 그가 얼마나 고된 일을 하고 있는지 잘 알고 있었기에 아무도 외모에 신경 쓰지 못하는 점을 탓하지 않았다.

뮤스는 2밀리 정도 크기의 투명한 유리 상자 안을 들여다보며 유심히 관찰하는 중이었다. 그 유리 상자의 중심에는 70셀리 크기의 모형 비행선이 떠올라 있었는데 바람을 만나기라도 한 듯 격하게 흔들리는 모습이었다.

진지한 눈빛으로 모형 비행선을 바라보고 있던 뮤스는 손에 들린 종이에 그 변화를 꼼꼼히 적어 넣기 시작했는데, 바로 모형 비행선을 이용해 기상의 변화에 대한 실험을 하고 있는 것이었다.

그 이후로도 몇 시간씩이나 쉬지 않고 바람의 방향이나 세기를 바꾸어가면서 그에 따른 모형 비행선의 움직임에 대한 변화를 기록하고 있었다.

똑똑!

유리 상자 안에서 이리저리 움직이는 모형 비행선을 들여다보던 뮤스는 노크 소리에 하던 일을 접으며 시선을 돌렸다. 평소 일을 하는 도중에는 자신을 부르는 소리도 듣지 못하는 그였지만, 지금은 일에 집중하지 못하는 상황이었는지 금세 기척을 알아듣고 있었다. 손에 들고 있던 종이와 펜을 실험대 위에 올려놓은 뮤스는 나직한 목소리로 말했다.

"네, 들어오세요, 켈트 아저씨."

뮤스는 그가 켈트라는 사실을 이미 알고 있었던 듯 말했고, 과연 문이 열리는 소리와 함께 그의 귀에 익숙한 켈트의 목소리가 들려오고 있었다.

"허헛, 오늘 같은 날 주인공이 청승맞게 이런 곳에서 뭘 하고 있는 게냐? 모든 준비는 끝났고, 사람들은 네가 나오기만을 기다리고 있단다."

켈트의 말에 씁쓸한 미소를 띤 뮤스는 머리를 긁적였다. 그리곤 나직한 한숨을 내쉬며 대답했다.

"후우… 벌써 준비가 다 되었군요. 그럼 제가 나가봐야겠죠?"

"그야 당연한 것이 아니냐? 보아하니 안색이 좋지 않은데, 설마 너 긴장하고 있는 게냐?"

켈트의 말대로인지 뮤스는 아무런 대답도 하지 못하고 있었다. 그러한 뮤스를 향해 환하게 웃어 보인 켈트는 한 팔로 그를 토닥거려 주며 말했다.

"허헛! 나의 아우들과 너의 친구들, 그리고 그동안 비행선 제작에 땀을 쏟아 부은 공학원의 모든 사람들이 잔뜩 긴장하고 있단다. 그런데 너마저 긴장하면 우리는 어떻게 하라는 게냐? 네가 당당히 나가서 사람들에게 믿음을 심어줘야 하지 않겠냐?"

켈트의 이야기를 들으며 애써 경직되어 있던 얼굴을 풀어보던 뮤스는 어깨를 으쓱거리며 고개를 끄덕였다.

"아저씨 말대로 저까지 긴장하면 안 되겠죠? 그럼 사람들이 기다리고 있을 텐데 나가볼까요?"

"진작 그렇게 나와야지! 긴장이란 단어는 능력있는 사람들과는 전혀 어울리지 않는 단어거든. 자! 어서 나가자꾸나!"

마지막으로 심호흡을 몇 번 한 뮤스는 켈트와 함께 걸음을 옮겨 연구실의 문을 밀고 밖으로 나섰다.

뮤스는 건물의 출구와 가까워질수록 사람들의 웅성거리는 소리가 점차 다가오는 것을 느낄 수 있었다. 그 소리만으로도 공학원 밖에 수많은 사람들이 모여들었음을 알 수 있었는데, 그것이 더욱 뮤스를 긴장하게 만드는 듯 그의 심장 박동 소리는 어느새 귓가로 다가와 크게 울리고 있었다.

이윽고 굳게 닫혀 있는 정문 앞에 뮤스와 켈트는 멈춰 섰다. 털털한 웃음과 함께 뮤스의 얼굴을 한번 바라본 켈트는 나직한 목소리를 그에게 전하며 공학원 본관 건물의 정문을 양 옆으로 밀기 시작했다.

"자! 뮤스, 눈을 똑똑히 뜨고서 보거라. 수많은 사람들이 우리들이 만든 새로운 역사를 직접 목격하기 위해 이곳에 모였단다!"

그와 동시에 굳건히 닫혀 있던 문이 양 옆으로 열리며 새하얀 빛이 그 사이로 파고들어 오기 시작했다. 그 빛은 뮤스의 몸을 감싸주기라도 하듯 한없이 포근했지만, 한동안 어두운 곳에만 있던 뮤스는 눈이 부심을 느끼며 소매를 들어 빛을 가릴 수밖에 없었다.

그것도 잠시, 빛에 익숙해지기 시작한 뮤스의 두 눈에는 건물 밖의 장대한 광경이 천천히 새겨지고 있었다. 살며시 떠지고 있는 그의 실 눈 틈으로 저 먼 곳에서 따스한 봄의 축복을 받으며 눈부시게 빛나고 있는 거대한 비행선의 그 웅장한 자태가 뚜렷하게 들어오기 시작했는데, 마치 허공에 떠서 평온하게 잠을 자고 있는 한 마리의 거대한 물고기와 같은 모양이었다. 반들거리는 흰색의 외피에 멀리서도 금방 눈에 띄는 붉은색의 드래곤 문양, 즉 라이델베르크 공학원의 문양이 진하게 그려져 있는 초대형의 비행선이었다.

공학원의 가장 큰 건물보다 두 배 이상이나 크고 네 배나 높은 초대형 비행선의 모습을 떨리는 눈빛으로 훑어보고 있던 뮤스는 말로는 표현할 수 없는 진한 감동을 느꼈다. 물밀듯이 밀려오는 감동으로 인해 가슴이 답답해진 그는 크게 한 번 숨을 들이쉬었고, 자신의 옆에 있는 켈트를 향해 벅찬 목소리로 중얼거렸다.

"히이… 저 모습을 보니 이제야 비행선이 완성된 것을 실감할 수 있을 것 같아요. 정말 지난 5개월 동안 생각지도 못한 수많은 어려움을 겪었는데, 결국은 우리가 완성을 시키게 되었군요."

뮤스의 말을 듣고 있던 켈트는 그의 심정을 충분히 이해하는 듯 고개를 끄덕이고 있었다. 켈트 또한 지난 5개월 동안 하루도 빠지지 않고 비행선과 씨름해 온 만큼 비행선이라는 이름만으로도 진저리 쳐질 지경까지 이르게 되었지만, 지금에 와서 비행선이 완성된 모습을 보니 그 감회가 새로웠던 것이다.

"후훗! 그 기분이야 저 비행선을 만드는 데 땀을 흘린 모든 사람들이 지금 이 순간 공통적으로 느끼는 것이 아니겠냐? 보면 볼수록 가슴 뿌듯하구나."

"네, 저 비행선은 공학원의 모든 사람들이 흘린 땀의 결과물이에요."

하지만 언제까지나 그렇게 넋을 놓고 비행선만 바라보고 있을 수 없었던 뮤스는 비행선에서 시선을 거두며 아래쪽으로 고개를 돌렸다. 그러자 뒤늦게서야 비행선을 보기 위해 이곳에 몰려든 엄청난 수의 인파가 그의 시야에 들어왔는데, 수십 만에 달하는 라이델베르크의 시민들이 공학원의 전역에 걸쳐 빈틈 하나 없을 정도로 빽빽이 들어서 있는 것이었다. 그로 인해 또 한 번 놀라야만 했던 뮤스는 자신의 눈을 부비며 탄성을 내질렀다.

"이, 이게 대체! 대충 생각은 했었지만 이렇게 많은 사람들이 몰려들 줄은 정말 몰랐는걸요!"

지난 전뇌거 경주가 치러진 루이센 시에서도 엄청난 인파를 본 뮤스였지만, 오늘은 공학원이라는 한 장소에 몰려든 인파인만큼 그 당시보다 훨씬 많게 느껴지고 있는 것이었다. 전혀 생각지도 못한 광경에 뮤스가 놀라고 있자 켈트는 그의 등허리를 밀며 말했다.

"공학원 개원 이래 최대의 행사인데 이 정도 사람들이 몰려드는 것은 당연한 게 아니겠냐? 모두들 저쪽에서 기다리고 있으니 내려가자꾸나."

"아, 알겠어요."

뮤스는 얼떨떨한 표정을 지으며 켈트가 이끄는 대로 따라가기 시작
했다.

뮤스가 등장한 것을 멀리서 발견한 몇몇 사람들이 그를 향해 환호성
을 지르자 뮤스를 보지 못한 사람들도 따라 환호성을 지르고 있었다.
환호성의 물결은 그렇게 사람들의 입에서 입을 타고 빠른 속도로 장내
에 퍼지고 있었다.

"와아!"

"뮤스 드라켄 원장이 저기 나왔다!"

"우리 라이델베르크 시의 자랑! 뮤스 원장이다!"

걸음을 옮기며 환호하는 군중들을 둘러보던 켈트는 피식 웃으며 장
난스러운 목소리로 말을 던졌다.

"껄껄, 사람들의 반응을 보아하니 네가 라이델베르크의 시장을 해도
되겠구나? 카타리나의 아버지가 물러나게 되면 네가 그 자리에 앉아버
리거라. 그리고 공학원을 시청으로 만드는 거야!"

"풋! 제가 정치에는 전혀 관심없다는 것을 아시잖아요. 라이델베르
크의 시장이 될 생각이 있었으면 황제 폐하가 내리신 공작 작위도 거
절하지 않았을 거라고요."

뮤스의 재미없는 반응에 눈살을 찌푸린 켈트는 입을 삐죽 내밀며 고
개를 저었다.

"녀석, 재미없긴… 그냥 그렇다고 해주면 안 되는 거냐? 긴장 좀 풀
어주려고 한 건데."

뮤스와 켈트가 몇 마디 말을 주고받는 사이 그들은 공학원 본관의
건물 앞에 세워진 임시 단상에 닿을 수 있었다.

단상 위에는 크라이츠를 비롯해 드워프들, 카타리나, 그리고 그의

친구들이 모두 모여 뮤스를 기다리는 중이었는데, 단상의 난간을 짚고 서 뮤스의 등장을 지켜보던 폴린은 답답하다는 듯 뮤스를 향해 소리쳤다.

"왜 이렇게 늦은 거야, 뮤스! 주인공은 가장 나중에 나온다는 구닥다리 원칙을 지키기라도 한 거니? 꾸물거리지 말고 어서 올라와!"

폴린의 재촉에 가볍게 웃은 뮤스가 성큼 걸음으로 단상에 오르자 그 앞에 모인 사람들의 환호성은 전보다 더욱 커지고 있었다. 단상에 올라선 뮤스는 시선을 천천히 돌리며 모여든 사람들을 자세히 둘러보았다. 비록 자신은 그 사람들이 누구인지 알지 못했지만 그들은 모두 자신을 알아보며 환호성을 보내고 있다는 사실에 새삼 신기함을 느꼈고, 자신의 유명세를 다시 한 번 실감하는 중이었다.

뮤스의 등장을 마지막으로 모든 준비가 끝나게 되자 공학원 곳곳에 장치된 확성기로부터 누군가의 목소리가 흘러나오기 시작했다.

―오늘 귀중한 시간을 내서 저희 공학원으로 걸음해 주신 라이델베르크의 시민 여러분들께 진심으로 감사의 말씀을 올리겠습니다. 그럼 지금 이 시간! 여러분들께 공학원의 설립자이며 원장이신 뮤스 드라켄 원장님을 소개해 드리겠습니다!

뮤스에 대한 소개 말이 확성기를 통해 들려오기 시작하자 뮤스의 옆에 서서 사람들을 향해 미소를 지어주던 크라이츠가 나직한 목소리로 말했다.

"네가 늦는 바람에 식전행사가 많이 늦어졌으니 그냥 짧게 인사만 하고 바로 출항식을 하자꾸나. 드워프 분들과 네 친구들의 얼굴을 보거라. 한시라도 빨리 비행선을 타보고 싶어서 미치기 일보 직전이란다."

그녀의 말에 드워프들과 친구들을 둘러보니 그들은 긴장 반, 기대감

반의 표정을 지으며 뮤스를 향해 고개를 끄덕여 주고 있었다.

"뭐, 그렇게 하죠. 저도 이런 의례적인 식전행사에 쓸데없이 시간을 허비하고 싶지는 않으니까요."

동료들의 의사를 확인하며 단상 앞쪽으로 걸어나온 뮤스는 그곳에 준비되어 있는 확성기를 가까이 끌어당기며 사람들을 향해 차분한 목소리로 입을 열었다.

―안녕하십니까! 친애하는 라이델베르크의 시민 여러분, 그리고 먼 길을 오신 손님 여러분.

그와 동시에 뮤스의 당당한 목소리는 금세 확성기를 타고 공학원의 구석구석으로 흘러 나갔고, 그의 목소리가 들려오기 시작하자 웅성거리던 사람들은 숨을 죽이며 그의 말에 귀를 기울이기 시작했다. 뮤스의 목소리는 확성기를 통해 이어지고 있었다.

―여러분들의 얼굴을 보아하니 오랜 시간을 이곳에서 기다리고 계신 듯합니다. 그런 만큼 기운을 빼는 따분한 인사말이나 머리를 아프게 하는 복잡한 식전행사는 접어놓도록 하고, 지금 바로 라이델베르크 공학원이 제작한 첫 번째 비행선의 출항식을 시작하도록 하죠. 그럼 비행선이 있는 곳으로 모두들 자리를 옮겨주십시오. 이만 식전행사를 마치겠습니다.

몇 마디 되지 않는 말을 남긴 채 뮤스가 확성기를 내려놓고 사리를 뜨자 군중들은 다시금 술렁이기 시작했는데, 권위있는 단체가 주최하는 식전행사치고는 너무나도 짧은 것이었기에 사람들은 어리둥절해진 것이다. 하지만 그것도 잠시, 식전행사가 길어질수록 본 행사가 시작되기도 전에 지쳐 버리기 십상인 군중들의 입장에서는 이렇게 짧게 끝나 버린 식전행사가 오히려 환영할 만한 일이었기에 뮤스의 행동을 반갑게 받아들이고 있었다.

"삐이익! 역시 젊은 사람은 다르구나!"

"멋진 친구! 어서 비행선이 하늘을 나는 모습을 보여주게!"

사람들의 환호를 받으며 인사말과 의례를 동시에 마치고 돌아온 뮤스는 친구들을 향해 어깨를 으쓱이며 말했다.

"내 일생에 가장 적게 말하고서 환호를 가장 많이 받은 연설이었던 것 같은걸? 자, 그럼 지난 5개월 동안 손꼽아 기다리던 출항식을 거행해 볼까?"

뮤스의 말에 힘차게 고개를 끄덕인 친구들은 그의 뒤를 따라 걸음을 옮겼고, 크라이츠와 드워프들 역시 나이답지 않게 설레임이 가득한 표정을 지으며 비행선이 있는 곳으로 자리를 옮기기 시작했다.

공학원 본관 건물로부터 약 500멜리가량 떨어진 드넓은 공터에 날렵한 유선형의 몸체를 가진 초대형의 비행선이 지면에 배를 대고 앉아 있었다. 부피가 큰 만큼 바람에 민감하기 때문에 비행선의 고정을 위해 굵은 밧줄로 기체의 곳곳을 묶어놓은 상태였고, 비행선을 구경하기 위해 함부로 접근하는 사람들의 출입을 통제하기 위해 비행선의 반경 200멜리 밖에는 공학원에 고용된 사람들이 손을 마주 잡고 울타리를 치고 있었다.

비행선의 주변에서는 비행선 제작에 참여했던 공학자들이 비행선의 처녀출항에 앞서 다시 한 번 자신이 맡은 부분을 점검해 보는 중이었는데, 대부분의 공학자들은 시간이 다가올수록 긴장감에 마음만 다급해지고 있었다.

비행선의 화려하고도 거대한 곤돌라 앞에 서서 비행선의 전체적인 상태를 보고받고 있던 한 중년 공학자는 눈앞의 거대한 비행선을 올려다보는 중이었다. 그의 시야를 가득 채우고 있는 순백의 기체 주머니는 그 거대함으로 하늘조차 가리고 있었는데, 지난 수개월간의 노고가 고스란히 담긴 비행선을 바라보고 있는 그의 눈에는 각별한 애정이 담겨져 있었다.

"정녕 이것이 인간들의 손으로 만들어진 것이란 말인가? 허헛! 내가 직접 제작에 참여했지만 아직도 믿어지지 않는군."

중년인이 혼잣말을 중얼거리고 있을 때 흰색의 실험복을 입은 청년 공학자 한 명이 그의 옆으로 다가와 피식 웃으며 대꾸했다.

"풋! 엄밀히 말하자면 인간들의 손만으로 만들어진 건 아니죠. 중요 파트를 담당하신 수석 공학자 분들은 대부분 드워프 족이니까요."

자신의 말을 걸고넘어지는 동료 공학자를 보며 쓴웃음을 지은 중년 공학자는 고개를 내저으며 대답했다.

"그런 것쯤이야 그냥 넘어갈 수 있지 않나? 에잉, 잔소리 말고 보고나 하게. 처녀출항 전에 모두 파악해서 원장님께 넘겨야 하니."

말을 은근슬쩍 돌리는 그의 말에 청년 공학자는 어깨를 으쓱거리며 자신이 들고 온 서류를 펼쳐 들었다.

"뭐, 그럼 그에 대한 이야기는 오늘 저녁에 있을 축하 파티 자리에서 마저 하도록 하죠. 어디 보자… 비행선 수평 상대 양호. 수평, 수직 날개의 결합 상태 양호. 1번에서 7번까지 기체 주머니의 헬륨 압력 양호. 1번에서 3번까지의 비상용 기체 주머니 헬륨 압력 양호. 공기 펌프 작동 상태 양호. 동력기의 전뇌력 수급 상황 양호. 추진 장치 회전날개 및 변환 기어 상태 양호. 이상입니다. 그리고 계기판에 대한 보고는 담당 공학자가 직접 와서 보고한답니다. 물론 그렇게나 철저히 했으니 아무런 문제도 없겠지만요."

중년 공학자는 보고받고 있는 사항을 하나씩 체크하는 중이었다. 그것이 끝나자 자신이 작성한 서류를 한 번 더 쓸어본 그는 만족한 표정을 지었고, 먼 하늘을 바라보며 입을 열었다.

"흠, 비행선 상태는 완벽하군. 날씨도 처녀출항을 하는 데 적당하고 말이야."

그를 따라 멀리의 하늘을 바라보고 있는 청년 공학자 역시 수긍하는 듯 고개를 끄덕이며 말했다.

"더할 나위 없이 좋은 날이죠. 그럼 저는 할 일을 모두 마쳤으니 돌아가도록 하겠습니다. 비행선의 처녀출항 구경만은 공학자가 아니라 관객의 입장에서 하고 싶거든요. 제가 심장이 약해서 말입니다."

"허, 나도 지금 엄청 떨리는군. 하지만 이번 처녀출항의 전체적인 상황 관리를 맡게 되었으니 자네처럼 도망갈 수가 없구먼."

농담 반, 진담 반으로 자신의 처지를 한탄하는 그의 말에 씨익 미소를 지은 청년 공학자는 서둘러 걸음을 옮기기 시작했고, 그의 뒷모습을 바라보던 중년 공학자는 다시 한 번 손에 든 서류를 펼치며 지금까지 보고된 내용을 찬찬히 살피기 시작했다.

그와 같은 시간 뮤스와 일행들은 수많은 인파들에 둘러싸여 비행선으로 향하고 있었다. 간혹 사람들의 도발적인 행동에 불편한 점이 있기도 했지만, 기분이 들떠서 그런 것일 뿐 악의는 없었기에 별다른 조치를 취하지는 않았다.

잠시 후 뮤스와 일행들은 군중들의 접근을 막고 있는 사람들 사이를 통과해 비행선 가까이로 다가갔다. 생각보다 빠른 그들의 등장에 비행선 점검에 열을 올리고 있던 공학자들은 의아한 표정을 지었지만 일차

적인 비행선의 점검은 거의 끝난 상황이었기에 뮤스와 일행들을 향해
모여들기 시작했다.

그렇게 해서 모이게 된 공학자들은 모두 20여 명이었고, 가장 앞 자
리에는 비행선의 전체적인 상황을 보고받고 있던 중년의 공학자가 서
있었다. 그를 발견한 뮤스는 반가운 표정을 지으며 먼저 인사를 건넸
다.

"로베른 공학자님, 마지막 날까지 수고가 많으시군요."

로베른이라 불린 중년의 공학자 역시 직위상 자신의 윗사람인 뮤스
와 크라이츠, 그리고 드워프들을 향해 깍듯이 허리를 숙이며 인사를 건
넸고, 뮤스의 친구들에게는 담담한 미소를 지어 보이며 맞아주었다.

"별말씀을 다 하십니다. 지금까지 원장님과 수석 공학자님들이 수고
하신 것에 비하면 아무것도 아닌 일이죠. 한데 저희들의 예상보다 식
전 행사가 빨리 끝난 것 같군요. 아니면 저희가 시간을 잘못 맞춘 것입
니까?"

로베른의 말에 웃으며 고개를 내저은 뮤스는 그의 등 뒤로 보이는
거대한 비행선을 올려다보며 대답했다.

"하하! 그런 것이 아닙니다. 식전 행사가 길어져 봐야 사람들이 따
분해할 것 같고, 저희 역시 조금이라도 빨리 비행선을 타보고 싶었던
것이죠. 혹시라도 점검이 끝나지 않았다면 기다리도록 하겠습니다. 아
무리 마음이 급하더라도 사전 점검은 철저히 해야 하니까요."

그제야 어찌 된 영문인지 알 수 있었던 로베른은 자신있는 표정을
지으며 손에 들고 있던 서류를 뮤스에게 건넸다.

"아! 그렇셨군요. 하지만 기다리실 필요는 없습니다. 모든 공학자들
이 서둘러 주어서 생각보다 빨리 비행선의 모든 점검이 끝난 상태입니

다. 지금은 시간이 남아 한 번 더 살펴보고 있는 중이었죠."

뮤스는 로베른이 건네준 서류를 꼼꼼히 살피고 있었는데, 간혹 눈에 띄는 결함이나 이상이 있었지만 비행과는 전혀 상관없는 것이었고, 그 이외의 것은 아주 양호한 상태였기에 만족한 표정을 지었다. 서류에서 시선을 뗀 뮤스는 주변의 인물들을 둘러보며 입을 열었다.

"비행선의 상태는 거의 완벽하군요. 그럼 이제 모든 준비가 다 된 것 같으니 이제 함께 승선하도록 하죠."

그의 승선 허가가 떨어지자 로베른의 뒤에 기립해 있던 공학자들은 들뜬 표정으로 뮤스와 일행들에게 길을 터주었고, 로베른은 뮤스의 옆에 다가가 서며 비행선의 곤돌라를 향해 손을 내밀었다.

"허헛! 그럼 여러분들께서 먼저 오르십시오. 비록 내부 구조는 누구보다 잘 아시겠지만, 예의상 제가 안내해 드리도록 하겠습니다."

"그럼 부탁드리겠습니다."

가볍게 목례를 건넨 뮤스는 양쪽으로 갈라선 공학자들 사이를 지나치며 비행선의 곤돌라로 걸음을 옮기기 시작했고, 그 뒤를 일행들과 공학자들이 천천히 따르고 있었다.

뮤스와 일행들은 은빛으로 빛나는 발판을 밟으며 비행선의 곤돌라 안으로 오르는 중이었다. 그들이 오르고 있는 곤돌라는 2층의 구조로 되어 있었는데, 위층은 비행선의 선원들이 사용할 조종실과 기관실, 동력기실 등이 마련되어져 있었고, 아래층은 승객들이 쉬기 위한 작은 방들과 그 외의 편의 시설들이 갖춰져 있는 곳으로서 무려 60여 명이나 수용할 수 있는 규모였다.

그 내부는 마치 여행용 선박과 같아 복도를 중심으로 수십 개의 작은 방들이 늘어서 있었는데, 좁은 공간을 효율적으로 나눈 최상의 구조였다.

어차피 곤돌라 역시 직접 설계하고 제작 과정을 모두 봐왔던 이상 그 내부를 살펴볼 필요가 없었던 뮤스는 일행들과 함께 좁다란 계단을 통해 바로 조종실로 자리를 옮기고 있었다.

뮤스와 일행들의 발걸음은 비행선의 조종실에 닿아서야 멈추고 있었다. 그곳은 뮤스를 포함한 일행들과 20여 명에 달하는 공학자들이 모두 들어와 있음에도 불구하고 전혀 좁게 느껴지지 않을 정도로 널찍한 공간이었다.

조종실의 내부를 살펴보자면 전면과 측면은 대형 유리창으로 되어 있었기에 수많은 사람들이 비행선을 향해 손을 흔들고 있는 바깥의 광경이 한눈에 보이고 있었다. 또한 조종실 한가운데에는 비행선의 고도와 속도, 그리고 운행 방향을 조절할 수 있는 스위치들과 목제의 조타 장치가 붙어 있었는데, 모양새는 선박의 그것과 다를 것이 없었다. 그 외에도 조종실의 한쪽에는 고도계, 기압계, 속도계 등 비행선의 현재 상태를 표시해 주는 다양한 계기판들이 십여 개나 설치되어 있었다.

뮤스의 뒤를 느긋하게 따르던 크라이츠는 조종실에 들어와 보는 것은 이번이 처음이었기에 신기한 얼굴로 하나씩 살펴보기 시작했다. 그러던 중 무엇에 쓰이는지 알 수 없는 계기판을 하나씩 살펴보던 그녀는 미간을 찌푸리며 뮤스에게 물었다.

"어머! 뮤스, 이것들을 전부 다 알아야만 비행선을 조종할 수 있는 거니?"

그녀의 물음에 뮤스는 고개를 저으며 대답해 주었다.

"아니요, 계기판들은 그저 비행선의 상태를 알아보기 위해 있는 것이고, 실질적인 조종은 조타 장치와 그 주변에 있는 몇 가지의 스위치로 가능해요.”

“호호홋! 그것참 좋은 소식이구나. 다음에 시간이 나면 내게도 가르쳐 다오.”

“그, 그건……!”

그제야 크라이츠의 의도를 알 수 있었던 뮤스는 가슴 한 켠이 서늘해지고 있음을 느끼며 자신의 입을 원망하기 시작했고, 드워프들 역시 시퍼런 안색으로 속삭이듯 한마디씩 던지고 있었다.

“절대 그 비행선은 타지 않을 테야!”

“그야 당연하잖수! 나는 내 명이 다해서 죽는 것이 소원이우.”

“그것보다 만에 하나 크라이츠님께서 비행선을 망가뜨리기라도 하시면 그것을 고치는 것이 더 문제로군.”

“차라리 공학원을 나가는 한이 있어도 그 고생을 다시 할 수는 없지. 아무렴.”

하지만 뮤스의 친구들은 크라이츠의 좋은 면만을 봐왔기에 그들이 무슨 이야기를 하고 있는지 알 수 없어할 뿐이었다.

나중의 일은 나중에 생각하기로 하고 크라이츠에 대한 걱정을 잠시 미뤄놓은 뮤스는 남다른 감회를 느끼며 조타 장치 앞으로 다가섰다. 그리고 그것을 굳게 잡은 뮤스는 나뭇결의 까칠한 감촉을 느끼며 입을 열었다.

“이제 우리의 땀방울로 이룬 결정체가 하늘로 날아오를 때군요.”

숨을 한 번 크게 들이쉰 뮤스는 자신의 등 뒤에 서 있는 일행들과 공학자들을 향해 또박또박한 말소리로 말했다.

“이제 라이델베르크 공학원의 첫 번째 비행선을 처녀출항시키겠습니다! 공학자 분들은 자신이 맡고 있는 곳으로 가서 상황을 확인해 주시고, 이상이 발생할 시에는 통신기를 통해 조종실로 연락을 취해주십시오."

"네! 알겠습니다, 원장님!"

짤막하게 대답한 로베른과 공학자들이 각자 담당하고 있는 곳으로 흩어지자 조종실에는 뮤스와 일행들만이 남게 되었다. 드워프들과 뮤스의 친구들은 지금 떨리는 마음을 진정시키려 애쓰며 비행선이 떠오르기만을 기다리고 있었다. 자신들이 만든 비행선이 떠오를 것임을 믿어 의심치는 않았지만 비행에 대한 경험은 전무했기에 떨리는 마음을 진정시키기가 힘들었던 것이다.

반면 크라이츠는 여유로운 모습으로 조종실의 전면 유리창 앞에 서서 밖을 내다보고 있었는데, 드래곤인 그녀에게 비행이란 생활과도 같은 것이었기에 자신의 힘을 들이지 않고 날 수 있다는 재미 이상의 감흥은 없는 듯했다.

얼마 후 조타 장치를 잡고 있던 뮤스는 비행선 밖에서 붉은 깃발이 올라오는 것을 볼 수 있었다. 그것이 비행선을 고정시키고 있는 밧줄이 모두 풀렸다는 신호임을 알고 있었던 뮤스는 조타 장치의 옆에 붙은 통신기를 들어 비행선 곳곳에 있을 공학자들을 향해 이륙 신호를 해주기 시작했다.

"곧 비행선이 이륙합니다. 공기 펌프의 움직임을 확인해 주십시오."

말을 마친 뮤스는 통신기를 내려놓으며 긴장된 표정으로 비행선의 밖을 보고 있는 일행들에게 말했다.

"그럼 이륙합니다. 진동이 조금 있을지도 모르니까 대비하세요."

일행들은 알았다는 듯 고개를 끄덕였고, 그것을 확인한 뮤스는 조타 장치의 왼쪽에 붙은 스위치를 천천히 아래로 내렸다. 그와 동시에 비행선의 공기 펌프가 움직이기 시작하면서 발생하는 기계음과 함께 미진이 전해지자 지극히 자연스러운 움직임임에도 불구하고 일행들은 두려움이 그득한 눈빛으로 서로를 바라보고 있었다.

이어 통신기를 통해 공기 펌프를 담당하는 공학자의 목소리가 들려오고 있었다.

―치익, 공기 펌프 가동 이상무. 공기가 차 있던 기체 주머니가 조금씩 줄어들기 시작했습니다. 치익.

그의 보고를 들은 뮤스는 뒤를 돌아보며 말했다.

"히안, 계기판으로 가서 공기압의 변화 상태 좀 확인해 줘."

"공기압? 잠깐만 기다려."

뮤스의 부탁을 받은 히안은 조심스럽게 계기판이 있는 곳으로 걸어갔다. 그리곤 손가락으로 공기압의 상태를 표시하고 있는 둥근 계기판을 두들겨 보며 대답했다.

"점차 줄어들고 있는 중이야. 하지만 파란색 눈금의 구역으로 계기침이 들어가려면 조금 더 있어야 하겠는걸?"

히안의 말에 고개를 끄덕인 뮤스는 고도 조절 스위치를 조금 더 내리고 있었다. 그러자 공기 펌프가 만들어내고 있던 기계음이 조금 더 커지면서 진동 또한 한층 강해졌는데, 급격히 떨어지고 있는 계기침의 움직임을 지켜보고 있던 히안은 계기침이 파란색의 눈금 아래로 접어드는 것을 확인하며 뮤스를 향해 외쳤다.

"뮤스! 이제 파란색의 눈금으로 계기침이 들어갔어! 그리고 고도계가 움직이기 시작한다!"

히안의 외침과 함께 일행들은 잠시 균형을 잡지 못하고 비틀거려야만 했는데, 잠잠하기만 하던 비행선이 흔들거리기 시작하는 것이었다.

구구구구구궁…….

이어 다시 한 번 통신기를 통해 담당 공학자의 목소리가 흘러나왔다.

―치익… 기체 주머니의 공기압이 7할 이하로 떨어졌고 비행선이 떠오르려 합니다. 치이익.

그러한 흔들림도 잠시, 비행선은 다시 땅 위에 내려앉은 것처럼 움직임이 멈추어졌다. 그제야 비틀거리던 몸의 중심을 잡을 수 있었던 켈트는 의아한 표정을 지으며 뮤스를 향해 다급히 물었다.

"뮤스, 떠오르는 데 실패한 것인 게냐? 갑자기 비행선의 흔들림이 멈춰 버리다니!"

켈트뿐만 아니라 모든 이들이 그와 비슷한 생각을 한 듯 걱정스러운 얼굴로 뮤스를 바라보고 있었다. 하지만 고도계를 확인하고 있던 히안만은 지금의 상황을 잘 알고 있는 듯 눈을 부비며 다시 한 번 고도계를 확인한 후 팔을 위로 쭉 뻗으며 환호성을 지르기 시작했다.

"야호! 드디어 날았다! 지금 비행선이 공중으로 떠오른 상태라구요! 고도 2멜리… 2.5멜리… 3멜리!"

그리고 조종실의 전면 유리창 앞에 서서 밖을 내다보던 크라이츠 역시 비행선이 떠오른 것을 확인했는지 일행들을 향해 미소 지으며 말했다.

"아직 그리 높이 떠오른 것은 아니지만 히안의 말대로예요. 으음? 이제는 5멜리가량이나 떠올랐는걸요?"

크라이츠의 말과 때를 같이하여 비행선의 바깥에서도 사람들의 환호성 소리가 들려오고 있었다. 멀리서 숨을 죽이며 지켜보던 사람들은 비행선이 상당한 높이만큼 떠오른 이후에야 그것을 확인할 수 있었기에 뒤늦게 기쁨의 환호성을 터뜨리고 있는 것이었다.

와아아아!

사람들의 환호성까지 들려오자 두 눈으로 그러한 사실을 직접 확인해 보고 싶었던 드워프들과 뮤스의 친구들은 급히 크라이츠가 서 있는 조종실의 전면 유리창 앞으로 뛰어가 밖을 내려다보았다. 그들의 시야에 땅에서 붉은 깃발을 흔들어 신호해 주던 공학자들이 비행선의 곤돌라 아래에서 자신들을 향해 손을 흔드는 모습이 들어오고 있었는데, 그제야 비행선이 날고 있다는 것을 확인한 드워프들과 뮤스의 친구들은 서로 얼싸안으며 기뻐하기 시작했다.

"우리가 성공했어! 비행선이 날고 있다고!"

"까아아! 이제는 날아서 듀들란 제국으로 갈 수 있겠어!"

"껄껄껄! 우리는 대륙 최초로 날고 있는 드워프 족이겠군!"

뮤스는 이리저리 뛰며 기뻐하고 있는 일행들을 보며 담담한 미소를 지을 뿐이었다. 하지만 그것은 일행들보다 덜 기뻐서가 아니었다. 바로 그들처럼 기뻐하다간 눈앞의 모든 기쁨이 당장에라도 사라질 것만 같은 불안감이 들었기 때문이다. 그에게는 지금 이 모든 것이 꿈만 같이 느껴졌고, 설령 꿈일지라도 깨어나고 싶지 않을 정도로 기뻤던 것이었다.

친구들과 얼싸안고 기뻐하던 카타리나는 뮤스를 떠올리며 그의 곁으로 다가갔다. 그리곤 담담하게 미소 짓고 있는 그의 얼굴을 보며 물었다.

"뮤스, 기분이 어떠니? 굉장히 기쁘지?"

어느새 자신의 모습만으로도 기분을 척척 알아맞히는 카타리나였기에 그녀를 향해 빙그레 웃으며 고개를 끄덕였다.

“응! 바로 지금이 내 평생 두 번째로 기쁜 순간이야.”

그의 대답에 카타리나는 고개를 갸웃거리며 물었다.

“두 번째? 그럼 첫 번째는 언제인데?”

카타리나의 물음에 뮤스는 쑥스러운 듯 그녀의 눈을 마주 보지 못하며 나직한 목소리로 대답했다.

“첫 번째는… 카타리나 네가 내 고백을 받아주었을 때야.”

“아……!”

나직한 탄성을 흘리며 카타리나 역시 수줍은 표정을 지었는데, 지금 그녀는 그 무엇에도 비교할 수 없을 만큼 행복감을 느끼고 있는 중이었다.

뮤스는 다시금 조타 장치를 잡았다. 비행선이 떠오르는 것만이 그들이 가진 목표의 전부가 아니기 때문이었는데, 들뜬 마음을 잠시 진정시킨 뮤스는 고도 조절 스위치를 천천히 올리며 상승 속도를 줄여 나갔다. 그리곤 통신기를 입에 가져다 대며 비행선의 곳곳에 위치한 공학자들을 향해 지시 사항을 전달하기 시작했다.

─지금부터 고도를 150멜리까지 높이겠습니다. 그 이후 실험 비행을 시작할 예정이니 참고하십시오. 기류의 영향으로 비행선이 흔들릴 수 있으니 조심해 주시기 바랍니다.

뮤스의 말을 들은 일행들 또한 아직도 해야 할 일늘이 낳음을 깨달았기에 마음을 추슬렀고, 뮤스를 도울 만한 일을 찾거나 방해가 되지 않도록 조용히 입을 다물며 점차 멀어져 가는 땅과 작아지는 사람들을 내려다보고 있었다.

그로부터 수분 후, 고도계를 지켜보며 고도를 측정하고 있던 히안은 150멜리를 가리키고 있는 계기침을 확인하며 뮤스에게 신호를 보냈다.

"뮤스, 이제 고도가 150멜리에 도달했어."

히안의 말을 들은 뮤스는 곧 고도 조절 스위치를 올렸다. 동시에 공기 펌프가 가동되며 발생하는 소리와 진동 역시 멈추게 되었는데, 작동에 아무런 이상이 없다는 것을 확인한 뮤스는 다시금 통신기를 들어 입을 열었다.

"지금부터 저속 운항을 시작하겠습니다. 공학자 분들께서는 동력기와 추진 장치의 상태를 보고해 주십시오."

통신기를 내려놓은 뮤스는 속도 조절 스위치를 천천히 앞으로 밀기 시작했다. 그러자 그 옆에 위치한 상황 램프에 초록색의 불빛이 들어왔고, 중저음을 내며 비행선에 탑재된 세 개의 대형 동력기가 천천히 가동되기 시작했다.

구우우우우웅…….

그 소리를 들은 벌쿤은 추진 장치의 회전날개가 가동되고 있음을 깨달으며 그것이 가장 잘 보이는 곳으로 가기 위해 조종실을 나섰고, 호기심 많은 드워프들과 헤밀턴 역시 그의 뒤를 따랐다.

타다다닥!

1층의 여객실로 간 벌쿤은 가장 뒤쪽의 객실문을 열어젖혔다. 객실은 그리 크진 않았지만 양쪽의 벽으로 침대가 붙어 있어 두 명이 함께 쓸 수 있게 되어 있었는데, 아직 실험 비행인만큼 내부 장식이 끝나지는 않은 모습이었다.

그런 것이야 어떻든 눈에 들어오지 않았던 벌쿤은 급히 객실의 창문을 열어젖히며 고개를 밖으로 내밀고 있었는데, 비행선의 운항 속도가 그리 빠르지 않았기에 객실 창문의 개폐가 가능하도록 되어 있었던 것이다.

고개를 밖으로 내민 벌쿤이 잠시 옆으로 시선을 옮기자 드워프들과 헤밀턴 역시 객실을 하나씩 차지하고서 창밖으로 고개를 내밀고 있는 모습이 눈에 들어왔다. 그들은 이제 얼굴조차 분간할 수 없을 만큼 작아진 지상의 사람들을 향해 손을 한번 흔들어주었고, 이내 회전날개가 있는 곳으로 고개를 돌리기 시작했다.

벌쿤의 시야에 햇살을 받아 눈부신 빛을 뿜어내고 있는 회전날개가 잡혔다. 직경이 무려 10멜리나 되는 거대한 회전날개는 웅장한 소리를 내며 바람을 일으키고 있었는데, 그야말로 장관이라고 할 수밖에 없는 모습이었다.

한동안 그것을 멍하니 보고 있던 벌쿤은 입을 굳게 다문 채 자신의 심장의 두근거림을 느끼는 중이었다. 비록 비행선이 자신과 동료들의 손에 의해 만들어진 기계에 불과했지만, 이렇듯 비행선이 약동하는 모습을 직접 보고 있으려니 지금까지 그가 가지고 있던 설레임이나 들뜬 마음과는 비교가 되지 않을 정도의 거대한 감동이 가슴 깊은 곳에서 밀려오고 있는 것이었다.

회전날개가 만들어내는 추진력으로 인해 비행선이 앞으로 나아가기 시작하자 광대하기만 하던 세상이 그의 눈앞에서 서서히 움직이고 있었다.

흐뭇한 미소를 입가에 머금으며 한 손에 잡힐 만큼 작아신 세상을 지켜보고 있던 벌쿤은 어떠한 정복감마저 느끼고 있는 중이었는데, 그것은 비단 벌쿤뿐만 아니라 이 비행선에 승선한 모든 이들이 공통적으로 느끼는 기분이었다.

그 이후로도 비행선은 라이델베르크의 상공을 가로지르며 갖가지 성능 실험을 하게 되었는데, 110켈리의 최고 항속과 여섯 시간의 비행

시간을 기록하면서 진한 감동의 처녀출항을 성공적으로 마칠 수 있게
되었다.

4월의 따스한 봄날, 비행선의 처녀출항식이 끝난 지 보름이라는 시
간이 흘렀다. 그 이후로도 비행선은 수차례의 시험 비행을 무사히 치
러낼 수 있었고, 이젠 관광 도시였던 라이델베르크의 새로운 명물로 떠
올라 다른 도시에서도 많은 사람들이 비행선을 구경하기 위해 라이델
베르크를 찾기도 했다.

비행선이 완성된 이후로 몇 개월 만에 처음으로 여유를 가질 수 있
었던 뮤스는 폭신한 잔디가 촘촘하게 깔린 정원에 안락의자를 내놓고
앉아 따스한 봄의 햇살을 받으며 라이델베르크 시에서 발행하는 신문
을 찬찬히 읽어 내려가고 있었다.

신문의 일면에는 비행선에 대한 기사가 큼지막하게 나 있었지만 지
금까지 수차례 신문지상에 비행선에 관한 기사가 오르내렸고, 이렇다
할 특별한 내용 역시 없었기에 그저 시간을 때우기 위한 방편으로 기
사를 읽고 있는 중이었다.

그렇게 시간을 때우고 있는 뮤스의 귓가로 히안의 목소리가 들려왔
다.

"뮤스, 이런 곳에서 뭘 하고 있는 거야! 이제 겨우 세 시간밖에 남지
않았는데, 출발 준비는 다 해놓은 거야?"

멀리서 달려오고 있는 히안은 평소의 후줄근한 옷을 벗고 제법 고급
스러우면서도 화려한 옷을 걸치고 있었다. 하지만 그다지 어울려 보이
지 않아 나직한 실소를 터뜨린 뮤스는 그의 아래위를 다시 한 번 훑어
보며 물었다.

"푸훗, 그런데 왜 그렇게 쫙 빼입은 거야? 누구한테 잘 보이기라도 하려고?"

뮤스의 물음에 어깨에 힘을 준 히안은 자랑이라도 하듯 옷깃을 세우며 말했다.

"하핫! 당연한 것 아니냐? 쟈트란의 여성들에게 어필하려면 이 정도의 옷차림은 받쳐 줘야 한단 말이지!"

하지만 그것도 잠시, 자신의 모습을 다시 한 번 내려다본 히안은 금세 풀이 죽은 모습을 하며 한숨을 내쉬었다.

"헤유~ 나도 꽤나 꾸몄다고 자부하고 있었는데, 여자애들 하고 있는 모습을 보면 상대도 안 된다고. 쳇! 아주 이번에 단단히들 각오한 모양이야. 너도 카타리나가 한눈팔지 않도록 조심해야 할 거다. 그런 초라한 행색으로 있다간 그 잘났다는 쟈트란 녀석들과 비교된단 말이야."

그리고 뮤스가 입고 있는 옷을 훑어본 히안은 안쓰러운 얼굴로 고개를 내저었다.

"생각해 보면 크라이츠님도 너무하시지. 크라이츠님은 매일같이 값비싸고 화려한 드레스를 챙겨 입으시면서 하나밖에 없는 동생은 이렇게 초라한 모습으로 내버려 두시다니……."

히안의 말에 보고 있던 신문을 접은 뮤스는 자신의 옷차림을 살펴보았다. 늘 입던 것처럼 흰색의 단순한 셔츠에 검은색의 편안한 바지, 그리고 오래 걷더라도 발에 무리가 가지 않는 구두가 전부였는데, 그것들이 고급임은 틀림없었지만 화려함과는 거리가 멀어 보였다. 그러나 지금까지 외모에 신경 써본 적이 없었던 뮤스는 별 신경 안 쓴다는 듯 고개를 내저으며 말했다.

"쩝, 그건 누님 잘못이 아니라 내가 거부하는 거야. 성격상 화려하거
나 불편한 옷은 한시라도 걸치기 싫거든. 쟈트란도 사람 사는 곳인데
뭐 특별히 신경을 써야 할 이유가 있나?"

그의 대답에 답답한 듯 한숨을 내쉰 히안은 허리에 손을 얹으며 걱
정스러운 표정으로 입을 열었다.

"현자들은 원래 옷차림 같은 것에 전혀 관심을 가지지 않는 사람들
이라서 대현자님도 네게 아무것도 가르쳐 주지 않았던 모양인데, 쟈트
란의 사람들은 밥은 못 먹어도 옷차림에는 신경을 쓰는 사람들이란 말
씀이야! 즉, 쟈트란에서는 옷차림이 그럴싸해야 대접을 받는단 말이
지!"

꽤나 설득력있어 보이는 히안의 이야기에 뮤스 역시 공감하는 듯 고
개를 끄덕이고 있었는데, 예복에 관한 지식을 제외한다면 그의 말대로
옷차림에 대해서는 아는 것이 많지 않았기 때문이다. 턱을 매만지며
잠시 생각을 해보던 뮤스는 히안을 올려다보며 물었다.

"그럼 뭘 어떻게 하자는 거야?"

뮤스의 되물음에 큰 선심을 쓰는 듯 의기양양한 표정을 지은 히안은
급히 뮤스의 손을 잡아당겨 일으키며 말했다.

"아직 3시간이나 남았으니까 그동안 옷가지들 좀 사러 가자고! 나의
특별난 센스로 너를 멋지게 꾸며줄 테니까!"

어색해 보이는 히안의 옷차림이 계속해서 신경이 쓰인 뮤스는 그의
센스가 미덥지 못했기에 거부를 하려 했다.

"그, 글쎄, 네 센스가 특별한 것 같긴 하지만 그리 좋아 보이진 않는
걸?"

그러나 히안은 뮤스의 반응에 아랑곳하지 않으며 그의 팔을 잡아끌

기 시작했고, 어쩔 수 없었던 뮤스는 울며 겨자 먹기로 히안에게 이끌려 가고 있었다.

공학원의 넓은 터에 정착된 흰색의 비행선은 눈부신 햇빛을 반사시키며 그 위용을 뽐내고 있었다. 비행선의 주변에는 새로 만들어진 구조물들이 들어서 있었는데, 비행선을 고정시키고, 유지 보수를 위해서 만들어진 구조물들이었다. 또 비행선 역시 처녀출항 때와는 달라진 모습을 하고 있었는데, 조금 투박해 보이던 곤돌라는 드워프들의 손을 다시 한 번 거친 듯 전체적으로 금빛을 띠는 문양이 들어가 있는 상태였고, 비행선의 수평날개와 수직날개에 새롭게 붉은 드래곤의 문양이 들어가 있었다.

공학원에 고용된 일꾼들이 비행선의 곤돌라에 들락거리며 여행에 필요한 생필품과 일행들의 짐을 나르고 있을 때, 쟈트란으로 떠날 공학원의 일행들은 그 앞에 서서 작업이 끝나기를 기다리며 대화를 나누고 있었다.

그중 크라이츠와 카타리나를 비롯한 여자들은 주로 옷차림에 대해 이야기를 나누며 여행에 들뜬 기분을 한껏 내비치고 있었는데, 그녀들은 비행선 제작이 끝난 이후로 매일같이 함께 몰려다니며 여행 준비를 해왔던 것이다.

연노랑의 천에 흰색의 레이스가 어울린 드레스를 입고 있던 폴린은 자신의 치맛자락을 들어 올려보며 조금 불만스러운 목소리로 말했다.

"크라이츠 언니, 제 치마가 좀 펑퍼짐해 보이지 않나요? 몸에 조금 붙는 편이 더 산뜻해 보일 텐데……."

폴린은 크라이츠를 언니라고 부르고 있었는데, 함께 지내는 동안 사이가 많이 가까워진 듯했다. 폴린의 말을 듣고 있던 크라이츠는 가벼운 미소를 지으며 다가가 그녀의 치마를 매만져 보았다. 그리곤 허리춤을 살짝 잡아당겨 치마의 폭을 줄인 크라이츠는 고개를 끄덕이며 대답해 주었다.

"네 말대로 이렇게 하는 편이 더욱 예쁘구나. 어차피 내 의상을 담당해 주는 아가씨도 함께 따라가니 나중에 비행선에서 줄이렴."

"와! 정말요? 고마워요, 크라이츠 언니!"

금방 희색을 만면에 띠기 시작하는 폴린을 보며 크라이츠는 가볍게 웃어주었고, 이어 카타리나와 세이즈에게도 조금씩 조언을 해주고 있었는데, 마치 친자매들이라고 해도 믿을 정도로 화목한 분위기였다.

그 한 켠에서는 켈트와 드워프 형제들의 이별식이 거행되어지고 있었다. 켈트를 제외한 드워프들은 이번 여정에 동행하지 않게 되었는데, 비행선을 만드는 데 기력을 모두 써버린 드워프들은 이곳에 남아 쉬고 싶었던 데다 그동안 공학원을 운영할 사람이 필요했기 때문이었다. 물론 켈트 역시 그들과 함께 남고 싶은 생각도 있었지만, 흑룡의 호수에서 친분을 맺은 루스티커를 보고 싶은 마음도 간절했기에 따라나서기로 했던 것이다.

켈트는 영원히 형제들을 못 보기라도 하는 듯 눈물을 머금었고, 감정에 젖은 목소리로 입을 열었다.

"다들 다음에 볼 때까지 잘들 지내도록 하라고! 자네들이 그리울 것이야!"

그의 아우들 역시 켈트를 보내는 것이 못내 아쉬운 듯 한 명씩 돌아가며 포옹을 하기 시작했다.

"우리들도 형님이 그리울 거유! 부디 식사는 거르지 말고 잘 챙겨

드슈!”

“잘 다녀오시오, 형님. 우리 없다고 울지 마시고, 루스티커 그 친구를 만나면 안부라도 전해주오.”

“형님이 돌아올 날을 손꼽아 기다릴 테니 일이 끝나는 대로 돌아오시우!”

드워프들이 눈물 젖은 작별 인사를 하고 있을 때 좀 떨어진 곳에서 그들의 행동을 지켜보던 벌쿤 역시 가슴이 뭉클해지는 것을 느끼고 있었는데, 과연 드워프들과 크게 다를 바 없는 감성을 지닌 벌쿤이었다.

이제 비행선의 승무원들이 자신들의 짐을 들고 곤돌라로 오르고 있었다. 그들은 두 가지 종류의 제복을 입고 있었는데, 비행선을 조종할 공학자들은 검은색 선이 들어간 회색 제복을, 그리고 요리사를 비롯해 잡일을 도와줄 승무원들은 흰색 제복을 입고 있었다. 이렇게 해서 비행선에 탑승하게 된 승무원은 모두 30명 내외였다. 그들은 대륙 최초의 비행선 승무원이라는 사실에 모두 자랑스러운 얼굴들이었다.

승무원들이 탑승하는 것을 바라보던 크라이츠는 품에서 시계를 꺼내 시간을 확인했는데, 예정되었던 출항 시간이 다 되어옴을 알 수 있었다. 하지만 아직까지도 뮤스와 히안의 모습이 보이지 않자 걱정이 된 크라이츠는 카타리나를 향해 물었다.

“아직 뮤스와 히안이 오지 않았는데, 어디 가기라도 한 거니?”

하지만 카타리나 역시 영문을 알 수 없었기에 고개를 내저으며 대답했다.

“글쎄요. 아까 정원에서 만난 게 마지막이었는데, 출항 시간에 맞춰서 온다며 걱정하지 말라고 하던걸요?”

폴린 역시 고개를 갸웃거리며 입을 열었다.

"그러고 보니 아까 히안이 뮤스를 데리러 간다고 했었어요. 대체 어디로 샜길래 둘 다 안 오는 거지?"

그녀들이 뮤스와 히안을 기다리고 있을 때 멀리서 전뇌거 한 대가 달려오고 있었다. 그것을 본 폴린이 한눈에 뮤스와 히안임을 알아보곤 미간을 찌푸리며 입을 열었다.

"저기 뮤스와 히안이 오고 있네요. 소풍 가는 것도 아니고 먼 길을 가는 건데 좀 빨리 와서 기다리면 안 되는 건가?"

폴린이 투덜거리는 사이에 전뇌거가 그녀들 앞에 도착했다. 그리고 전뇌거로부터 뮤스와 히안이 내리는데, 그들 중 하늘색의 실크 셔츠에 살짝 달라붙는 붉은색의 바지를 입은 뮤스는 유난히 일행들의 시선을 사로잡고 있었다.

뮤스는 그들의 시선이 부담스러워 어쩔 줄 몰라 했고, 히안은 자랑스러운 듯 그의 등을 떠밀며 일행들을 향해 외쳤다.

"얘들아, 어때? 멋지지 않냐? 내가 뮤스를 위해서 특별히 코디해 준 거라고!"

하지만 일행들의 반응은 냉담했다. 우스꽝스럽기까지 한 뮤스의 차림새를 본 크라이츠는 눈을 찌푸렸고, 카타리나와 세이즈는 아무런 말도 할 수 없는 듯 멍하니 뮤스를 바라볼 뿐이었다. 이어 어처구니없어 하는 얼굴을 하고 있던 폴린은 당당한 걸음으로 다가오고 있는 히안의 귀를 덥석 잡아당기며 구박하기 시작했다.

"뮤스 신경 쓰지 말고 너나 잘하란 말이야! 네 앞가림도 못하는 애가 무슨 남한테 신경을 쓴다고 그러는 거니? 아주 내가 못살아!"

폴린에게 귀를 잡힌 히안은 고통의 비명을 지르며 바동거리고 있었다.

"아아야야! 이거나 좀 놓고 말하란 말이야! 뮤스가 뭐 어떻다고 그
래? 아아아!"

"저걸 보고도 모르니? 저걸 지금 옷이라고 입혀놓은 거야? 뮤스는
차라리 그냥 흰색 셔츠가 훨씬 잘 어울려!"

히안과 폴린이 투닥거리는 사이 카타리나는 뮤스에게로 다가갔다.
그녀는 속상한 듯 볼을 잔뜩 부풀리고 있다가 옷차림새를 이리저리 살
펴보며 입을 열었다.

"아무리 옷에 대해 잘 모른다지만 어떻게 히안의 말을 들을 생각을
했니? 차라리 내가 함께 가서 옷을 골라줄 걸 그랬어. 아무튼 비행선에
들어가자마자 옷부터 갈아입으렴. 쟈트란에 가서 내가 옷을 골라줄게.
알았니?"

"으응… 그렇게 할게."

카타리나의 핀잔에 얼굴을 잔뜩 붉힌 뮤스는 아무런 변명도 못했다.
스스로 생각하더라도 히안의 말을 들은 자신이 너무나 바보 같았기 때
문이다.

어쨌든 뮤스와 히안을 마지막으로 떠날 사람들이 모두 모이게 되자
일행들의 얼굴을 한 번 둘러본 크라이츠가 입을 열었다.

"자, 그럼 비행선에 승선하도록 하자꾸나. 그리고 드워프 형제 분들
은 저희가 없는 동안 수고해 주세요."

크라이츠의 말에 드워프들이 고개를 끄덕이며 대답하자 다른 일행
들 역시 그들에게 손을 한 번씩 흔들어주며 비행선을 향해 걸음을 옮
기기 시작했다.

크라이츠를 따라 나머지 일행들이 모두 비행선에 오르자 밖에서 출
항 준비를 하던 공학자들은 바쁘게 몸을 움직이며 비행선을 고정시키

고 있는 밧줄을 풀어냈다. 이어 공기 펌프가 가동되는 소리가 들려오
기 시작한 뒤 비행선은 가뿐한 모습으로 공중에 떠오르기 시작했는데,
차 한 잔 마실 시간이 흐르기도 전에 흰색의 비행선은 푸른 하늘의 구
름처럼 높이 떠올라 있었다.

비행선이 이륙하는 모습을 주욱 지켜보던 드워프들은 저 높은 곳에
서 자신들을 내려다보고 있을 일행들을 향해 손을 흔들어주었고, 그에
답이라도 하듯 추진 장치의 회전날개가 돌며 비행선은 천천히 앞으로
나아가기 시작했다.

훗날 대륙의 역사서에는 이날이 최초의 비행선 여행이 시작된 날로
기록될 것이다.

〈제9권 끝〉